每个人的人生都是
自己折腾出来的

创业就是选择要未来
而不要现在

立在根上
傻向前进

有时候 决定你生死的就是
一念之差

学先进 傍大款 走正道

先做衣服后长肉

专业和多元

守正出奇

70%的事尽量不变通，30%的事实在不行变通一下

行在宽处

冯仑 讲述

择高处立
就平处坐
向宽处行

湖南人民出版社　博集天卷

图书在版编目（CIP）数据

行在宽处 / 冯仑讲述. —长沙：湖南人民出版社，2014.11
ISBN 978-7-5561-0620-2

Ⅰ.①行… Ⅱ.①冯… Ⅲ.①民营企业—企业发展—
研究—中国 Ⅳ.①F279.245

中国版本图书馆CIP数据核字（2014）第259767号

上架建议：管理·励志

行在宽处

作　　者：冯　仑
出 版 人：谢清风
监　　制：于向勇　康　慨
责任编辑：胡如虹
策划编辑：赵　辉
特约编辑：郑　荃
营销编辑：刘菲菲　刘　健
封面设计：仙境工作室
封面摄影：杨大炜
内文插图：大尸凶

出版发行：湖南人民出版社［http://www.hnpp.com］
地　　址：长沙市营盘东路3号
邮　　编：410005
经　　销：新华书店

印　　刷：北京嘉业印刷厂
版　　次：2014年12月第1版
　　　　　2014年12月第1次印刷
开　　本：787mm×1092mm　1/16
印　　张：18.5
字　　数：214千字
书　　号：ISBN 978-7-5561-0620-2
定　　价：45.00元

（若有质量问题，请致电质量监督电话：010-84409925）

目录
CONTENTS

自序：宽即自在

书是一种行状，可以描述人们的所思所想，涵盖人生的经验、过往的回忆以及对未来发展的洞见。总之，一书在侧，或放案头，或在手边，或在车里，人生便会更丰富、更有趣、更多样，不会孤单。你会和书中的人、写书的人、看书的人一起经历，一起成长。然而，书中所展示的人生远不及现实丰满。书往往只教你一个方面，而生活会教你多个方面；书往往只讲一个道理，而我们要活下来，坚持下去，发展事业，需要懂得各种不同的道理。书会给你一时的宽慰，而人生要坚持下去，需要一生的努力；书会丰富你生活的一个侧面，而真实的生活是由多样的侧面甚至互相矛盾的侧面织成的。

放下书，我们还要回到现实中来。在现实中，我们发现很多道理和书里的教育是相反的。比如说，人生需要进步，但更多的时候需要退却。如果人生一味地进步，一味地直线发展，一味地马不停蹄向一个目标前进，而中间没有停顿，没有迂回，没有退步，甚至没有失败，那么这样的世界是不完整的，这样的人生是不精彩的，这样的生活是没有价值的，甚至是不可能存在的。

人生需要勇敢，我们往往把勇敢当成唯一的标准，一种鼓励的方向。然而，我们时不时会产生一些懦弱的心理。我们会在强权面前表现出懦弱，会在突然临至的灾难面前表现出懦弱，会在不可知面前表现出惶恐和懦弱，还会在一系列无奈中表现出最终的懦弱。所以，只知道勇敢其实是不够的。

人生需要很多热闹的场景，需要丰富，需要温暖，需要互相支持，需要人与人之间的鼓励，需要在人群中得到很多褒奖和赞许的目光。然而，实际上，人生也需要寂寞和孤独，需要安静地审视自己，需要在寂寞中品味，感受热闹之后的真实。有人说孤独是你想找别人，别人却不理你，而寂寞是别人要理你，你却不希望别人来打扰。无论是孤独还是寂寞，都是要让一个人体会世界，这的确也是一种很美好的需要。

人生需要浮华，需要成功，需要被成功包裹的夸大的赞美，这是一种生活在虚荣中的快乐。但是，人生也需要质朴，需要退去浮华之后的最真实的坚强，需要完全不加修饰的自然的生活。当你褪去了官服、华服之后，你穿着宽松自然的衣服四处溜达，然后在躺椅或沙发上悠然地吹着自然的风，这种真实的生活会让你感到更多的自在。

人生需要获取，更需要施与。如果我们一味获取，那么我们将始终处在得与失的焦虑中；如果每个人都一味获取，那么这个世界将变得贪婪、冲突、矛盾；如果你一生都想要获取，那么你将会有很多抱怨、愤懑、失望甚至绝望。当你学会施与，感到给予是一种快乐的时候，你会发现获取其实不是那么重要，需要获取的东西并不多。当你有能力施与的时候，你的价值恰恰在于你能帮助别人；当你被需要的时候，你本身便在发光，生命才更闪耀。

人生需要活着，需要生命，需要长寿，但有时候也需要死亡，需要戛然而止。我们不能安排自己什么时候来到这个世界，也不能安排什么时候离开，因为我们要死很久，所以要好好活着。如果不能体会死亡带来的生命价值，就往往会忽视活着的真正意义。

人生需要探索未知，也需要放弃已知。对未知的探索，除了证明科学的能力、人类征服自然的能力，或者满足人类对社会的好奇心外，也表明了我们对现实的无奈。很多事情，我们不是不知，而是知道得太多。不知和未知固然使我们焦虑，而已知却使我们无奈、痛苦、绝望。所以，学会放弃，减少信息对我们造成的压力，使自己处于无知的状态，这恰恰可以使我们的生命更加轻松、快乐、有意义。

人生需要角色，也需要放下。人生的场景中需要扮演好角色，需要有精彩的演出，也需要回归自然，赤裸裸地为自己活着。角色让人不自由，因为有角色就有是非、有冲突、有戏剧化的表演，就要为别人而活。放下就是为自己活，赤裸裸就是让自己自在、自由。当你没有角色的时候，你会发现无处不自在，无处不自由。

人生需要忙碌，也需要休息。休息是为了走得更远、走得更好，忙碌是为了使休息更加踏实、更加安然、更加坦荡。没有休息的生活让忙碌失去了目的，没有持久的动力，所以，我们不光要每天忙碌，更要关注我们当下的心情是否快乐。

人生需要牛X，也需要屌丝。牛X总是偶然的，总是少数人的，总是个别事件的，不牛X甚至屌丝总是多数时候、多数人的，多数场合、多数事件的。失败本身是屌丝的同义语，但当你获得牛X之后的失败时，失败本身就成了牛X的同义语。比如拿破仑的滑铁卢，虽然是失败，但和他的成功相比，这次失败丝毫不逊色。

人生需要聪明、聪慧，也需要愚钝，需要大智若愚，需要看淡。过于聪明的人总是在斤斤计较，总是在算计得失，总是在所有的机会中跳来跳去，以自己的聪明来蔑视别人的智慧，这往往会使自己陷入绝境。而愚钝和大智若愚实际上是真正的淡然、超然，是驾驭了所有事物规律之后的自信。有时候，愚钝恰好避免了很多风险，超然恰好使自己掌握了一切事物的主动权。有时候，对很多事情视而不见恰好证明我们洞悉了一切规律，最终拥有了支配权。

总之，人生往往关注书中提到的一些道理，比如进步、勇敢、浮华、牛X、进取、获取等，而忽略了另一方面，比如退却、懦弱、愚钝、赤裸、屌丝等。生活教会我们的，正是后面这些我们平时认为负面或者贬义的方面。

生命的意义、延长与拓展，恰恰不在于前面提到的具有正面激励作用的美德与状态，而在于后面这些常常被忽视或避免的状态、心情以及真实的生活。所谓向宽处行，事实上不是向大家都关注的进步、牛X去行，也不是向浮华、获取去行，而是学会退却、放下、懦弱、面对死亡，学会做屌丝，学会淡然、超然。只有这样，生命的宽度才可以无限拓展。行在宽处的意义正在于此。

这本小书实际上包含了我的很多点滴的体验、思考和述说，把这些东西拿来和读者分享，也使我自己感到释然，感受到生命的宽处就在脚下。

非常感谢博集天卷的黄总，他一再鼓励我把过去点滴的文字和想法结集出版，变成与朋友共享的观察与思考。书中所有的不足，都由我个人来承受、来负责；大家若能从中得到愉悦和启迪，都要感谢黄总以及为此书付出辛勤劳动的编辑和发行团队。此外，此稿的成书过程还非常仰赖我的同事喻潇潇，她总是一如既往地认真，对本书的审校工作花了很多心血。

生活在继续，生命在延续。所以，说话仍然是一件停不住的事情。当然，用语言来思考也是一件无法停下来的事情。只要我们还活着，就要用语言来相互扶持，用生命的温度彼此依偎、彼此给力，共同铸造一个更美好的未来。

是为序。

冯　仑

2014年11月15日于纽约

第一章
万通立场

民营企业的"四化"，就是资本社会化、公司专业化、经理职业化和发展本土化。为什么要讲这些呢？因为这四个问题是大家在做民营企业的过程中特别容易纠结的问题。

与官交往的原则：只"精神恋爱"，不"上床"

什么是资本社会化？就是除了你自己的钱，你要不要用别人的钱？比如，进行项目合作就会有别的股东，别的股东究竟选什么样的股东，是国企还是民企，是私人的钱还是上市公司的钱？公司要上市，究竟要发多少股票给别人？等等。你做生意，当自己的钱不够的时候，你就开始找别人，这时候这些问题就出现了。就像人一样，你一个人过简单，当你开始找对象的时候，所有的问题就都出来了。只要你开始和人打交道，就会有故事；只要你的钱和别人的钱碰到一起，哪怕是稍微碰一碰，所有的事情就开始不同。

在资本社会化时，你可能碰到三个方面的问题。

第一方面的问题，和国企的关系，也就是你要不要用国有资本的钱。

我有个朋友跟我说，千万别碰国有企业，忒麻烦。但是，也有另外一些人，他们就非要找国企。我认为，民营企业和国企的关系无非涉及三个方面。

一是和政策环境、法律的关系。国有资本有制度支持，有超经济特权。他跟你吵架，制度总是偏向他的；他占你便宜叫爱你，你占他便宜叫调戏，再狠一点儿叫耍流氓。所以，你和他发生关系，首先就是你不好。举个例子，我们和一家国企合作一个项目，80%的活儿是我们干的。分红的时候，他们提出能不能不按股份分，因为他们要业绩，说将来再想办法找补给我们。当时，我们的老总说问问他们想怎么分。最后他们说了个数，总之比原来的二八分要多拿走很多。当时没有法律文件，他们直接就把钱拿走了。后来，等我们要用钱的时候，他们又换人了。大家知道，国企一换人，新来的人就不认之前的账了。后来他们搞审计，一审计，占便宜的事他们就更不提了。反正我们是吃亏了，这钱就算白给他们了。这就是制度的不公平，国企有超经济特权。在股改以前，中国证监会还有一个潜规则：你买国企的股份，如果是亏损企业，要按净资产上浮15%，他才敢批准，因为他怕犯错误；如果是赢利企业，大概要上浮30%，他才能批。我们买了一家国企的股份，为了获批，在那儿放了四年多，也不敢把它做大，因为做大以后，还没等批又涨价了。所以，目前在中国，民企和政府、公家做买卖的制度性安排肯定是不公平的。在这种情况下，你不要认为你可以和他打官司，永远不可能。

二是和政治家的关系。国企上面都是一层层的领导，民营企业和政治家的关系是非常有趣的。

我给大家讲三个故事，这三个故事都是历史上私企老板和政治家打交道比较成功的案例。

第一个故事是虞洽卿的故事。虞洽卿是浙江宁波人，早年到上海做生意。他开始是在油漆行里跑街，后来到荷兰银行做了经理。清朝末年，同盟会有个叫张静江的人，是虞洽卿的同乡。这个人跟蒋介石很好，就把蒋介石介绍给虞洽卿。那时候蒋介石刚从日本回来，没什么事做，就在虞洽卿家里住了40天，这一住，两人就成了哥们儿。后来，蒋介石通过虞洽卿认识了黄金荣、杜月笙。

之后，蒋介石离开虞洽卿家，去了广州，做了黄埔军校的校长。北伐的时候，国民革命军提倡联俄、联共、扶助农工的新三民主义。联俄、联共就是搞共产主义，消灭富人；扶助农工就是让穷人打土豪分田地。所以，当时上海的这些有钱人非常不安，大家找到虞洽卿，说阿德叔（虞洽卿名和德，字洽卿），你得向北伐总司令探个底，这事总司令到底打算怎么办。于是，虞洽卿连夜赶到了九江，蒋介石也从广州赶到了九江大营。见了虞洽卿，蒋介石当然非常高兴。虞洽卿问了蒋介石两个问题，第一个问题是：你联俄、联共、扶助农工，穷人或老百姓都起来了，我们买卖人怎么办，我们有钱人怎么办？蒋介石说了一句话，"穷赤佬怎么靠得住？"虞洽卿一听就放心了，也就是说，你蒋介石还把我们当哥们儿，不会翻天，不会没收我们的财产。然后他又问：你要统一，就要打倒列强，把洋人都赶走，我们都是替洋人做事的，或者是做洋人的生意，以后我们怎么办？蒋介石又说了一句话，"洋人怎么打得过？"非常简短的两句话，拿现在的话来说，这叫微博体。这样一来，虞洽卿心里就有数了。第一，蒋介石还是会支持工商业者；第二，他还是会和洋人搞好关系。于是，虞洽卿说，那我能做什么事情呢？蒋介石说，你回去告诉黄先生、杜先生，等我到上海以后，帮我维持地方秩序。虞洽卿说，那行，除了帮你传话，我还能帮你筹集革命经费。虞洽卿回到上海，向商界的朋友透露了蒋介石的意思，后来就发生了四一二反革命政变。

我们不讲政治是非，四一二反革命政变就是黄金荣、杜月笙出人，虞洽卿出钱。虞洽卿在上海通过商界三次筹集资金给蒋介石，叫筹集革命善款。蒋介石把钱给了黄金荣、杜月笙，这帮人晚上抓人、打架。从此以后，虞洽卿就跟南京政府建立了生死关系，他的企业也一直和这个政权的命运捆在一起，虽然他有所牺牲，但更多的是得到了政府的特殊照顾。当他的企业遇到困难时，他就去找政府，政府就以归还革命善款的名义支持他。最后，虞洽卿得以善终，抗战结束前得病死了，但他的后代因政权的改变衰落了。

第二个故事是荣毅仁的故事。荣家在1949年以前和政府的关系很远，基本上是纯民营企业，靠市场在外面折腾。抗战的时候，很多企业都内迁，荣家的一部分企业迁到了重庆。他家的企业也做得很大，进入了银行等金融领域。抗战之后，国民政府摧残荣家，那时候金融业是国进民退，他家在银行的股份都被国有资本挤出去了，江湖上的人甚至绑票荣家的人。所以，荣家对这个旧政权很仇恨，很不满意。1949年以后，作为荣家的第二代，荣毅仁毅然从海外回来，和新政权建立了关系。1956年，他带头把自己的资产捐出去，做了上海市副市长。毛泽东让他做典型，他就做了。"文革"之前，他是原纺织工业部副部长，"文革"期间，他被整得很惨，但他没有怨言。后来，中信银行开始创办的时候，政府没什么钱，荣毅仁就把政府发还给他的"文革"前的那些财产又捐了出来，拿去办了中信，也没算股份。有意思的是，在他去世的那一年，《福布斯》披露他的儿子荣智健荣登中国富豪榜榜首。他和政府结了两代人的缘，荣智健在亚洲金融风暴时遇到困难，政府给了他很大的支持。

第三个故事是辜振甫的故事。辜振甫是海基会首任董事长，提到他，大家就会想到著名的"汪辜会谈"，很了不起。他们家早期和日本人有点儿关系，后来卖了土地，进城当了资本家，做了台泥（台湾水泥股份有限公司）、"中信"金控（"中国"信托金融控股股份有限公司）等著名企业。他和国民党一直有着非常密切的关系，做过国民党的中常委，他为两岸关系做了很多事情，半商人半社会活动家。这也是一种跟政府打交道的方式。

由此看来，在制度的限制下，我们民营企业获取资源只有三种方式，第一种是权力转化成资源。这种方式很危险，因为你要给权力回报，除了金钱的回报，还有民心的回报，这都是回报。

第二种是通过资本市场、上市公司、公开市场获得资源。如果股票市场不好，有各种禁忌，比如不让你发股票，那你也得不到资源。

第三种方式是私人之间的互相帮助。比如朋友之间有困难，你找我，我找你，这也是一种获取资源的方式。

第一种方式决定了我们这些民营企业要和政治家保持某种关系，当然，一定要避免风险，但这非常困难。我相信，这么多年下来，每家企业都有自己的心得。万通始终保持一种状态——我们只是"精神恋爱"，不"上床"。因为"上床"没悬念啊，不是你生气就是我不开心，但"精神恋爱"永远都很好，你欣赏我呢就帮帮我，不欣赏我呢我也不得罪你，彼此保持尊重。

拉拉手行不行呢？拉拉手也有危险，因为如果手拉得重了，就可能倒在对方怀里，倒在怀里再坐下来，那就要乱了。所以，马云说坐怀不乱的原则，是不往怀里坐。我曾经到柳下惠的家乡，他们那儿有个节日，相当于"作风正派"节，说他们那儿的人都作风正派，坐怀不乱，

与官交往的原则：
只"精神恋爱"，不"上床"

我就问他们为什么不乱。他们说得比较调侃，说因为那时候太冷，都穿着棉袄，所以不乱。我说，如果身强力壮，即使穿着棉袄，他也得乱。

马英九的方法是绝不坐在怀里，不给乱的机会，不是说身体不好，而是不去危险的地方。我们的"精神恋爱"也是这样，避免你坐到那儿，坐到那儿就乱了，即使你不乱，他也会乱，总会出状况。

三是和资本（国有资本）的关系。和国有资本之间的关系实际上就是钱和钱打交道，到底国有资本占多少好呢？我认为，让它做第二大股东最好，做第一大股东你会很麻烦。有一次我们开董事会，请了一个商务部的人来给我们培训。我们每次开董事会都会请人来培训，培训什么？培训所谓的"走出去"，也就是海外投资。给我们培训的人说了一段话，他说，我来之前在网上查了一下，你们当时"走出去"，去纽约做中国中心是以国有企业的名义做的。我吓了一跳，后来想起来，我们当年报批的时候，人家说非得国企才行，所以我就把我们的第二大股东泰达临时变成了第一大股东，这是不得已而为之。结果，我们没有及时把这个记录改回来。所以，这人一说，我们赶紧把它改了回来，不改回来，以后拿我们当国企监管，那就麻烦了。开个玩笑，那就相当于"天上人间"的"小姐"去妇联上班，怎么都不是人了。所以，一般来说，让国有资本做第二大股东比较好，如果你让它做第一大股东，那你最后不仅赚不到钱，还可能会被它折腾死。而且，它折腾你这事是没有人负责的。比如你跟一个人打架，他把你打伤了，你的家属可以找他要医药费，这事有人负责。但国企把你折腾死是没人负责的，医药费是没人出的。所以，让国企做二股东、三股东是可以的，但绝对不要让它做最大的股东。

治理和利益的平衡

第二方面的问题，和民企的关系，就是你究竟是做百分之百的私人公司还是有一些股份加入。如果有股东，你究竟占多少股份合理，是51%、60%还是30%、20%？我相信大家会经常去算。如果公司非常赚钱，那你可能后悔自己的股份太少。如果公司不赚钱，那你可能又嫌自己的股份太多，当时要是有别人来一起分担分担就好了。人生有三件事情是永远算不出来的：第一，一辈子赚多少钱算不出来。我可以和大家打个赌，如果让你说你20年以后能赚多少钱，你永远也说不对，因为我们算不出来。第二，未来有多少幸福和痛苦算不出来。第三，什么时候、以什么方式结束生命算不出来。虽然这三件事算不出来，但前两件事我们天天都在算。男人爱算第一件事，女人爱算第二件事。男人总在算要赚多少钱，女人总在算要有多少幸福，但都算不准。第三件事我们现在不算，将来到了医院，医生跟我们一起算。所以，人们总是很纠结。那么，到底你占多少股份合理呢？第一，要考虑利益的问题；第二，要考虑治理的问题。比如，如果你占51%，那你甚至可以让董事会变成一种形式。但如果你占20%，那你就老得开董事会，因为你得和董事们商量。这也牵涉到公司怎么管、怎么治的问题。

依我看来，在30%～50%之间最好，为什么？因为30%～50%之间考虑到了公司的治理问题，碰到事情，你有人商量，不能你一个人说了算。另外，分配利益的时候，你获得的也足够多，最多能有将近50%，少了也有30%，这样你就有足够的动力。如果你只占10%的股份，那你基本上就没动力了，但如果你占90%的股份，那别人就没动力了。如果你占30%～50%，另一个股东占20%或30%，那大家就都有动力，而且事

情也有人商量，这就叫治理和利益的平衡。大家可以看到，那些给领导送钱的人，大部分都是一个人说了算的。王石为什么不送钱？第一，他不是老板，公司挣的钱跟他有多大关系呢？没太大关系。第二，即便他要送，这么多人，一送送1000万元，审计的时候，上市公司的账怎么披露，怎么做账啊？

如果个人的股权太大，往往就没有自我约束了，因为人们总认为自己是正确的，不太愿意被约束。有了股东，你就能跟人商量，这样就可以控制风险。所以，利益和治理要有个平衡，股份在30%～50%之间既考虑到了利益，又有所制约，可以控制风险，让企业稳定发展。

我再举个例子。有个人的朋友出了状况，他听说某人能帮忙"捞人"，就连夜开着车，车后面放着1000万元现金去给人送钱，结果被英勇机智的公安和纪检人员抓住了。大家想想，当我们遇到问题的时候，怎样防止自己不做这样的决策？这就要靠公司的治理来约束。

如果你是上市公司，用开玩笑的说法，你是做"大奶"还是做"二奶""三奶"，也要做个选择。上市公司做大了以后，如果你是大股东，那你赚钱的机会可能会比较少，因为你不能退出，你是创办者，你一退出股价就下来了。而且，现在中国证监会限制上市公司实际控制人股份的减持，你也没法儿卖。股价好的时候，你想卖他不让你卖；股价坏的时候，他还要让你增持，这就是你做"大奶"的代价。"大奶"只负责体面和维持秩序，表示你的事业还在。但是，很多上市公司的二股东、三股东非常爽，股价好了就卖，有问题、有危机的时候也不需要他出面，因为实际控制人不是他。而且他的股份也不算太少，你30%～40%，他20%～30%，他可以减持10%。所以，很多人不选择当"大奶"。

比如百度，李彦宏到现在为止都没卖过什么股票，但百度早期的创始人，那些"二奶""三奶"都卖了，结果不到40岁就退休了，现在每天在家里"盲品"，就是蒙着眼睛品酒的味道，然后到处去玩，开心得很。等到经济状况实在不好的时候，他再入市收购一家公司，就可以当"大奶"。他永远有当"大奶"的机会，但他先把"二奶"的钱套现了。所以，在股权的安排上，我们要兼顾很多因素，包括刚才讲的利益问题、治理问题、自我约束，也包括实际套现的问题。现在很多人都搞海外上市，一方面当"大奶"，另一方面通过家属或朋友安排一些其他的可流通的股份来平衡。

我不追求传奇

第三方面的问题，效率问题。说到效率，大家可能都会觉得，我一个人说了算多快呀，五六个人商量，慢、扯皮。实际上，这里还是有算不清的账，我们要思考一个问题：是集权有效率，还是相对民主的、有程序的管理有效率。大家可以从三个方面去做比较，首先是点上有效和系统有效。集权是点上有效率，系统没效率。什么意思呢？比如朝鲜的先军政策，什么都以军事为先，点上很有效率，但饿死了300万人，系统是无效率的。再比如我们办奥运会花了约4000亿元，全国很多事都停下来了，系统成本太高。

我们万通和别的公司合作，私人公司和跨国公司对我们的批评是不一样的，非常有意思。私人公司总批评我们万通像国企，太慢。当然，在批评过程中，它在规模等各方面与我们的差距也越来越大。后来我想想，私人公司也有道理。为什么？它是比点上的效率。我们曾经和一个私人老板合作一个项目，他是自己在那儿卖楼，而我们是经理人在卖楼。我们的经理人都不敢自己做决定，他一个人就把什么都决定了，反正最后干坏了他自己也认了。所以，他效率极高，晚上不睡觉都行，而我们的经理人下班了肯定要休息，要有假期，公司还有一些后台支持，总体来讲效率就低。但这个私人老板只能做一个项目，到现在他做了快20年了，一直是做一个项目。万科现在已经做了300个项目了。所以，私人老板总认为规范的、正式的组织和系统没效率，因为他是点对点比，他不建系统，因为系统是有成本的，很慢。

跨国公司总抱怨中国企业太灵活了，什么事都想变通，一会儿这样一会儿那样。比如我们招标一块土地，大家知道，在中国，招标这事，如果大家都商量好了，找几个朋友来投就可以了。因为必须有人来投，有些领导会说希望哪几家来投，这种事在中国并不违法。但在跨国公司看来，这是不行的，这叫违反公平交易法。大家谁都不知道谁，这才叫投标，如果事先都知道了，那这事就不行。

那么，到底是系统有效率好，还是点上有效率好？这就要看你追求的目标，如果你想把事业做大，那就要讲求系统的效率，而不是点上的效率。老板一个人说了算，想给哪个领导钱就给哪个领导钱，1000万元现金说拿走就拿走了，点上是很有效率，但系统没人管你，没人提醒你，到时候一反腐，你和企业就完蛋了。这叫系统无效。

我再举个例子。我们办奥运会总共花了约4000亿元，中央成立了一个庞大的指导委员会，全国人民都支持，花了四年，终于把这个奥运会办完了。美国的世贸中心被拉登炸掉，整个重建项目花了360亿美元，按照当时的汇率来算，成本和我们办奥运会是差不多的。但是，整个世贸重建项目没有政府管，也没有成立什么特别协调小组，人家就是按商

想把**事业**做大

那就要讲求**系统**的效率

而不是**点上**的效率

业合约做。

最有意思的是，有个犹太人在"9·11"事件发生前取得了世贸中心的租约，世贸被撞了以后，他要求赔偿。他找律师想了一个招儿，要求赔偿两次。为什么赔两次呢？因为世贸的两座楼倒塌前后隔了差不多半个小时，这等于是撞了两次，所以要赔两次。当地的老百姓和舆论就说这人太奸诈、太精了。后来律师说"9·11"事件就一次，而且这两座楼的基座是连起来的，所以是一座楼。他说我看着是两座楼，双方就这样扯来扯去。这要是在中国，全国人民受了这么大的伤痛，政府还能允许你在这儿扯？这哥们儿就非要打官司，要求赔两次，也不管媒体怎么看。后来判的是赔一次，他就认了，不再说什么。在我们来看，这事太没效率、太扯了。

世贸大楼重建的时候，还有一件事也很有意思。当时大楼的地基已经建好，拿水泥封住了，突然有个"9·11"事件遇难者的家属出来哭，说到现在都睡不着觉，总觉得自己家的人还埋在里面，你们当时一定没好好挖。怎么办？那得挖啊，如果不挖，这事在美国来说就是伤害别人的心灵，选票都没有了。于是就挖，谁出钱呢？政府出钱。挖了大概两个月，花了4000万美元，就为了安慰一颗受伤的心灵。你说这是不是无效？如果从系统来说，它很有效，为什么？因为以后不会再有翻烧饼的烂事了。如果你当时图快、图省事，后面翻烧饼的烂事就会很多。所以，系统有效率包含三个方面：第一，质量；第二，成本，也就是未来节省的钱；第三，对未来负责任。

这是点上有效和系统有效，其次是短期有效和长期有效，点上有效其实就是短期有效，长期是无效的。拿中国历史来说，如果集权是有效的，中国就不应该到今天经济才发展，因为5000多年以来，中国一直是集权，是专制，这显然是无效的。为什么无效？因为集权的体制永远不可能保证你持续地创造财富，它总是在进行"创造财富—破坏财富"的周期循环。在中国5000多年的历史中，好皇帝统治的时间最多不超过500年。好皇帝一般出现在两个时间点：一个是太祖或高祖，也就是开国皇帝，杀了很多人当上了皇帝，这算好皇帝。再一个是中兴皇帝。皇位传到第二代、第三代的时候，由于老婆太多、皇子太多、太监太多，一搅和就出现了皇位继承危机。其中一个皇子或小老婆和一个大臣勾结，折腾一番，就出现了中兴。每个朝代都有中兴皇帝，中兴皇帝也很厉害，中兴皇帝再往下传两三代，这个朝代就结束了。所以，在集权体制下，国家的统治者都是通过战乱、内乱选拔出来的，财富得不到积累。

如果有一个比较稳定的制度，财富就能得到积累。比如英国、美国，财富每增长一点儿，都能积累起来，越积累越多。而中国过去几千年来经历了那么多朝代，在汉朝、唐朝和清朝的时候，中国的GDP在全球的排名都比现在高，但财富没有积累下来。这就是短期有效率，但长期没效率。

再有，究竟是集权做决策的正确概率高，还是适度的分权、有一定的约束做决策的正确概率高，这也有个比较。集权制度的决策正确性从负分到零分、到90分都有可能，比如伟大领袖毛主席1949年成立新中国，这么翻天覆地的决策就是90分，但一场"文革"让中国的经济几近崩溃，就是负分。如果是民主制度，或者说有个董事会制约一下，决策的正确性又如何呢？大体上是60～80分，最差的不会低于60分，最好的能超过80分。以我们中国的体制来看，奥巴马在当总统以前连个科级干部都不是，噌一下当了总统，也做得有板有眼。他敢做决策，多大的决策都敢做，因为美国的制度系统保证了你所做决策的正确性不会低于60分。

我曾经看过一部美国追杀拉登的纪录片，讲的就是做决策。"9·11"事件发生以后，布什下令说一定要抓住拉登，活要见人，死要见尸。中情局就开始在全球范围内搜寻拉登的情报，十多年来，一天都没停过，这就叫系统有效。后来，中情局的一组人找到了拉登的藏身之所，据情报分析，这个屋子里的人有60%的可能性是拉登。因为这组人天天追踪拉登的情报，追得很疲劳了，所以他们很希望他就是拉登，把他打死就立功了。他们会在主观上夸大这种可能性，就像办案一样，我一定要出成绩，即使你不是贪污犯，不是坏人，我也说你是坏人。这时候怎么决策呢？他们找来另外一组人，叫作红队。第一，这组人从来没接触过拉登这件事；第二，这件事成不成功和他们的利益、升迁没有任何关系。他们让这组人来分析，这组人分析完，认为只有40%的可能性是拉登。然后他们就把这个问题丢给了奥巴马，让这个连科级干部都不是的人来决定这么大的事，因为这件事的决策权在总统手里，谁都不能取代总统。当天晚上，奥巴马跟这些人说，这么多可能性，我今天决策不了，休息，明天早上再说。到了第二天早上，他告诉底下：干，折腾！于是，下面的人就开始执行。从决策的角度来说，有一组人分析的可能性是60%，还有一组人分析的可能性是40%，这种制度保证了决策的正确性是有底线的。而如果是非常集权的制度，可能自己一个人就定了。所以，不管是什么人，演员也好，黑人也好，女的也好，都可以当总统，不会影响整个社会的发展和整个系统的运作。

所以，我们在选择股权比例的时候一定要考虑清楚：你是追求系统的稳定性，还是追求个别点上的效率？你是假定自己一辈子都做正确的决策，还是假定自己也会做错误的决策，所以要找个人看着你？拿我自己来说，我肯定是选择系统有效性。所以，在万通，我现在的股份大概是30%，我们有若干董事，我不追求传奇，只做80分以内的决策。虽然我们每年的增长比较小，但很稳当，负债比较低。可是男人有时候突然来劲了，就背着手撒尿，非得干一件伟大的事。那怎么办？如果我想过瘾，我就拿自己的钱赌，不拿公司的股权。你自己拿钱跟朋友做一件事，砸了就砸了。刀郎有首歌叫作《冲动的惩罚》，作为男人，你要冲动，就拿自己的钱去冲动，但60～80分这个体系不能变。每次决策你都老老实实地按程序走，这样就不会出错，最后你会很踏实。

拿万通来说，我现在要出去送钱基本上是不可能的，因为我们的体系绝对不允许我这么做，没人配合我。为什么？因为公司的出纳不是我定的，我们有专门的人力资源部门来考核这个出纳，而且这个出纳跟我非亲非故，不是我女朋友，也不是我的孩子，所以她不可能听我的。即使出纳要动，我们也有别的制约，总之这事我是干不成的。我要干，只能从自己家里拿钱。大家都是有理性的人，我从自己家里拿钱搞定一件事，让其他股东得利，我脑子又没进水，算了，不干了。所以，现在不管哪个官员出事，都跟我们一点儿关系没有。我老开玩笑，说我们是"夜总会里的处女"，平时大家看不出来，"扫黄"的时候才知道谁是好人。

专业化的企业越做越省心，多元化的企业越做越辛苦

专业化这个问题也困扰着很多人，是做一件事还是同时做很多事？大家现在都做投资，李嘉诚投很多，巴菲特也投很多，GE（通用电气）也投很多，有些人就想，那我也投。我认为，大家应该相信一点：专业

化的企业越做越省心，多元化的企业越做越辛苦。多元化的企业实际上是想多赚钱，或者是想规避风险；专业化的企业也是想多赚钱。刚才我讲了，这其实是算不准的。目前全世界市值较高的公司，有专业化的，也有多元化的。一会儿专业化的公司上来了，比如沃尔玛，一会儿GE也不错。总体看来，在市值较高的公司里，专业化的公司要多于多元化的公司，比如微软、苹果、facebook（脸谱网）等，这都是专业化的公司。也就是说，总体来说，专业化的公司市值高的概率要大一些。

专业化最大的好处就是不累。比如万科的王石只做住宅，他把这一件事做到了全球第一。专业的活儿是手艺活儿，越做越熟练，所以他的公司的体系越来越好。他不用去跟领导搞那些暧昧的事情，人家活得很舒服，60岁跑到美国学外语去了。所以，专业化节省精力，而且也不少赚钱。比如，擦地板挣的钱一定比开餐馆少吗？我看不一定，我擦得好了，全世界的人都来找我擦，全中国的人都来找我擦，那我也是个庞大的公司，一样可以挣钱。当然，你开餐馆也可以开得很大。但你既开餐馆又擦地板，同时做两件事，就会浪费精力。我们曾做过一个比较，在地产行业，一家母公司在做地产的同时还做很多别的事，和一家只做地产的公司比，一般来说，只做地产的公司的效率要高于多元化的母公司。在只做地产的公司里，只做一个产品的效率又高于做多个产品。

还是讲抓拉登这件事，决策做出以后，就进入执行阶段。他们照着卫星拍下的照片盖了一栋房子来模拟拉登的藏身之所，然后找了大概60个特种兵，事先不告诉他们是什么任务，让他们在这栋房子里训练，训练了40天。最后这60个人蒙着眼睛都能找到每个地方，而且完全是靠肌肉反应来射击。什么是肌肉反应？通常人在射击的时候，看见目标后大脑要反应一下，才扣扳机。肌肉反应就是看见目标就自动瞄准、自动开枪，这就是专业化到极致了。我们现在让小孩儿读四书五经，小孩儿读得滚瓜烂熟，但不过脑子，这也是一种肌肉反应。

到了最后一周，他们才告诉这60个人，说你们的任务是击毙拉登。然后这帮人就拼命地记拉登的形象，完全是把拉登的样子印在脑子里，闭上眼都能很具体地说出拉登长什么样。到了阿富汗，他们给武装直升机贴上盔甲，这种盔甲贴上以后，飞机就隐形了，雷达都找不到。美国的这种技术外界以前从不知道，在这次行动中才暴露出来。然后他们预测天气，那天晚上没有月亮，直升机就飞过去准备行动。但百密一疏，有个问题他们没考虑到。那天晚上天很热，大家知道，热气流是往上顶的。直升机降落的时候，螺旋桨产生的冲击力和向上的气流使直升机一下倾斜了，结果撞到了地上，不能再飞了。大家看，专业化到这种程度还有可能失误。前方指挥的人就问有没有人伤亡，说没有人伤亡，于是继续执行任务。这些特种兵头上装有一个摄像头，能把画面传回白宫，所以后来我们能在网上看到击毙拉登的镜头。在那么黑的情况下，这些人从一楼开始往上攻，只要看到一个人影，立马开枪，完全是肌肉反应。拉登从一个房间里出来，看见人以后刚想往回走，乒的一枪被打中心脏，倒下了。这时候又是百密一疏，这帮人没带尺子，没法儿测量倒下的这个人的身高。于是有个特种兵立即躺下，和拉登的尸体比了比，估算了一下身高，马上报告给白宫。最后，他们把尸体装进尸体袋抬走，运到了航空母舰上。

什么叫专业？整个行动本来计划在30分钟内完成，实际用了多长时间呢？39分钟。如果你不够专业，你搞些城管去弄这事，那我估计你弄它个一天两宿也搞不定，最后全牺牲了。所以，公司如果专业化，至少你做老板的会很省心，系统会更有效率，而且任务达成的可能性会大大提高。

我再举个例子。一家很著名的公司最近在走下坡路，一个很重要的原因就是老板的心思分散了。他的团队来和我们谈合作，讲话都跟财经记者和证券分析师一样，而我们相对来说集中在一个领域，所以总能讲出一些和他们不一样的东西，结果双方的分歧就比较大。一旦你花的精力不够，你讲话的水平就会流为大众水平。所以，从目前的情况看，民营企业想长期生存，专业化是一个非常靠谱儿和省力的招儿。系统有效率，再加上专业化，这样，公司的老板就会比较省心，不用这么纠结。

做投资也是一样，如果你想做投资，就交给专业的投资银行或基金去做。我发现很多老板让女朋友做投资，结果都失败了。第一，动机不对；第二，不够专业。不管是"小姐"还是"大姐"，做投资都不是专业的，结果既赔了钱又生了气，还惹了是非。

熟人的"管理陷阱"

再一个问题是经理职业化的问题。经理职业化有两个方法，一个方法是加强企业内部的培训。现在，像王石、马云等这些企业家，都很重视企业内部的培训，从基层员工中选拔未来的领导层。我们万通也搞培训，叫mini MBA，就是培训公司未来的领导人。培训这活儿是个慢活儿，是个腌咸菜的活儿。大家知道腌咸菜，把白菜帮子放进坛子里，撒上盐，压块石头，盖上盖子封好，开始时是白菜，一段时间以后就变成咸菜了。这个过程就是培训的过程。如果腌完以后变好吃了，那你就培训成功了；如果烂了臭了，培训就失败了；如果不变味，进去是白菜帮子，出来还是白菜帮子，那你的培训同样是失败的。现在很多企业都"腌咸菜"，不断"蹂躏"公司的员工，就像鞣皮子一样，越鞣越软，越鞣越有韧性。

所以，在未来10年、20年，中国的民营企业要通过长期的培训来培养自己的职业经理人。我所说的"自己的"，不是自己公司的职业经理人，而是中国本土的职业经理人，是有本土文化特征的职业经理人。我们万通的职业经理人可能跑到万科去，万科的可能跑到恒大去，不管跑到哪儿，都是我们中国本土的职业经理人，是在本土文化下培养出来的适合民营企业未来长期发展的职业经理人，而不是留洋回来的，或者是在跨国公司受到西洋文化"摧残"的职业经理人。这是我们民营企业家形成的一个共识。目前，所有着眼于未来10年、20年的企业，都在加强自己的内部培训。

另外一个方法是检讨我们自己。在洋人那儿工作过的或者跨国公司的职业经理人，到了我们这儿，为什么不适应呢？可能确实是因为我们的系统不够好。越是纯私人老板，越没法儿用这种职业经理人，因为私人老板都用自己的"家臣""家奴""死党"，都用可靠的人。但跨国公司出来的人是在系统里生存的，每个人只管一部分，当民营企业没有这套系统的时候，他就没法儿干了。很简单，就像做手术一样，没有麻醉师，没有护士，没有输血的，甚至没有管空调的，这个手术医生怎么做？你老埋怨这个手术医生做得不好，其实不是他做得不好，他得有系统支持，才能完成手术。所以，怎样建好这个系统，让这些专业的职业经理人能落地，这是大家现在特别关注的。我们要从公司治理的专业化出发，把这个系统建好，让这个系统能接纳任何人。

举个例子来说，赶马车的车把式很牛，要赶马车，得让这个车把式来赶，因为换一个人，这匹马可能就不听使唤了。而开汽车呢，谁开车都会走，因为车的系统大家都知道。职业经理人就像你的司机，你让他去赶马车，他一定是不称职的。如果你的系统很好，你给他一辆汽车开，那老太太也能开，小孩儿也能开。系统包括内部的系统和外部的系统，内部系统就是我们的企业。外部系统就是信号系统、救援系统、加油系统、维修系统、灾害处理系统，等等，也就是我们讲的宏观经济政策、法律、环境、地方政府等，这些都是外部系统。外部系统如果不好，再加上你的内部系统也不行，这个职业经理人就没法儿干。有很多事情，职业经理人是根本看不懂的，只有"老江湖"才行。因为职业经理人看人是平面的，"老江湖"看人是"裸体"的，他看到的任何一个人都是"裸体"的，这个人怎么样，"老江湖"可能一眼就能看出来。而这些海归的职业经理人呢，他们不知道人还有另外一面，要看透人的另外一面，看清人恶的那一面，而不是善的那一面。善的那一面不用看，每个人都在表现，要看的是人不装的那一面，不装的那一面这些职业经理人就看不明白。但我们不能一直靠"老江湖"，"老江湖"顶一段就要退下来，就像柳传志上去顶了一段，等把车从泥地里拉上来以后，他又不管了。所以，我们要把内部系统调适得相对标准，让这些职业经理人能来开车。

我身边的很多朋友做公司很私人化，没有建立系统，一直用的是家里人。用家里人最大的风险是很难分清是非，白天讲是非，晚上又在一张床上睡觉，这哪能分清是非？没法儿分清。你儿子把事情做坏了，你肯定不能炒掉他，所以你就会很难办。如果你建个开放的系统，逐步地规范化，那你就可以引入一些优秀的人才。

此外，你还要有耐心，因为培养人这件事是个慢活儿。一件事情对不对、有没有价值，取决于两个因素。一是时间。去夜总会，当下给钱叫嫖，一个礼拜给钱叫礼品，一个月给钱叫友谊，一年给钱叫爱情，一辈子给钱就是婚姻。决定这件事好坏的不是你给不给钱，而是时间，时间长了，事情的味就变了。

二是跟谁做。如果你跟一个坏人做，那叫卖淫嫖娼；如果是蔡锷，我们现在说这叫千古风流；如果是跟总统这样的伟大的人，你就可能是第一夫人。姿势一样，感觉一样，但结果不一样。所以，企业培养人，第一要坚持，培训一下就完了，这没用。如果你能坚持几年，就会有效果。第二，选人很重要。如果你选的人有领导基因，那他未来就有可能成为一个伟大的人，你的公司就有可能发展。我们以前总是犯着急的错误，一说经理人职业化，就赶紧通过猎头公司挖人，马上让他给我们挣钱，天下哪里有这么好的事？你让一个人马上"生儿子"，他是不会给你"生"的，因为他没有安定感，也不适应。所以，我们一定要建立一个持久的观念来处理和安排经理人职业化这件事，这样你的企业才能人才辈出。万科到现在已经30年了，王石是最老的一代经理人，郁亮是第二代，现在到了第三代，这些人都是逐步培养出来的。大家会发现，在万科，跳槽概率高的人都是从外面请来的。我们要培养中国本土的经理人文化，用自己企业长期培养的经理人来解决系统持久运转的问题。

做企业，上游资源放海外，下游资源要根植本土

大家现在都很强调发展国际化，其实，全球化以后，国际化和本土化很难分清楚。比如iPad（苹果平板电脑），研发是美国的，生产是中国的，销售是全球的。

作为企业的领导，我们自己要有一个判断，未来你的资产究竟怎么安排？进攻的时候怎么安排，退守的时候怎么安排？你的钱可以分成两部分：一部分是"作战部队"，就是拿来赚钱的钱；另一部分是"退守部队"，就是给养，也就是吃饭、活命的钱。从进攻的角度来看，也就是从做事情的角度来看，我认为，我们要以中国没有的东西为出发点来思考所谓国际化的问题。什么意思呢？我们先来看看中国有什么。首先，中国肯定是有市场的，因为中国人够多，闭着眼睛都能说中国有市场。另外，中国有客户，有我们熟悉的文化，还有我们熟悉的党的领导，等等。

那么，中国没有什么呢？从目前来看，第一，对财产权利的保护不够好。第二，政府的法治和廉洁、程序的公正透明不够好。党中央都说反腐是一项艰巨的任务，所以这一点肯定不够好。第三，对知识产权的保护不够好，对创造性劳动不够尊重。第四，资本市场带有歧视性，不够开放和流动，也就是资产的交易不够开放和流动。第五，对某些领域的限制、垄断很多，有很多门槛。所以，如果你要做进攻性的安排，简单来说，就要把上游的东西放到海外，把下游的东西放到国内。所谓上游的东西，就是产权、资本市场、知识产权、流动性等；下游的东西就是市场、生产、销售等。这不是我个人的看法，是我们很多民营企业的老板共同的想法。

举个例子，阿里巴巴和百度为什么都在海外上市呢？显然，我们的资本市场不支持它们的发展。我们现在看到，在互联网、房地产领域，很多人都很有钱，他们为什么那么有钱？因为他们是在海外上市，卖股票，这是一种创造财富的机制。把上游的东西——从产权到资本，到知识产权——放在海外，这显然是近年来民营企业在财富创造的过程中使财富最大化的一种安排。税务的安排也放在境外，中国香港、中国台湾、新加坡的税都非常低，所有行业的综合税率大概在12%以下，而我们这里的税是比较高的。也就是说，所谓发展本土化，是指市场、客户、生产、销售的本土化，而产权、资本、技术和知识等看不见的东西要国际化。举例来说，所谓资本国际化，就是用海外的钱；所谓资本流动性，就是你今天可以在香港上市，明天可以跑到纽约上市，卖了以后又可以跑到伦敦，到处可以跑。但目前在我们这里，因为受到制度层面的限制，公司上市要审批，资本流动很麻烦。所以，从进攻方面来说，想要赚钱，就要把上游放在海外，把下游放在本土，这是目前来看比较有效的办法。

　　从守的方面来看，全世界的华人基本上都是把个人财富分成三部分：第一部分是公开的系统和平台做的公开业务，比如和黄（和记黄埔）、长江实业，这都是公开的系统；第二部分是私人业务，这部分业务交给私人银行、券商、投行去做，别人往往不知道；第三部分是公益慈善业务。也就是说，挣钱分成公开的和不公开的两部分，花钱是半明半暗的。李嘉诚现在就是这样，他给大儿子的是公开的这部分，给小儿子的是看不见的那部分。那么，现金从哪儿来呢？肯定不可能从和黄拿现金给小儿子，除非分红，不分红，他就不可能把账上的现金拿给小儿子，因为他只有不到50%的股份。另外，做公益的钱也不可能从上市公司拿。所以，他是从私人业务里拿出一部分现金给小儿子。也就是说，公开业务是上市的，是社会公众的资源；私人业务比较隐蔽，决策相对比较灵活，流动性比较好。公开业务的风险相对比较高，比如上市公司，你只占三分之一的股份，做的事却很多；而私人业务百分之百是你自己的钱，所以比较小心，风险相对比较小。公益慈善业务当然是花钱的，比如办汕头大学、长江商学院，这是捐钱的业务。我们没有这么伟大，事业没有李嘉诚这么大的规模，但我们也可以从这三个方面来思考这个问题。

从企业日常的安排来说，你要有一个算账的方法，因为国内资产有些是虚幻资产，有些是真实资产。拿房地产来说，房地产的国内资产很多是虚幻资产。打个比方，墙上贴着的美人跟你过日子似乎有关系，因为你每天看着她挺高兴，但实际上是没关系的，她不能帮你生儿子。中国现在还没有征收遗产税，如果征收遗产税，假定你有100万元的资产，那你儿子可能只能得20万～30万元，这还要算你儿子有福气，如果没福气，连这个数都拿不到。

为什么？很简单，缴税是根据资产的估值来缴的。假如你有100万元的资产，其中60%是房产，假定遗产税是50%（中国的遗产税不会低于50%）。按你是1月份死的来算，你儿子有10个月的时间来处置你的资产。假定你死后你们家的房子增值了，11月份卖出去卖了80万元。因为总要有一些中间的交易成本，比如请中介、律师、会计师等，所以卖80万元就算好的了。卖了80万元，缴50万元的税，还剩30万元。但你能控制自己死的时间吗？没准儿你是10月份死的，你儿子马上就要把房子卖出去，因为马上就要缴税了，所以可能只卖了70万元，最后落了个20万元。如果赶上市场不好，只卖了50万元，那你儿子就啥也没落着，还给人一个"富二代"的印象。

大家都知道陈逸飞的故事，陈逸飞去世的时候，他现在的太太、以前的太太和儿子曾经争遗产，后来为什么无声无息了呢？据我所知，这跟税有关。陈逸飞是美国籍，他们家的人争遗产要在美国打官司。美国的法院说打官司可以，先立案，立案之前先对资产做个评估，你们先把遗产税押在银行，然后再打官司。开始他们觉得陈先生钱很多，假设有1000万美元，那就要交500万美元现金给法院，然后才能开始打官司。但娘儿几个没那么多钱，没那么多钱也不行，因为你们已经暴露你们有遗产了，你们就得想办法把它变现了。也就是说，要先把资产全部卖掉，把税扣掉，剩下的钱他们再争。后来他们一想，觉得没什么意思，大家都是亲人，就这点儿钱，互相商量一下分了算了。

未来我们会面临很多问题，比如遗产税的问题、通货膨胀的问题，等等。为什么现在海外移民那么多？有很多原因，其中一个原因我认为与海外的资产配置有关。举个例子，我们在台湾卖一个项目，是一个度假性的项目——阳明山的276套度假屋。阳明山是台湾著名的风景胜地，可以观赏淡水夕阳、北投温泉等美景。台湾是有永久产权的，而且贷款利息不到2%，最重要的是，它的遗产税非常低，不到10%。也就是说，大陆的房子虚幻的增值很高，但实际保值很差；而台湾的房子虚幻的增值很小，但保值。我们跟客户开玩笑说，到你死的时候，你就知道我们是怎么对你负责的了。客户一算账，还真是这样。而且台湾还有一个好处，它算境外，叫作"国内境外"，这是一个法律概念。也就是说，从政治和法律的角度来说，台湾的主权属于中国，但具体的财经政策算境外。所以，钱到了台湾，就可以全世界跑了。还有一点，在境外消费可以刷银联卡。比如你在境外买套房子，100多万元人民币，付个首付，就相当于你买块手表或者买颗钻石，银联卡一刷，钱就出去了。所以，你应该选择在低税区配置你的私人财产（不是所有的私人财产，但至少是相当一部分），这样才能保值。也就是说，你的家庭财产也要国际化。当然，你的整体事业肯定是本土化的。

总之，究竟应该国际化还是本土化，不能一概而论，要做些区分。如果你想发展事业，就应该把上游放在境外，把下游放在境内。如果你想对儿子好一点儿，就在国外给他安排一点儿私人财产；如果你想对儿子坏一点儿，就告诉他交了遗产税他的资产就是负的了，让他白高兴。针对不同的情况，我们要用不同的方法来安排，这样你的事业和生活才能有节奏，才能平衡，你才能把挣钱、花钱、捐钱这三件事平衡好。

一群商人的公益践行

最后，我还想说说公益的事情，这件事对我们民营企业来说也是不能回避的，因为你总得面对企业的社会责任问题。目前，国内公益慈善捐款的主体是民营企业，是私人。也就是说，目前国内的公益慈善主要是我们民营企业在做的。民营企业创造了70%的就业、50%的GDP、50%的税收，而且提供了将近70%的捐款，只用了30%的信贷资源，所以，民营企业是非常光荣、非常了不起的。

当然，民营企业也有诸多不被尊重的地方。我开玩笑说，我们做了这么多，而且做的都是实事，"生儿子""养儿子"，但我们仍然只是个"二奶"，得不到太大的肯定，也没有名声。即使是这样，我们也要继续做。现在国内做公益慈善有两种方式，一种是道德和传统激励下的公益慈善。比如陈光标是个好人，他见谁可怜就捐钱。再比如我从小生活的村子很穷，现在我有钱了，帮助村子修个桥、修个路、盖个房。这是传统的慈善行为。另一种叫现代公益，比如壹基金、阿拉善，这是通过建立有效的组织来提高公益的效率，对全社会给予持续性的回报。

大家知道，壹基金原来是李连杰个人的，后来马蔚华、马云、马化腾、王石、我，还有几个人，我们一人拿了1000万元，把它重新注册了。这些企业家在这方面做事很有效率，而且绝不贪污，因为你都捐钱了，还贪污它干吗呢？我和李东生（TCL集团董事长）最早发起了一项公益基金，叫作爱佑华夏慈善基金，现在已经成为全球最大的儿童先天性心脏病基金，每年做几千例儿童心脏病手术。这些钱不是我一个人捐的，也不是李东生一个人捐的，我们只是发起者，我们会去找钱，也就是有效地组织募集，提高执行效率，这就是企业家的能耐。用非政府组织和公益组织的形式有效、长期地回馈社会，这就是现代公益慈善的方式。目前，国内一共有1300多家以企业和个人名义发起的私募公益基金会。

我现在是阿拉善SEE生态协会的会长。阿拉善是由国内的100多个企业家发起和参与的国内最大的民营环保机构，上一任会长是台湾人，再之前的两任会长分别是王石和刘晓光。所谓最大，是从三个方面来说的：第一，参与的人最多，都是企业家，没有企业以外的人。第二，它在民间环保资金中所占的份额最大，占到50%。也就是说，目前国内民间公益环保的钱，50%是阿拉善的。当然，即便是50%，也很可怜，美国的民间环保资金是60多亿美元，中国只有不到一个亿。第三，它是目前国内和国际上最被认可的民间环保机构。它有很好的治理方式和很持久的发展战略，就像做企业有战略一样，它也有战略，而且很详细、很有效。做公益其实是在改变自己，而不是改变别人，因为当你愿意出来捐钱的时候，你其实已经改变了，和过去不一样了。当你愿意去做环保，愿意对环境负责任的时候，你其实也在改变自己。

对环境负责任的时候
其实也在改变自己

我们这些企业家自从加入了阿拉善，我们的公司都制定了绿色战略，绿色战略是什么？比如你盖房子，如果你真能做到节能环保，政府会有补贴，你不会吃亏。而且你卖房子的时候，按照美国的市场，绿色建筑比非绿色建筑的租金和销售价格高10%～15%，也就是说，你会有溢价。最后你会发现，它不仅能让你改变自己，还能让你的生意获益。所以，我希望有更多的人参与我们阿拉善的公益环保事业。

实战问答

提问：您是如何处理家庭与事业的关系的，尤其是在教育孩子方面，您有什么心得？

冯仑：我现在不太敢说自己教育孩子的问题，因为我的小孩儿现在大了，不太好说。我说说我周围的朋友在教育孩子方面的一些普遍问题。第一，花的时间太少。教育孩子确实是不能偷懒的，但我们的确偷懒了，所以我们这些孩子多少都有些问题。第二，比较注重孩子技能的培养，让孩子学这学那，但比较忽视价值观的培养，也就是对人生方向的培养，比如怎样看待金钱，怎样看待"富二代"。我干爹有很多干儿子，我是他众多干儿子中的一个，他有一套教育小孩儿的道理。我现在也收了几个干儿子。我每年都会办一次家庭夏令营，跟我这些干儿子聊天，聊得最多的就是价值观的问题。我跟他们说，你们非常不幸，所以必须来好好培训。他们不理解，说我们的父母都觉得我们很幸福，怎么会不幸呢？我跟他们说，因为你们的起点是别人的终点。什么意思呢？别人上学、上班、打工挣钱、买车买房，小车换好车，小房换大房，孝敬父母，养老送终，这套活儿是多数人必须经历的。而你们呢，一生下来就房也不用操心，车也不用操心，父母也不用你们养，所以你们就没方向了，到底怎么活啊？

我觉得人有两种活法，一种活法是为别人活，做两件事：第一是做公益，第二是搞政治。富家人搞政治的很多，搞公益的也很多，这都是为别人活。政治是什么？政治是别人的事、公共的事。做公益很辛苦，跑非洲、跑贫困山区；搞政治也很辛苦，从农村开始干起。我有两个好朋友，他们的孩子是哈佛和耶鲁毕业的，一个到湖南的农村当村官去了，准备搞政治，还有一个做公益，在非政府组织里打工。大家会发现，很多富人的小孩儿都是在这两个领域里折腾。还有一种活法是为自己活，发展自己的个人兴趣，比如像张爱玲那样写写小说，骂骂人，要要脾气，谈谈恋爱，反正是为自己活。你要为别人活，搞政治和公益，那你就要有一个很高尚的价值观，这个价值观必须和社会未来的发展、社会公众的期待相吻合；你要为自己活，那你就可以使点儿小性子，"小清新"也好，"白富美"也好，想怎么弄就怎么弄。

总之，在教育孩子方面，我觉得第一要花时间，第二要知道他们今后可能的选择，而不是天天让他们学技能，他们自己也不喜欢啊。另外，我觉得逼着他们做生意也是对他们的一种摧残。为什么？古时候的皇帝三宫六院七十二妃，生那么多孩子，都不一定能选出合适的皇位继承人。你现在只有一个老婆，只能生一个孩子，就算你能多生几个，也不一定能选出特别适合做生意的。偶然性是很大的。我看到现在很多超级"大哥"的小孩儿压力都非常大，因为他们身上背着上百亿的东西，谈恋爱没法儿谈，在企业里做决策也没有自主权，因为老爸还在。我认为这不是教育孩子的最好办法。我不是教育专家，但这些话我会跟我的小孩儿讲。幸运的是，我的小孩儿还算听话，没给我添什么乱。

提问：假如我手上有1000万元的闲钱，我凭自己的能力找不到什么好的投资途径，只能看哪家银行的理财利息高，就投到哪家银行去。如果您有1000万元，您怎样让钱生出钱来？

冯仑：每个人的偏好和观念不同，就我个人来说，我比较喜欢风险高的投资。如果我有1000万元，那我可能会给一个特别能创业的人，他可能三年五年就成功了，如果不成功，我就当把这钱扔了，这是我的性格。如果你想非常稳健，看哪家银行的利息高就投哪家，其实不失为一个很好的办法。当然，每个人的偏好不同，你说买不动产是不是一个好办法呢？我认为，从目前来看，在二、三线城市买最优质的物业也算是不错的投资。因为现在一线城市最优质的物业的价格和全球人均GDP在四五万美元的市场相比差距很小，所以投资的空间比较小。但二、三线城市最优质的物业的价格和国际市场相比还有5~8倍的差距，所以还有一些投资空间。当然，一定要买最优质的房，不要买经济适用房，经济适用房虽然也可能涨，但绝不会有太好的前景。这也是中国现阶段可以考虑的一种投资。

如果是商用物业，我建议大家千万不要买散售的写字楼，因为多业主的物业未来都不值钱，就像一个孩子有五个爹、三个妈，这孩子就不知道怎么弄了。我举一个自己的真实例子。1993年的时候，我和潘石屹做一栋写字楼，当时我是董事长，他是总经理，我们俩配合得很默契。当时那栋写字楼我们散售，平均3000美元/平方米，底下的商铺最高卖到6000美元，平均4000多美元。这在当时的汇率下算卖得很好了。现在怎么样？我告诉大家，现在它每平方米的价格还不如旁边拆迁的土地楼板价高。现在这个地方新拆迁的楼板价是3万元/平方米，我们这栋楼只能卖2.5万元/平方米，这就是散售的结果。相反，我们在北京东边还盖了一栋楼，叫万通中心，这栋楼我们没卖。当时我们这栋楼旁边散售的楼大概是2万元/平方米。现在北京CBD的写字楼租金涨得特别厉害，我们这栋楼如果整体卖的话，至少能卖5万元/平方米。所以，大家如果要投资商业不动产，就不要去买散售的写字楼，肯定是不赚钱的。社区性的商铺我建议也不要买，所谓社区性的商铺，就是新社区稀稀拉拉有些商铺，这也是不赚钱的，但老城区的人口密度很大的社区商铺是有价值的。

提问：一般的企业接触不到很高级别的政府官员，在和政府打交道时，应该注意些什么？

冯仑：倪润峰讲过一句话，他说政府关系"离不开、靠不住"，就像"小姐"一样，很多人都被夜总会里的"小姐"害死了，《知音》《家庭》杂志上全是这些故事。那我们该怎么做呢？中国现在中间地带的事的确比较多，我知道香港有些公司让律师设计了很多方法来降低风险。举个例子，假定你做商业地产，搞定某件事可能有500万元的利益，但可能有20万元的成本，说多不多，说少不少。但你老板不想冒着风险给人钱，那样肯定是不好的，所以他们会把这事转换成公司内部的奖励，谁能把这事搞定就奖励谁50万元。某个员工想，20万元进去，50万元出来，我还能挣30万元，可能也就一个月时间，于是他就回家跟老婆说拿20万元出去。老婆问他干吗，他说你甭管了，一个月之后我给你拿50万元回来。老婆一想，这事行啊，就同意了。一个月之后，这事可能就搞定了，但公司永远不知道这事，公司只是针对某些事制定奖励的政策，只是给员工发了50万元奖金而已，该缴税缴税，最后落了450万元。如果你手下的五个员工都是从美国回来的，讲的是经理人文化，都觉得那是公司的事，对奖励无动于衷，那你就只能认了。另外，我知道中纪委对企业和政府打交道有一定的豁免尺度。比如你卖房子打折，千万不要多打，10%以内的折扣算是正常的，超过10%，就算行贿，这是一个规则。所以，我们就把握在10%以内，这样将来查起来就不会有问题，因为市场总得打折，这是可以理解的。

还有一种情况，两个人在做生意以前就认识了，比如你们俩是发小儿，最后你当官了，他做生意了。他家里有困难，他妈生病住院了，你给了他100万元，这种情况中纪委在办案的时候可以界定为人情关系。第一，你们的关系是在做生意之前建立起的私交；第二，你给他经济利益，但你并没有用公权力帮自己谋私。这最多算是馈赠，是可以理解的。

我曾在新加坡看到报纸上曝光的一条新闻，说有一个相当于边防武警司令的人，和某家供货公司的女老板发生了不正当的性关系。新加坡的法律是按次数算的，做一次爱判一年刑。这人和这个女老板"车震"一次，在欧洲一次，在某个公寓三次，最后加起来一共判了好几年。而我们是按人头算的，不是按次数算的，这是我们的特点。所以，我们必须搞清楚中纪委是怎样掌握这个尺度的，这样我们才知道哪些事能干，哪些事不能干，这很重要。

提问：企业越做越大，要用的人越来越多，现在企业招聘的员工大多是80后，甚至是90后。对于80后、90后的管理，您有没有什么心得？

冯仑：关于这个问题，有一点非常重要，就是你必须承认你老了。你千万不能用自己的思维去取代别人的想法，你要敢于让年轻人到前台来做事。我们公司比较注重公共关系，注重与人沟通。我们有三个媒体，一个媒体是一个老人办的。这个老人跟我一样，从进公司起就没变过工作岗位。我从进公司起就当董事长，他从进公司起就办一本内部传播的小杂志，到现在他已经退休了，我们还让他继续办。当然，他那本杂志越办看的人越少，现在我们全是给政府寄，政府里年纪大的人在看。另外，我们还找年轻人做了一本电子杂志，叫《风马牛》，现在有iPad版、iPhone（苹果智能手机）版，还有社区，搞得非常活跃，都是这帮小孩儿在折腾。这本电子杂志现在是我们跟客户沟通的最大的平台，每个月有200万人在看。

所以，我们要改变观念，对80后要重用，要让他们去做未来的事情。创业者最大的悲哀就是总相信自己，看不见自己错误的那一面。我们总是在用自己的观念来框定别人的未来，我们创业者就是这么牛。当你的公司发展到一定阶段的时候，就像王石讲的那样，你要放手，要让大家看不见你，要让后来的人能真正成为公司的主体。所以，80后应该成为公司的主体，你应该放手让他们去干。凡是规范的、专业的、公开的事情，80后都能做，比如生产、研发、市场、客户等。但那些不规范的、看不清的事情，他们现在还需要历练，这些事就由你这个"老江湖"去安排、去做。最重要的是你要支持他们，他们就是未来。对我们这些企业的创办者来说，最重要的不是开始，而是逐步地结束自己的故事。在吴晓波写的《激荡三十年》里，再牛的时代、再牛的人，他们的故事也不可能从第一页写到最后一页。中国的个体户时代是很有影响的，但那个时代两三页就写完了；我们这些当年在海南做房地产的人，

创业者最大的悲哀就是总相信自己
看不见自己错误的那一面

也只写了寥寥几页。所以，你要知道，你这一页是会被翻过去的，而别人会在下一页出现，下一页写的就是80后。

提问：什么样的税率适用于商用地产，什么样的税率适合住宅地产？税率高，会对房价产生什么样的影响？

冯仑：税率的计算很专业，我没有专门研究过这个问题。总体来看，现在有两种观点，一种是根据原值来收，就是购买价值，还有一种观点是根据评估价值。现在的税率很低，不到1%。我认为今后商用地产的税率不会超过3%，住宅地产的税率应该在1%以下。因为房产税年年收、天天收，量特别大，所以税很少，而且面积越大，税越少。但遗产税可能很高，因为富豪不是天天一批一批死的，如果天天死很多，还收那么多税，那就要造反了。目前全世界的房产税都非常低，而且面积越大，税率越低。目前看来，房产税对房价的影响不大，在美国和欧洲也是如此，但对持有人的心理影响比较大。比如你有一亿元的房产，即便只收0.1%的税，也有10万元，你还是要交钱的。

第二章
突破极限（上）

做企业的两件事：一是求人，二是求己

选择了什么样的市场，决定了企业规模能做多大

自由竞争越是激烈，越有利于企业扩张

企业家不能光换老婆不换组织

先做衣服后长肉

民企江湖时期的三大问题

把哥们儿变成股东，把"大哥"变成董事长

越是熟人多的地方，制度就越乏力

科学治理要学习华盛顿

董事会管脖子以上的事，总经理管脖子以下的事

要用职业经理人，不用职业经理人文化

让公司的组织结构特种部队化

我要跟大家分享的这些话题，我相信，是很多人——包括我的同事、朋友——在做企业的过程中都很有感触的一些话题。

我去了趟耶路撒冷，回来以后我一直在想一件事情，就是上帝是通过什么方式让大家感知。后来我发现主要是通过两种方式：一是故事，二是启示录。所有的好书、流传最久的书，几乎都是把这两种方式结合到一起的，比如《圣经》《古兰经》，以及佛教的经典书籍。所以，我觉得讲故事的方式包含的信息量是最大的，而且大家也最乐于接受。我尽可能结合很多故事来跟大家讲一讲企业的增长极限这个话题。

做企业的两件事：一是求人，二是求己

吴晓波写了几本书，其中一本叫作《大败局》，讲的是一些倒闭的企业。这些企业大部分都曾处在一个坎儿上，没把握住，生命就结束了。

这些企业，有些我很熟悉。企业的领导有我以前的老板，也有后来复出的，比如史玉柱，还讲到了现在还在武汉监狱里的牟其中。

牟其中是中国改革开放以来，民营企业中有过很大影响的一位创业

者，也是一位企业家。我和王石去武汉洪山监狱看他的时候，他一边和我们说话，一边掏出一叠厚厚的申诉材料交给管教，管教收起来就走了。我们试图劝说他改变一些方式，争取早点儿出来，但他仍然梗着脖子说"不，我就这样"。我出来以后就跟王石讲，他的性格恐怕是改不了了。

一个人对自己的认识，和社会变化带给自己的启发，有时候并不一致。认识自我其实是一件非常难的事情。我去美国考察医疗城，其间做了一次特别的体检，两天的体检实际上经历的过程就是认识自己。我和十几个医生就我的每一个器官反复讨论，我觉得这样的经历特别有意思。

实际上，我们都有这样的问题，包括这些失败的企业——它们始终很难把自己看清楚。黄光裕的案子结了，判了14年，罚了将近8亿元。当然，这案子背后还有很多故事，我曾经在车上看到新加坡讲黄光裕的一篇文章，说他已经赚了这么多钱，还不如把这些钱捐掉，为什么要做这样的事情。我觉得这些文章的动机是好的，但很多评论都是书生之见。一个人在演员的状态下和在观众的状态下，表现是不一样的。我对黄光裕有所了解，当时他处在演员的状态下，他在演一个角色，结果没演好，失败了。如果他当观众，可能就捐钱了。

2010年，全国至少有700万家民营企业，平均的存活时间只有两年半，每天死掉的民营企业比新生的多。五年到十年的企业存活率大概是7%，也就是说，生存五年以上的企业已经非常不容易了，大部分企业在十年之内都牺牲掉了。十年以上的企业非常少，在十年里，能够成为优秀企业的民营企业大概还不到2%。也就是说，对中国的民营企业来说，要生存发展，并成为最杰出的企业，的确是非常有挑战性的，很难超过十年这样一个极限。

那么，到底是什么让企业成长不起来？我在牟其中那儿曾经有一次特别有趣的经历。1990年的冬天，非常冷，当时北京有那种破面包车，不到四万块钱，四处漏风。那天，我早上刚到公司，在羊坊店12号，老牟就说让我跟他去陕北，我说那就走吧。我们上了车就走，走了一圈回来之后，牟其中就开始试图开发西北，成立了西北开发办，让我当西北开发办主任，管这么大一个地区。

为了把这件事搞清楚，我自己又去了一次西北。这回路上同行的有一个人，叫黄方毅，就是黄炎培的儿子。路上，黄方毅讲了一个故事。抗战胜利以后，国统区的人对延安非常不了解。在国共谈判前，国统区派了几个有影响的民主人士去了延安，黄方毅的父亲黄炎培也在其中。临走那天，毛泽东在窑洞里跟民主人士畅谈，谈到最后，这些民主人士问了他一个问题。黄炎培说过去历朝历代都出现了一个情况，就是一个王朝在兴起的时候非常欣欣向荣，自信、开明，叫作"其兴也勃焉"，意思就是说兴旺起来很快，势不可当。但是接下来就走向反面，就开始腐败，出现很多问题，叫作"其亡也忽焉"，意思就是灭亡也很迅速。治乱循环在中国封建社会是非常常见的，你共产党有什么本事能打破这样一个循环？

毛泽东非常自信地说，黄先生，我理解你讲的这件事，我们已经找到了一个方法，那就是民主。在延安的时候，毛泽东的确讲得非常好。结果怎么样呢？毛泽东晚年犯的所有错误都和不民主有关。这就是极限，一个政治家有他的极限，一个社会的发展也有它的规律。所以，我就从中国封建社会由兴到衰的规律——历史周期律，来引出我们要讨论的话题。

实际上，民营企业也有这样的周期律，比如爱多VCD就是如此，一下就没了。所以，我们要找出这样一种周期律，究竟是什么东西挡住了

其兴也勃焉　其亡也忽焉

我们的眼睛，究竟是什么东西让我们的内心开始有了魔鬼，究竟是什么东西让我们前进的脚步不得不停下来，究竟是什么东西让我们从此对未来失去了方向。这些东西都是非常重要的。

我们将所谈的极限分成两部分，一部分是外部的极限，另一部分是内部的极限。其实，做企业就是两件事，一是求人之事，二是求己之事。求人之事都是外部的事，我们没办法决定。求己之事就是我们通过自己的努力，能够克服、能够改进的一些事情。

选择了什么样的市场，决定了企业规模能做多大

首先我们来看看，对企业影响最大的外部的事情是什么。

第一就是市场规模。有些行业规模很大，有些行业规模并不大。我们从两个极端来看看行业对企业增长的影响。

我是做房地产的，中国的地产行业特别热闹，的确跟国外不同。国外做地产的在媒体上不怎么看得到，而在中国，出现在媒体上的地产商特别多，而且每个地产商都很有个性，大家能看到很多故事。

地产企业之所以能发展这么快，很多地产商都上了所谓的富豪榜，其中一个原因就是这个行业的市场规模目前在中国的确非常大。因为这个行业这么大，所以出现了这么多各种各样的人。

中国整个电影市场的规模可能还没有房地产的一个项目大。在中国，娱乐行业每天的八卦新闻非常多，我每天早上特别喜欢看娱乐版的八卦新闻，因为看完这一版以后，你就会知道社会上最新的变化。

娱乐业每天在报纸上的版面跟房地产差不多，那么，娱乐行业的市

市场决定规模

场有多大呢？2009年，整个电影业的票房大概只有60亿元。大家知道，在地产行业，一家公司就能卖100亿元，这样的公司有很多。2009年，电影行业盈利最高的一家公司赚了多少呢？8000多万元，就是华谊兄弟。在地产行业，任何一家公司说赚8000万元，都不好意思说。也就是说，虽然娱乐行业在媒体上有这么多故事，但它的企业规模都非常小，小到大家都不能想象，全中国最大的娱乐行业的企业一年也就赚8000万元。所以，如果你所处的行业非常小，那你想成为一家突破增长极限、快速发展的企业就很难。

有一天，我和马云在一起讨论娱乐行业的发展，马云说他之所以投资王中军，是因为他认为这个行业非常了不起。在美国，娱乐行业有1000多亿美元的市场，也就是有将近1万亿元人民币的市场。而在中国，电影、电视加在一起，不算广告，只算内容（节目）这部分，大概也就100亿元的市场。所以，马云认为这个行业机会很多。当然，自从王中军的华谊兄弟上市以后，文化娱乐产业就在开放。我相信，这个行业越来越大以后，会出现越来越多的像美国好莱坞的很多大公司或者默多克的新闻集团这样的，横跨影视、娱乐、媒体领域的综合性大公司。

所以，市场规模对企业能否持续发展来说非常重要。

大家都知道，万通在纽约做中国中心。有一次，我们向商务部的领导做汇报，他们问，中国在美国到底有多少企业，有多大影响力。我们告诉他们一个数字，在美国的三个市场——OTC（柜台市场）、纳斯达克市场、纽约主板市场上市的中国企业有500多家，这500多家企业的市值已经占到美国资本市场市值的10%～15%，百度在美国资本市场的市值已经排到了第四位。互联网企业这几年在中国风生水起，发展迅速，规模、市值都非常令人吃惊。实际上，这与互联网行业的市场规模有关。

互联网最初的功能就相当于一个工具，像电话一样，在发展过程中，它逐步带来了其他一些相关的产业。目前，中国的互联网用户是全球最多的，手机用户的人数也是全球第一。可见，这个行业的市场是非常大的。今天大家在富豪排行榜上看到的富豪，基本上是出自三个领域：最早是房地产，然后是互联网，接着就是流通消费领域。这些领域的市场都足够大，而市场足够大就一定会产生很大的企业，企业的增长边界就会很宽。如果你所从事的行业很小，即使你增长得再大，也会被它的市场规模所限制。就像娱乐业，再热闹，在媒体上占的版面再多，规模也很小。所以，我们谈企业增长的极限，首先要看你所处的行业，如果这个行业给你限定了一个边界，那你就不要感叹，只能等待。也就是说，我们要分析市场规模，认识环境极限。如果行业规模不够大，要么等待行业成长，要么及时调整战略，转移阵地。

自由竞争越是激烈，越有利于企业扩张

除了市场规模的极限外，还有市场结构的极限。

所谓市场结构，就是市场的组织方式究竟是完全自由竞争的，还是垄断的。比如房地产这个行业，规模是很大，但如果市场化在逐步减弱，那它的市场结构就变成了垄断竞争，或者是垄断而无竞争，或者是国有一家在做、政府一家在做，民营不做。如此一来，房地产行业增长的门槛又出现了。如果全部由政府做，民营不能做了，那它的市场即使统计的规模还有40,000亿元，这些富豪可能基本上也都不干了，因为没

有他们的机会了。

我去过古巴，也去过朝鲜。听别人给我讲，说朝鲜的足球队员因为吃得不够好，所以都跑不动，第一天还有劲，到了第二天就不行了。这些队员压力都很大，因为他们是在为领袖踢球，如果踢不赢，回去就会怎样怎样。我在飞机上看到伊拉克的一个故事，说是萨达姆的儿子曾经管足球。那时候，他们的足球队要是踢不赢，他甚至会让老虎、狮子或狗来咬球员。

那么，到了古巴是一种什么感觉呢？在古巴，什么事都是政府在管。在摊上卖甘蔗水，我们觉得这应该是私人做的，因为这事太不重要了，最后一问，是政府的。后来碰到街上踩高跷、耍杂技的杂耍，我们觉得这应该是私人的吧，杂耍这事多好玩啊。最后一问说不是，是政府控制的，政府派他们来的。后来我们问，他们那儿哪些是公家的，哪些是私人的，他们说没有私人的。最后我们发现，只有在床上的那一刻属于私人，只要你下了床，就是共产党或者政府的了。

在这种情况下，也有市场，但它完全是政府控制的，不可能有民间企业。所以，在那里，你看不见民间企业，看见的民间企业都处于半违法状态，就是做走私，比如弄点儿雪茄在外边倒腾，政府一旦知道，就要收拾你。在这样的市场结构下，你是成长不了的。

朝鲜也进行了一些市场改革。大家知道，它的币制改革失败以后，财政部部长被枪毙了。理由有两条：第一，出身地主家庭；第二，破坏朝鲜的经济。在这样一种体制下，他个人怎么能决定很多事情呢？币制改革失败以后，朝鲜的经济也反映出很多私人经济发展困难的奇怪的原因。

其中一个原因是，朝鲜有一个特别怪的规定，用我们的话来说很有意思，就是只有更年期以后的妇女可以搞市场经济。为什么？因为他们规定，年轻健康的妇女必须干社会主义，45岁以上、没有劳动能力、不能给共产党和国家干活儿的人才被允许干点儿小买卖。结果没想到，几年以后，这批妇女反而发财了，最后成为所谓资本主义的代表了。币制改革就是要用新钱的一块钱换老钱的100块钱，而且要说清楚钱的来路，这样一来，就把这些妇女的钱洗干净了。当然，这样的故事不光发生在朝鲜。1975年，越南共产党夺得政权以后，也进行社会主义改造，曾经搞了三次币制改革，每一次都是用这种方式来重新分配财富。

也就是说，光有市场还不够，还要看市场的结构。如果市场结构是充分竞争的，企业增长的空间就大。如果只是表面上有个市场，但是竞争度不够，那么，不管市场规模的统计数字有多大，企业都成长不起来。

朝鲜也好，古巴也好，包括我国"文革"的时候，你可以说有多大的市场，但它的市场结构完全是公有、国有主导的。在这种情况下，民营企业增长的天花板非常低，根本不可能成长。

所以，我们看企业增长的极限，不仅要看市场规模，还要看市场结构。房地产调控以后，我、任总（任志强）和很多人都特别强调市场化导向，我们为什么要强调市场化导向？因为不这样做，企业的增长极限就到了。所以，不能光说市场有多大，还要看市场的结构，特别是制度安排和竞争度，越是开放，竞争度越大，市场规模越大，企业增长的空间就越大。也就是说，我们要分析竞争机制，看清客观极限。企业的增长空间由市场的开放程度决定，自由竞争越是激烈，越有利于企业扩张。

总之，我们要了解清楚民营企业增长的外部环境，最重要的就是两条：第一，规模足够大；第二，竞争度足够高。我们不怕竞争，就怕不让竞争，说这事只能国家干，你不能干，那你就没戏了。

从这个角度来看，最重要的就是要推动市场化的改革，要扩大竞争，同时要推动开放。有了开放和竞争，民营企业的增长就是无极限的。所以，每一个行业都有一个责任，就是想法让政府相信，开放和竞争对政府、对社会是有好处的。这就要求我们理解市场究竟有什么作用。

我举一个极端的例子，抓贼都靠市场。阿富汗战争结束之后，有好多人在阿富汗义务抓恐怖分子，其中有一些是父子档。美国把这种人叫作赏金猎人，他们是有执照的。什么人可以去做赏金猎人呢？比如退休的警察、前FBI的人等。差旅费你自己付，如果你抓到了，就可以凭人头来领赏钱。他们可以带解具，比如可以带手铐、带枪（美国人自己就可以有枪）。就像风险投资一样，这种人为了发财，带着儿子化装成阿富汗人，天天在山里待着，只要逮住一两个恐怖分子，他这辈子就发了。

有一次，我去印第安纳，大雪天开车，他们那儿的人告诉我要小心，让我赶紧停车，而且要停对地方。如果停不对地方，车滑了或者出了其他什么问题，拖车公司一会儿就来了，因为拖车公司要发财。什么意思？冬天下大雪的时候，开车违规的人特别多，警察抓都抓不过来，所以他们就通过市场化的方式来解决这个问题。他们算出每年雪季违规的概率，而罚款就是市场，有一个市场份额。然后政府发两张执照，让两家拖车公司去拖车，拖了以后就开始罚款。罚款的钱归国家，进到警察的账户里，再从那个账户分给拖车公司。

所以，拖车公司的干劲特别大，比警察的干劲还大，每天在那里盯着。但拖车公司有一个风险，万一拖错了，车主可以起诉，拖车公司就可能破产。所以，他们比警察还认真，360度摄像，尽可能把你违规的证据都取全，这样，他们把罚款交给警察局，自己才能分到钱。所以，用市场的办法来整治乱停车，也是很有效的。在我们国家，可能会用另外的方法，比如要戴个箍、要请个人，综合治理，严打，等等。而在美国，用市场的方法，拖车的民营企业就能发展，甚至抓贼的民营企业也能发展。

总之，只要市场高度竞争、高度开放，市场规模足够大，民营企业增长的空间就非常大。

企业家不能光换老婆不换组织

是什么阻碍了企业内部的增长？首先就是组织结构的极限。很多企业的老板都比较愿意做营销、做产品，对做组织工作没什么兴趣。因为组织工作的结果不能马上看出来，而你今天卖出去一件产品或签了一份合同，财务上立马就有体现。组织工作一天两天也看不出什么成效来，为什么还要投入那么多时间和精力呢？我可以告诉大家，这个问题的确是很多民营企业死亡和不能成长的最重要的原因。

我相信读过MBA的人都有一个特别有趣的体会，就是刚开始的时候大家都愿意学营销，很多年以后再去读，就愿意读组织管理。因为他们发现做企业最关键的不是营销问题，而是怎么把营销的人才管好，让他们在组织里更有干劲、更有效率。

我讲一个故事，傻子瓜子的创始人年广久，在改革开放初期是非常有名的。到现在，这个人已经做了大概30年的生意了，今天很多人已经忘掉他了，也不知道他在哪儿，不知道他的企业有多大规模。我可以告诉大家，他的企业的规模非常小。为什么近30年来他一直做不起来？照理说，他所在的行业——食品行业的规模也不是很小，而且这个行业也不属于国家垄断，他怎么就发展不起来呢？我曾经在做一个电视节目的时候碰见过年广久，一周后我又和柳传志吃饭，对比他们两个人的故事，差别在哪里？

那天做节目，主持人让我们在题板上回答问题，那时候我们才发现年广久不会写字，除了自己的名字，其他字都不会写。后来主持人问，改革这么多年，每个人的变化是什么。他说，我就是变了好多老婆，其他什么也没变。的确，他变了四任老婆，现在的老婆是河南的。他认为自己开始的失败是因为找了个没文化的老婆。他说我没文化，应该找个有文化的老婆，所以就找了个大学生。找了大学生以后，又发现大学生光谈理想，不务实，于是又把大学生炒掉了。现在找了个河南的太太，但他的企业规模目前还是没有变化。

也就是说，这二三十年，他光换老婆不换组织，他的组织还是个体户。当年注册的时候是个体户，后来虽然改叫私营企业，但还是他一个人。最有趣的是，我看到有报道说，记者去采访他，说到他办公室谈谈，结果到他办公室一看，里面除了一张麻将桌，什么也没有。一般来说，办公室最起码得有台电脑，有张桌子，或者有个秘书吧。他说没本事的人才用秘书，我都能自己干，秘书哪儿有我干得好啊？记者问他怎么连办公室都没有，他说我们在打麻将的时候就把事情谈完了，不用办公室。这就是年广久今天的状态。

也就是说，他现在仍然是一个人加老婆，在麻将桌上谈生意。他人生中经历了很多故事，比如跟他儿子打官司，说他儿子把他的东西给骗走了。他还坐过牢，坐牢出来后又被罚款罚了很多钱。这样一位资深的第一代民营企业家，近30年来，他的企业在组织上没有任何变化，我们今天看到的他和20多年前看到的他是一样的，想法、观念都没变，你甚至会感觉时代停止了。唯一不同的是现在打麻将可以搬到办公室去打，以前可能连办公室都没有。他住在一栋两层的楼里，楼上就是他的办公室，而且他认为用秘书、用助理是不能干的表现，能干的人就该自己干。

那天回来之后，我看了一下吴晓波的书。年广久和柳传志差不多是同一时期创业的，这么多年来，柳传志除了在产品方面取得了很多进步外，在组织方面也做了很多改进。最早他的公司属于国有民营性质，在计算所下面拿了30万块钱，后来逐步变成了香港的合资公司，然后又变成了政府给他们一定的股份，大概给了15%的股份，仍然是国有民营，但是混合经济。再之后就是香港的上市，接着就是国内的公司变成了投资控股公司和下面的一些专业性公司，出现了几个板块，包括地产、投资、原来的神州数码，还包括联想原来的PC部分，组织结构超级复杂。后面大家都知道，杨元庆管的PC部分收购了IBM，变成了一家跨国的公司，公司的总部放在美国。再往后，它又变成了一家完全的投资公司，引进泛海作为它的股东，把国有民营变成了以民营为主导的性质。近年来，柳总又提出联想要在未来几年整体海外上市。可见，联想的组织架构不停地在变。现在柳总已经70岁了，他41岁创业，到70岁，大概做了30年。也就是说，这30年来，他的企业一直在进行组织变革。

先做衣服后长肉

任何一家成功的企业，都经历了很多组织的变革。社会环境发生变化后（后面我会讲到社会环境是怎么变的），你的组织必须变。

大家可以看到，老一点儿的民营企业，比如万科这样的企业，也是不断地在变：由全民企业变成股份制企业，变成上市公司，变成深圳地方国有作为大股东，又变成央企作为大股东，等等。拿我们万通来说，变化也是非常多的，最早是全民联营，后来变成私人合伙，然后变成有限公司，变成股份公司，变成一部分上市公司，再变成投资公司，等等。

因此，组织变革对企业增长来说是非常重要的。组织变革相当于什么？打个比方来说，组织就像一件衣服，你是等自己长得很胖了，让衣服把你的肉勒死，才改变衣服，还是像年广久这样，从来不改变衣服，所以肉也长不起来，又或者是适当地把衣服做得宽松一些，让你的肉有正常生长的空间，也就是说，先做衣服后长肉？

大家知道，东星航空的创始人兰世立因为税务问题被判了三四年时间。在他出事半年多以前，我和王石曾经到武汉跟他一起讨论过他公司的组织问题。当时，他的公司是一家民营企业，从发展阶段上来说，初期的资本结构的问题都还没有解决。我们问他到底有多少资本金，他总是在讲有多少规模。规模有很多是负债形成的，比如你说你有十亿元，可能九亿多都是负债，还有一部分是自有资产。自有资产里有一部分属于资本金，有一部分不属于资本金，比如应收账款也是自有资产，但它不属于资本金。

所以，我们当时就建议他先把组织上最基本的东西——资本金搞清楚，然后再决定引进外来的投资究竟是在资本层面还是债务层面做，又或者通过其他的方式来运作。所以，民营企业的很多问题，表面上是和国有企业的冲突，实际上，我个人认为，从民营企业自身来说，它的发展也有很多欠缺，企业基本的组织架构不规范，导致其财务状况无法厘清，所以没办法和别人谈清楚。

我们回顾一下历史，来看看组织为什么那么重要。

到今天为止，民营企业的组织变革可以说经历了三个大的阶段。第一个阶段是1993年之前，就是《公司法》颁布之前，这个阶段可以叫作江湖时期。1993年之前没有《公司法》，但是有公司、有个体户、有商人。在这个阶段，民营企业的组织处于很混乱的状态。从1993年到2000年，或者大概到1999年这段时间，就是有了《公司法》，大家开始学会把江湖组织变成公司，这是第二个阶段，这个阶段我们称为公司年代。2000年，亚信上市开启了科学治理的时代，就是不仅要公司化，还要科学治理，这是第三个阶段。

这三个阶段对民营企业来说都是很大的挑战。大家可以对照一下，自己的公司现在处在哪个阶段。如果你今天还处在江湖阶段，那你的公司就很麻烦了。

民企江湖时期的三大问题

那么，江湖时期是怎么治理企业的呢？无非是两种治理方法：一种是江湖，一种是家族。

江湖时期的组织有三件事情和公司年代非常不同。第一是没有办法按程序来选择一位领导人。那时候，"大哥"的产生是没有标准、没有程序的。通常产生一把手的方法就是，谁想当"大哥"，杀了"大哥"便是"大哥"。这是江湖规则，没有一套制度安排来规定谁当"大哥"。有一部电影叫《黑社会》，杜琪峰导的，专门讲怎么选"大哥"。一般就两个方法，一个方法是几个大佬在背后喝茶，表面上推举两个人，让大家来投票。实际上这两个人磨刀霍霍，召集人马开杀，杀到最后，强的那个人连后面推举他的那些人都统统杀掉，自己就当上了"大哥"。另一个方法就是家族传承，比如香港的黑社会新义安，从旧帮会演化出来，到今天为止，仍然是家族传承的方式。

《黑社会》这部电影最后有一个镜头是讲内地公安的，内地公安教育杀出来的那个"大哥"，说你们以后别这样打打杀杀了，找个家族一代代传下去就完了，免得给我们添乱。他们抢来抢去就为了抢一个叫龙头棍的东西——最高权力的象征。所以，如果江湖组织不能有序地选择领导人，被选的领导人也会很头痛。对江湖"大哥"来说，最危险的人是谁呢？就是最可靠的人。当时流行一句话，叫作"最可靠的就是最危险的"，这是闯荡江湖必须记住的。大家仔细想想，江湖"大哥"通常都是被谁搞死的？被司机搞死，被秘书搞死，被保安搞死，被女人搞死，都是身边的人，都是最信任的人。所以，对"大哥"来说，当上"大哥"后的第一件事就是谨慎，就是对所有相信的人产生怀疑。

也就是说，如果你这家民营企业不能靠制度来安排人，只能靠人盯人来怀疑或相信一个人，那这家企业和江湖组织是非常像的。中国历史上活得最长的"大哥"，就是我们在电视剧《乌龙山剿匪记》里看到的榜爷，活了70多岁。他活下来的最重要的办法就是谨慎，谨慎到什么程度？谨慎到神经质。比如，他每天睡觉的时候都会用手夹一根香。那时候没有BP机，没有手机，没有互联网，你想出卖"大哥"，就要去官府告他。你跑下山去，再带着官府的人跑上来，得一个多小时。他这根香烧的时间控制在45分钟左右，一旦烫到手，立即转移。这样，下面的人即使想出卖"大哥"，等下去叫了人上来，"大哥"也不在了，换地方了。这个办法绝了身边很多想下去找官府的人的念头，因为根本来不及。

还有一件事情可以说明榜爷极度神经质。他身边有一个最贴心的人，有一次吃饭的时候，这个人贴在他耳边跟他讲事情。他掏出枪，看都没看就一枪把这人打死了，因为从来没有人离他这么近。这人那天的确找他有急事，后来被好好地安葬了。靠着这些办法，榜爷才得以善终。中国历史上其他的"大哥"，都是在四五十岁的时候就被干掉了。所以，江湖组织的第一个问题是没有办法有序地产生领导人，这是很难做到的。

第二个问题是没有进入和退出的程序。有一部电影叫《投名状》，立投名状实际上就是加入一个江湖组织的程序。什么意思呢？《水浒传》里讲，但凡好汉入伙，要有见面礼。把"大哥"的仇人杀了，拎着脑袋去见"大哥"，这就叫投名状，"状"就是一个凭证。我投在你的门下，证据是什么？我把你的仇人杀了，表明我对你的忠心，我也没有退路了，只能来加入你的组织。

中国历史上土匪最猖獗的时候，加入某个江湖组织会对武艺做些考核，比如百步要穿杨，抬手要打鸟，但其他方面的考核是没有的。退出的机制就更没有了。想离开"大哥"是很难的，会被视为不忠。当你从这个山头下来，跑到那个山头的时候，这个山头的人就会来砍杀你。从"大哥"那里跑出来的人只有自立山头，才可能有活路，投靠别人基本上都是死路一条。因为它没有退出机制，没有规定退出以后给予你什么补偿，比如像现在《劳动合同法》或劳动合同规定的，给予两三个月的工资补偿。所以，可以想见，这样的组织充满了不确定性、恐惧和互相猜疑。

　　江湖组织的第三个问题就是没有激励机制。"大哥"基本上是靠两个办法激励手下，一是靠平均主义。比如土匪打下了一个寨子，或绑了一票回来，想论功行赏是很难的，基本上就是大家每人领点儿赏，吃吃喝喝就完了。这样的情况在东北的土匪里非常常见，每次打劫完了，底下的人就胡乱分了"大哥"的奖赏，没有规则可言。

　　另一个办法就是靠未来的预期来管理，没有正面激励，只有负面激励——你要是干不好，看我怎么收拾你！香港有一部电影叫《跛豪》，其中有一个情节，在廉政风暴以前，所有警察都拿江湖"大哥"的钱。廉政风暴以后，他们就犹豫这钱还拿不拿。有一天，跛豪（"大哥"）发现这些警察都开始不给自己干活儿了，就想试试他们。他请他们过来一起喝茶吃饭，在桌子上摆了一堆钱，像座小山一样，说让大家拿去喝茶。要是在往常，这些警察就各自把钱往兜里揣了。可是这次，所有人都坐在那儿不动，没有人敢伸手拿钱。跛豪知道这些人都变心了，很不爽。这时候，其中一个警察站起来说他家里有事，要先走一会儿。这时进来一个人，手里提着一个袋子，倒出来是一只带血的手。这帮家伙见此情形全毛了，知道今天不拿钱是出不去了，只能乖乖地把钱拿了，赶忙道谢。这就叫作预期管理，就是对后果的管理。所以，江湖上的混混儿经常说的一句话就是：谁出卖"大哥"，我就砍了谁。这就是对后果的一种预期管理。

　　民营企业在江湖时期，由于这三个问题处理不好，组织是极其混乱的：第一，不能有序地产生领导人；第二，没有进入和退出的正常机制；第三，没有合理的激励方法。

　　万通是1991年创办的，也经历过江湖时期。江湖上产生"大哥"还有一种潜规则，就是《水浒传》里的规则，我们就是按照这个规则走的。江湖上的潜规则是什么样的？大家都不认识，坐在一起吃饭，年龄大的肯定被尊为上座，这就是潜规则。在中国的文化里，大家在一起做事，年龄大的人总是被尊敬的，这是第一条规则。如果两个人年龄一样大，那就看第二条规则——过去的背景，也就是在体制内的经历，看谁的级别高。《水浒传》里的阮小二、阮小七参加起义很早，但排名都在林冲之后，凡是过去有职务的人都排在他们前面。这就是当时的第二条规则。在万通，因为我在原来的体制内是领导，年龄又最大，所以我就当了"大哥"。这就是潜规则在起作用。

《水浒传》里的第三条潜规则就是君权神授，也就是天命。所谓天命，就是阴谋诡计加上自然的标准。晁盖死前留了一个遗嘱，谁杀了史文恭，谁就做"大哥"。宋江显然没有完成这件事，所以庆功那天，宋江很不开心，因为他想当"大哥"，但按照晁天王的遗嘱，轮不到他。于是，就有了那从天而降的石碣，上面写着天罡地煞，一共108人，宋江写在第一个。如此，宋江就当上了"大哥"。靠点儿小诡计，再靠点儿所谓的天意，中国的很多民营企业在早期都是用这种潜规则来解决人事问题的。

万通当时也是这样，平均主义是我们最能接受的，所以，我们六个人的股份是一样的。而且我们的激励方法也很简单，什么都平均，什么都透明。我们基本上是以当时所谓的共产党员的标准来严格要求自己，以完全自律、完全透明的方式来解决问题。1992年，我和王功权到深圳去学先进，找到了王石，跟他讲了我们的组织架构，讲了我们的理想。那时候我三十二三岁，其他五六个人，最小的只有23岁，平均二十四五岁。王石说，如果光靠平均主义，光靠理想，你们迟早是要散伙的。所以，我们必须迈过这道坎儿，也就是说，公司的组织架构要变为以经济关系为基础，而不是精神关系。

把哥们儿变成股东，把"大哥"变成董事长

1993年，《公司法》出台以后，民营企业面临着一个巨大的挑战，就是要把哥们儿变成股东，把"大哥"变成董事长，要是完成不了这个转型，企业就存活不下去。海南的很多公司在这个时期转型都没有转过来。"大哥"永远是"大哥"，不是董事长，因为董事长和"大哥"不一样。董事长是资本的代表，他的合法性来源是股权；"大哥"的合法性来源是暴力，是强权。很多创业者起初都是哥们儿，互相有感情，有了《公司法》以后，你要拉下脸来把兄弟变成股东，有时候这会伤感情。怎样把兄弟关系变成股东关系，这对我们来说是一个巨大的挑战。你的组织如果不能从创业初期的以情感为主的模式，逐步转换成以理性和资本为主，可能就逃不过死亡的命运。把哥们儿变成股东，把"大哥"变成董事长，这个转型就叫作组织变革。这个转型完成以后，企业就进入了所谓的公司年代。

《公司法》颁布以后，所有的民营企业都在检讨，都在重新注册。从那时候开始，我们知道了什么叫股东。那时候的规定很清楚，董事长是法人代表，当然，现在总经理也可以成为法人代表。万通原来一直是总经理（王功权）是法人代表，1993年以后，我们把它公司化，完全按照《公司法》的规定来重新注册、调整。从那时候起，我就变成了公司的法人。

对相当多的公司来说，这种转变都是一个挑战。我觉得今天的很多创业者虽然注册的是公司，但有时候还是在按照哥们儿的方式行事。那么，什么时候才能看出是不是股东呢？就是分钱的时候。1995年，潘石屹他们几个人提出想自己做，这就牵扯到埋单的问题。这时候大家才知道，原来股东是很值钱的，因为算完账是要给钱的。

慢慢地，我们强化了股东意识。到王功权2004年离开的时候，我们已经能很熟练地处理这种事情了。为了省钱，我们俩只请了一个律师（潘石屹走的时候，我们请了两个律师，他请一个，我请一个），因为这套程序我们已经很清楚了，就是算算账，订个协议，我给你钱，你给我过户。那时候我们已经是很好的朋友了，就吃了顿饭，签了个协议，给了张支票，把所有股权转让的手续办完，就完事了，也没吵架，公司也很稳定。逐渐地，股东的变化对公司的影响越来越小，不像江湖上换个"大哥"，就完全乱套了。

所以，在公司年代，我们要真正地把合伙人当股东，树立股东的观念，在股东的基础上谈感情问题。在创办企业的初期，往往是感情比股东重要。过了一定的阶段以后，就要把兄弟真正地当股东来对待。

另外，"大哥"要变成董事长，做"大哥"的心态也要改变，你不能要求大家无限地付出。"大哥"可以要求兄弟无限付出，因为"大哥"对兄弟负有无限连带责任。比如兄弟被砍了，"大哥"每个月得发他工资，江湖上叫出粮，还得管他老婆。所以，当年张子强被枪毙的时候，他的兄弟去看大嫂，大嫂唯一的想法是还要给兄弟出粮，就是还要给他发钱。而董事长对手下的人是负有限责任，也就是在股东层面上负有限责任，对他们的家庭，原则上是可以不管的。所以，你的心态要慢慢改变。从1993年到2000年，中国民营企业的老板所面临的最大挑战就是学会做公司。

进入和退出的规则也随之产生，比如有了聘用和解聘等规则，也出台了一些法律。当然，《劳动合同法》是最近几年才颁布的。这些规则保证了人才合理、安全地流动，这样，公司就可以开放。江湖组织是无法开放的，因为它没有进入和退出的规则。如果你认为来的人是忠诚于"大哥"，走的人就是背叛"大哥"，那就没有几个人能在你的组织里待了。所以，解决进入和退出的规则，实际上就是要解决人才的流动和日常的管理问题，为职业经理人的培养创造条件。

再有就是激励的方法。激励可以保证一名员工在公司里持续进步。在江湖组织里，正向激励无非就是底下的人效忠"大哥"，以各种形式向"大哥"表忠心；负向激励就是互相打小报告，互相监督，最后互相残杀。

越是熟人多的地方，制度就越乏力

企业转变成公司体制以后，必须建立一种正向的、公开透明的激励方法，这是很重要的。其实，做民营企业最初面临的一件事情就是如何才能做得像个公司，很多民营企业在创办了很多年以后还是分不清江湖、家族、公司。对万通来说，我们也经历了一个非常痛苦的过程。早期，我们公司有很多人跟着我们走，相当于兄弟们跟着"大哥"干。一旦变成公司制度以后，大家会发现"大哥"拉下脸来变成了一个商人，靠感情解决的事变少了。怎么办？我们就采取了一些折中的办法，1993年以前加入公司的人还算"兄弟"，作为"大哥"，我都负责到底，不让他们比在公家单位差，这是我的一个标准。1993年以后有了《公司法》，大家就都跟着公司走，公司说了算，谁也不要来找我。所以，至今为止，凡是1993年以前加入万通的人，他们有事都直接找我，待遇问题、家属问题，这些事我都是按照江湖的方式来处理，一直管到最后。而1993年以后加入公司的人，他们有事就去找经理，找到谁就是谁来管。这是一个折中的办法。

另外，我们公司强调生人原则，不强调熟人原则。为什么呢？中国的文化太强调熟人文化，结果搞得公司内部同学、朋友、老乡越来越多，关系越来越复杂，最后毫无规则可言。我曾经让我们公司的监事会做过一项特别的调查，就是公司下发的文件、公司的制度，究竟有多少能被执行，哪些是被执行的，哪些是不被执行的。调查的结果很有意思：第一，重要的制度往往不被执行，不重要的制度都被执行了；第二，熟人多的地方制度是最难被执行的，熟人少的地方制度都被执行了。拿万通来说，董事会层面的制度都被执行了。比如，投资要董事会批准，这项制度执行得挺好。因为董事会里都是生人，有些董事一年也见不了几次，就开会的时候来露个脸。贷款、投资都要董事会签字，这个程序是少不了的。

执行得最不好的就是报销制度。报销是上级对下级，员工找部门经理，部门经理找副总经理，大家都是熟人，天天见面。大家自己想想，你们签字报销的时候，有几张单子是挑出来的？我现在很少签这些单子，即使签，也不太愿意看，因为看了以后你就会有想法，还要去核实，最后总是不开心。报销的制度，我们的执行率不到60%，因为你想严格拉下脸来管是非常难的。

所以，越是熟人多的地方，制度就越乏力。也就是说，熟人越多，制度越难执行。

所以，我们公司采取生人制度，提倡生人文化。举个例子来说，你开车闯红灯，碰到一个熟人警察，给你敬个礼，一看是"大哥"你，就不说什么了，晚上找个地方吃顿饭就完事了，往后还纵容你接着违规。你会觉得自己很牛，以后还会继续干坏事。如果是生人，马上拉下脸来给你开个罚单，让你去站岗、去培训，你也只好认了。所以，生人越多的地方，制度的执行越严格；熟人越多的地方，越是放手不管。企业要想公司化，就要提倡生人文化。现在，我们公司采取保荐制度。我们制定了一个规则：中高层可以有熟人，基层员工最好不要有熟人。为什么呢？因为基层员工很容易找到，公事公办就好了。在高层，我们内举不避亲，你可以推荐，但我们有一个相当于连坐的制度。如果他做得好，你可以和他分奖金；如果他做得不好或者干了什么坏事，就要挨罚或者赔偿损失，那你也得跟着他一起赔。这样，在推荐人的时候，你就得琢磨琢磨，考虑一下这个人能不能给你争光，不能什么人都推荐。如果你推荐的人老被处分，那你也要考虑一下自己的退路了。到目前为止，我们公司几乎没有什么人是通过熟人推荐来的，绝大部分都是我们的人力资源部门通过网络或其他方式招聘来的。

公司首先要给员工一个公平的感觉。如果员工的来路不同，比如这人是老总的亲戚，那人是老板的同学，那这事你就很难摆平。所以，从1993年以后，我们公司先是清理了一些亲属（早期，有些亲属通过集资进入了公司），然后又清理了一些老员工和熟员工。到今天为止，我们公司已经非常像个公司了，大家都是凭一种职业、契约关系进入公司，没有江湖上的一些痕迹。

在这个基础上，我们再建立共同的价值观，再建立一种新的人际间

熟人越多　制度越难执行

的情感关系，这是我们下一阶段的任务，这样公司就健康了。所以，大家首先要摆正观念，先要学会把企业做得像家公司。

对于老的民营企业来说，1993年是一道坎儿。1993年之后，海南的那些企业，没有真正转型成现代公司的，大部分都死掉了。有段时间我们在海南搞一个项目，有个哥们儿跑来找我，说终于把我盼回来了。然后他说想做这个想做那个，我问他这么多年有没有融资，现在有多少股本金，有多少人，董事会搞得怎么样。他说他现在五六个公司都是自己一个人在做。他现在这种情况大概跟我们当年离开海南时差不多，这么多年来，他的企业在组织上没有任何变化。我跟他说，现在做事情的方式跟以前不一样了。以前是点对点办事，比如搞定某个行长就能贷款，甚至不用自己出马，找个"小姐"搞定他都能贷款，事情很容易办成。而现在是链条对链条，从办事员到行长，整个系统、整个链条你都要搞定，而且要有一个公开的标准，要透明、要诚信。另外，还有信息记录，银行刷一下卡，你到底能不能贷款，看得很清楚。所以，不是说你认识谁就可以的。他老拿认识说事，我说认识没用，你认识某个行长，他今天能给你贷款吗？不可能。银行有审贷会、风控部门，等等。现在，中国社会的制度和组织都在变，你连报表都拿不出来，怎么能贷款呢？时代早就变了，但他做事的方式还是老一套，仍然是把某个领导请到一栋别墅里吃喝玩乐。

有一次，我在美国见到一个朋友，他说他已经六七年没跟行长见面了。我说是的，我们现在终于过好日子了，不用像以前那样天天去见行长了。为什么？其实就是因为我们把公司治理好了，资本金很清楚，财务很透明，业务程序也很清楚。如此，信用就好了，信用好了，银行就支持你。现在，银行给我们万通的授信额度很大。有一次，我在签约完才见了行长一面，大家一起吃了顿饭，表示一下感谢，平时没有任何私人交往。这就是真正把企业治理成公司后的进步。我看到很多当年在海南创业的朋友，如今来到北京，大部分人的公司还停留在当年的水准上。过去的江湖习气在今天已经不好使了，必须清理企业的内部关系，进行组织变革，实现江湖组织到现代企业组织的转变，这是突破企业增长极限的关键。

科学治理要学习华盛顿

为什么说到了2000年就进入科学治理时代了呢？在1995年的时候，田溯宁他们把亚信从美国带了回来，我们美国万通有幸成为亚信的第一个投资人。田溯宁他们回来以后，我们帮他注册公司，最后他自己拿到了第一笔单子，在当时的邮电部。

后来，他提出要扩股，让我们控股，但每股要十几块钱。我们当时觉得这太不够哥们儿了，就和他们讨论。他们说你们不控股，那我们找外国人来行不行，我们说行啊。找来外国人以后，他们又说人家外国人同意多少钱一股，给我们稍微便宜点儿。可我们还是不舒服，最后我们决定退出。因为退出，我们少赚了好多钱（当然，比起初期的投资，我们也赚了几倍）。后来亚信上市，如果不退出，我们大概能赚一亿多美元。在2000年，就这一笔投资，我们就能赚一亿多美元。

我们退出以后，亚信就上市了，它是当时市场上第一家海外留学生利用风险投资在海外上市的公司。从那时候起，我们的观念就发生了改变：公司的价值和公司账面上的钱有时候是不一样的。不是说有多少净资产就有多少钱，还要考虑公司未来的利润和现金流。怎样才能给资本的价值和公司未来的预期定价呢？后来，我们发现，做公司，光知道《公司法》的那套知识是不行的，还要科学治理。治理得好，资本可以溢价，团队可以溢价，公司的未来可以变现。大家都知道，现在企业的估值是用企业未来的利润乘以PE（市盈率）的倍数来计算的，凡是谈风险投资，都是用这种方式谈。所以，2000年以后，大家都明白了一点：要治理好公司，不仅要在《公司法》层面上治理好，还要争取让公司的资本有溢价。要科学治理，治理到各个层面，包括你的投资者、客户、银行甚至员工对公司未来的预期。实际上，公司的估值比账面上的估值要大很多。

我举个小例子，投资者关系重要在哪儿呢？大家知道，在A股市场上，治理结构和道德的平均溢价在10%～15%之间，这是多大的溢价呢？有一家上市地产公司，有120亿元资本金。120亿元资本金溢价10%就是12亿元，如果溢价是15%，就是17亿～18亿元。也就是说，你治理得好还是不好，道德上能不能站得住，溢价是差很多的。我们做过比较，同样利润的公司、同样营业额的公司，和这家地产公司相比，市场的估值差30%，也就是差了二三十亿元。这部分钱靠什么来？就是靠治理结构，靠你的道德和你的品牌。

为什么会这样呢？非常简单，和拍电影是一样的道理。我们统计了拿来比较的这家公司和我们公司的数据，一个很大的差距是散户的差距。我们公司大概有14.3万散户（不算机构投资者），而他们只有六七万散户。如果你是一个好导演，大家都相信你，就买票进电影院看你的电影。假设我们有12亿元股本，也就是有12亿张椅子，如果有14亿人来看电影，那电影票就要涨价，否则人就没法儿进来。如果有12亿张椅子，结果只有5万人来看电影，那显然空位就很多，票就卖不出去，就得打折，股票价格就要降。

大家为什么愿意来呢？买股票有很多种买法，有人买你的传奇故事，有人买你是一个好人，你的公司不会垮，不会出大问题。大家有各种各样的心态，更多的人是想买既安全又有创新的公司的股票，比如像万科这样的公司。看你电影的人多，票房就高，票房高，每张电影票就可以卖贵点儿，也就是每只股票卖贵点儿，这就是溢价。买的人相信你是好人，同时也相信你是能人，而不是炒题材。机构投资者也是这样。机构投资者曾经发布过一份报告，在全国150多家上市的地产公司中，我们公司排在第17位。在各种指标中，我们最好的排在第2位，最差的排在第21位。综合起来看，这说明一件事情：这家公司历史悠久。我们公司做了20多年了，经历了很多政策周期，但我们这个团队20多年来基本没变过，经验很丰富，也很诚实、很稳健，没有出过大问题。不知道大家发现没有，在金融危机或市场下行的时候，美德变成了一个溢价因素。在快速成长的时候，投资者有时候就忽略了美德，只看财务数据。也就是说，治理结构和价值观能帮企业抗风险。所以，科学治理会带来很大的溢价，这在资本市场上表现得最为明显。

当然，科学治理还能让你省很多心。我早年办公司，碰到过一个很有趣的民营企业老板。他背了个军挎包，里面放了一本《毛泽东选集》，那时候我们在海南炒地，每次见面，他一坐下来就从包里拿出书来给我讲。后来，这个老板卷款逃到南美，然后诈死。所谓诈死，就是自己发个传真给公安局说自己死了。公安局一看，说这活儿做得不专业，他怎么知道我们公安局的传真号呢？另外，人都死了，怎么还能发传真？早期，民营企业的很多老板都幻想自己要成为毛泽东。

去美国的次数多了以后，我就觉得，如果能做华盛顿，也不错。华盛顿给美国留下了什么呢？第一，一个价值观，就是自由民主；第二，一部宪法，这部宪法200多年来都没什么大的变化；第三，自己率先确定一套继任的游戏规则，干完就退。所以，美国现在经历了四十几任总统，它的社会一直非常稳定，价值观也没有改变，并且不断地创新。它的价值观顽强到什么程度？"9·11"事件之后，在世贸中心旧址上重建的最高的摩天大楼叫作自由塔，我们万通就是在这栋楼上建中国中心。美国人顽强地坚持他们的价值观，他们认为，对抗恐怖主义要用美国的自由精神。自由塔的螺旋尖顶象征着自由女神手中的火炬。另外，为世贸遗址重建项目发行的债券叫作"自由债券"。可见，美国人是非常强调他们的价值观的。这种价值观还表现在很多方面，我发现，美国是插国旗插得最多的一个国家。我到过很多国家，没看到哪个国家像美国一样插了那么多国旗。在美国，没有人规定你必须插国旗，但他们的国旗插得非常多。这也体现了美国人对自由精神的热爱。

其次是制度，再有就是有效的继承制度。

所以，科学治理民营企业要做到三个方面：第一，要在公司里建立一个价值观；第二，要有一个很好的制度；第三，自己带头去执行这个制度。作为老板，如果你想潇洒，想省心，那你就要当华盛顿。为什么呢？很简单，你用制度来选拔人、管理人，比你天天去找人谈话要省心多了。

大家知道，王石第二次登珠峰已经60岁了，从南坡上，从北坡下，下来后在珠峰大本营一待就是两个月。他的企业连续三年成为全球最大的住宅公司，一年交付六万套住宅。很多民营地产公司的老板，包括很多和明星有绯闻的老板，每天忙得不可开交，但王石可以花很多精力做公益、登山，甚至在登山的过程中也不忘做公益。他第二次登珠峰的行动叫作"零公里行动"，就是在登珠峰的过程中做环保，连自己拉的大便都一起带下山，还捡了很多氧气瓶下来。从创业开始，他一直把公司治理得非常好。我们万通在很大程度上得益于学习万科的经验。什么是有效的公司治理？就是要科学治理，吸收各方面的先进的东西，建立正确的价值观和良好的治理结构，并且老板自己带头去践行。

董事会管脖子以上的事，总经理管脖子以下的事

关于治理结构，有很多有意思的事情。大道理MBA的课程里已经讲得够多了，我讲一些技术问题，比如怎样开董事会，就很有意思。

因为我一直做职业董事长，所以我天天研究这件事。我们每次开董事会都在不同的地方开。当然，我们不是像榜爷那样为了安全，主要是为了让董事们学习。我们在李宁的公司开过董事会，让大家学习究竟怎样做品牌，请张志勇给我们讲。我们到华贸中心的新光天地开过董事会，让大家看看当时新兴的商业综合体究竟是什么样的。我们在北京的星美电影院里开过董事会，让大家知道消费的形式发生了改变，开完会就带着家属看电影。我们还去廊坊的新奥公司开过董事会，去学习新能源。如果你老在同一间会议室里开会，有时候大家就请假不来；如果你不断地换地方，董事们就会有新鲜感，参加的比例就提高了。比如我们在廊坊开会，泰达是我们的一个重要的董事单位。泰达的总经理正好跟新奥有过一些业务上的联系，所以他们很喜欢来。

另外，我们每次开董事会都找人来做培训。我们的控股公司是非公

开发行的公众公司，有1000多个股东，我们就找中国证监会的人来给我们讲非公开发行的公众公司怎样流通，怎样管理。经过培训，我们的人学习了，对方对你的公司也了解了，进而有了好感，今后万一你找他们办事，审批可能会顺利点儿。我们把未来可能要找的一些部门的人都请来给我们培训，老师对学生总是宽容的，这其实起到了公关的作用。比如，我们请泰达的领导来给我们做培训，结果促成了我们和泰达的合作。所以，董事会可以开得很生动。

有些董事会，车马费是开会的时候领的，你来了就有一个信封，你没来，这个信封就给别人了。有些董事是国有部门的，对此会很在意。让董事们来开董事会，实际上是要他们牺牲时间，贡献智慧，如果会议开得很乏味，比如每次开会都照本宣科，大家举个手表决一下就完事，那企业的治理结构就没法儿做好。所以，你要把董事会开得让每个董事都愿意来，让他们觉得受到了尊重，学到了东西。这样的董事会既和谐又能够议事，还能够决策。

这么多年来，我们不断地在研究如何把这些小事做好，让董事会开得成功。董事会开得越来越成熟以后，才能真正做到董事会和总经理分开，否则只是字面上分开，实际上还是没分开。董事会管的是脖子以上的事，比如战略、团队、价值观和投资者关系（即股东关系）。总经理管的是脖子以下的事，比如产品、生产、营销、劳动管理等。我们要让脖子以上的部分和以下的部分既分开又协调，这是很重要的。很多民营企业进入科学治理阶段，进行组织变革，都把董事会虚化了，一个老板既当总经理又当董事长。这样的话，你就不能花时间去做董事长的事情，而作为总经理，有时候你又要被迫去研究一些很长远的事情。

　　董事长最重要的工作就是三件事情：看别人看不见的地方，做别人不做的事，算别人算不清的账。

　　看别人看不见的地方，就是看趋势、看规律、看风险、看人才。这是一件很专业的事情，你不花精力专门去看，老想忙中偷闲地顺便看一下，是不行的。上帝和他的使徒是有分工的，各干各的活儿。上帝的活儿就是在不确定中确定，在现实中看未来。所以，作为专业的董事会的领导者，我们要花很多精力去看未来。看未来就要到处跑，去和人谈，去体验。这么多年来，我几乎把全世界所有的地产公司，特别是美国的大地产公司都看遍了，而且把它们的情况搞得很熟。国外地产界这200多年来的所有故事，我大体上都知道。我们要把别人的历史当自己的未来，这样，才能知道过去人家在做什么，我们现在应该怎么做。

　　其次，做别人不做的事。拿我和大家交流这事来说，这不是总经理做的事。做价值观的工作，做员工培训的工作，这些事都是董事长或创办人应该做的，总经理做得相对较少。

　　再有就是算那些算不清的账。什么叫算不清的账？一件事情，你做或不做，对经理来说这笔账是算得清的，比如一共花了几千万，有没有回报。谁能告诉我盖教堂的回报是多少？谁也说不清。但如果没有教堂，这个组织、这个系统还能成立吗？不能。所以，只要能承受住，我们就要做这件事情。

　　有三个因素导致你的账算不清楚：第一，时间；第二，跟谁做；第三，在哪儿做。时间、地点、人物会使你的价值观发生变化，你对同样一件事情的判断就会不一样。董事长要算的是什么？就是在准确的时间，把要做的事情跟合适的人联系起来。比如，我们说要学习万科，那就把万通和万科捆在一起，我即使成不了万科，也是一家比较

看别人看不见的地方
做别人不做的事
算别人算不清的账

好的企业。所以，我们说"学先进、傍大款、走正道"，学了先进，我就是次先进。取法乎上，仅得乎中，虽不能至，心向往之。我就做次先进，永远做次先进，万一先进倒下了，我就变成先进了。这就是董事长要决定的事，你要告诉大家学先进，也就是说，首先要傍着好人。因为我们和泰达在一起，和万科在一起，所以万通就涨价了。如果我们选了一个坏股东进来，这个股东出事了、坐牢了，那万通也就垮了。我曾经接触过一家企业，它在国美出事前接受了黄光裕的一笔个人投资，因此后来它遇到了一点儿小困难。所以，作为董事长，你要选择什么钱和你发生关系，这就相当于选择哪个"大哥"，你至少得找个蔡锷，才能千古流芳。

要用职业经理人，不用职业经理人文化

我们在纽约做中国中心，"9·11"事件之后的第二年我们就开始做，做了六年才签下合约，那就是靠时间。我们开始做这个项目的时候，汇率是八点几，现在是六点几，等到我们交付使用的时候或者投资高峰的时候，可能更低了，光是因为汇率，我们就少赚了好几亿的钱。

所以，董事长要做的事情就是科学治理，要让董事会像董事会，董事长像董事长，经理人像经理人。同时，要按照市场的标准来做公司，而不是按照领导的标准，也不是按照"大哥"的标准，更不是按照简单的东一嘴西一嘴的标准。市场的标准很清楚，就是价值观清楚，治理结构清楚，产品好，服务好，才会有溢价，就这么简单。有一度我常说，我们把过去老奶奶讲的话都记起来了，就是科学治理了。第一，别骗

人，要做好人；第二，别做太冒险的事，有多大能耐做多大事；第三，要对弟弟妹妹好，对周围的人好。仔细想想，道理就是这么简单，只不过教授把它用另一套语言阐述了出来。实际上，所谓科学治理，就是做好人，做好公司，而不是做一般的公司。在我刚才讲的第二个阶段——公司年代，就是做一般的公司。到了科学治理阶段，就要做好公司，仅仅是在"公司"前面加了一个"好"字，你的公司在组织上就要发生很大的变化。比如，做一般的公司可以没有董秘，但做好公司必须有一个董秘。虽然做好公司的成本很大，但它是有溢价的。

总之，企业在发展过程中要想突破增长极限，最重要的一件事就是：随着社会制度和外部环境的变化，我们要不断地反省公司的组织是不是要发生变革，过大了是不是要把它拆小，太小了是不是要把它捏起来。

企业发展到了一定的时候，科学治理也会出现问题。拿万通来说，问题就在于缺乏创新的动力。大家都是对程序负责，这就造成公司出现了柳传志批评的只有经理人而没有主人的情况。马云他们始终在讲要用职业经理人，不用职业经理人文化。职业经理人只对流程负责，对结果不负责，而且总是在夸大自己的能力，为下一次跳槽做准备，这就是职业经理人文化。

为了解决这个问题，我们建立了基金，建立了创新的机构，同时又用自由的小公司——私人公司的方式来做一些创新的活动，比如我们提出"立体城市"的概念。我们用这样的方式来激发企业创新的活力。否则，你的组织就会变得很沉闷，没有活力。总之，组织变革不是一件有截止日期的事情，而是一件不停变化的事情。

所以，在科学治理阶段，民营企业家要明确治理重点，分清管理职能，挖掘溢价因素，给企业留下三套法宝，并做好自己该做的三件事。

让公司的组织结构特种部队化

关于组织的变革，还有一个问题没有说清楚，就是组织在未来到底会如何变化。

我发现一个规律，二战以后，世界上很多大公司的CEO都来自军队，出身军队的CEO比出身哈佛的多。《财富》杂志曾经刊登过一组文章，专门介绍未来美国的公司的CEO都是一些什么样的人。其中重点介绍的都是在伊拉克、阿富汗打过仗的军人，以及他们在军队里锻炼出了怎样的领导力。所以，从组织变革的角度来说，企业的很多变革其实是和军队的变革有相似之处的。那么，我们就来看看，世界上的军事变革究竟走了一些什么样的道路，有没有企业可以借鉴的东西。

"9·11"事件之后，全世界的军事组织有一个很重要的变化，就是要对付"基地"组织。怎么对付呢？就是利用特种部队，比如美国有海豹突击队，中国有雪豹突击队，等等。也就是说，这些军事变革都来源于特种部队的思维。什么叫特种部队的思维？这种思维给大家带来了什么启示？

"基地"组织是什么样的？"基地"组织是分子状的，它是用价值观来协调的，它的成本是各自分担的，方向是一致的。这是一种很有效的组织模式。

"基地"组织制造"9·11"事件的成本大概是24万美元，而美国的全部损失，间接的、直接的加起来总共是8000多亿美元。最不可思议的是，所有替拉登执行任务的人，一年前就知道这件事了，但组织要求他们不能跟家里人讲，结果没有一个人跟家里人讲。当你知道自己要死的时候，而且一年前就知道，你还能这么沉得住气，这是很难做到的。而且，在临上飞机执行任务前，他们把结余的经费（大概还有不到四万美元）都退还给组织，一分钱都不贪污。所以，"基地"组织的力量是很强大的，一个人可以和一个国家发生战争，这就是现在所谓的非对称性战争。"9·11"事件发生以后，布什政府面临的首要选择就是立即开战。但是，如果按照传统的方式，在阿富汗集结、部署军队至少要三个月到半年，后勤、给养等所有准备工作都做好，才能开始折腾。

对于美国这样一个超级大国来说，这是不可容忍的事情。人家打了你一巴掌，你却说半年以后再报仇。除非像中国人说的那样，君子报仇，十年不晚，先给自己找个台阶下再说。但是，依美国的性格，这样做是不可能的。你给我一拳，我立即要十倍奉还给你，否则我这个"大哥"就没法儿当。

但如果真的马上打，除了原子弹，其他的办法都很慢。因此，美国国防部部长拉姆斯菲尔德提出一个建议，说他们不能用常规战争的方法打，必须用特种部队打，用特种部队立即开战，宣布战争开始。大家不能想象，布什宣布开战后，到阿富汗本土去作战的美军一共只有120多人，结果这场战争不到两个月就结束了，就把塔利班赶走了。事后，美国掀起了军事变革和组织变革的热潮。我们来看看他们的特种部队的运作模式是怎样的。

有本书非常有意思，讲的是美国的特种部队在阿富汗抓拉登的经过。他们的特种部队的基本组织架构是三个人组成一个战斗小组，这个小组就是前端的执行人员，非常厉害。在如今的互联网时代，信息已经实现了互通互联，一个单兵的能力相当于传统的一个营的能力。这三个人，一个是专门组织打仗的战斗专家，一个是通信专家，负责处理所有的信息，还有一个是武器专家，负责炸药、导弹等。我去美国的时候曾看到过一张表（大家在网上也可以看到），是美国在阿富汗战争中的预算。这个预算是透明的，而且非常精确。精确到什么程度？每天最后的那几位数字都在跳，美国人民每时每刻都能知道他们在阿富汗花了多少钱，每一分钱用在了哪里。这和我前面讲到的情况很一致，这个三人小组，为什么要有一个武器专家？实际上，花多少钱都是由他控制的，用什么样的武器，每种武器多少钱，他从电脑里调出资料来一看就一清二楚了。

我和王石曾去过阿富汗，从阿富汗北部到南部，穿过喀布尔，到开伯尔山口，到托拉博拉地区，到白沙瓦地区，都走了一遍，所以我对这个故事深信不疑。当时，这三个人到了阿富汗以后，所有北方联盟的人都不相信，说美国人说大话办小事，就来三个人，这仗我们怎么打？美国人跟他们讲，你们不用着急，不用你们打仗，你们就看我们打。这帮人还是不信，美国人就说他们只需三个小时就可以成军。他们大概看了一下这帮人的身材，高矮胖瘦等，然后通信专家把每个人的数据搜集起来，发了封邮件出去。三个小时后，所有装备就空投过来了，一人一包，衣服、裤子、鞋、帽子……什么都有。可见，这三个人后面有强大的供应链在支持。

这样，北方联盟的人就全副武装起来了，但他们还是不踏实，说人太少，还是没法儿打。美国人让他们带路往前走，结果看到了很多塔利班的人，他们很害怕。美国人说你们不用动，在这儿看着就行，然后就拿出红外扫描仪扫描，锁定敌人的位置（其实就是进行卫星定位）。锁定以后，武器专家就开始在电脑上算，算什么呢？算武器的配比。如果你用威力过大的爆炸武器，把人炸得血肉横飞，卫星照片一拍，联合国一看，全世界都会谴责你。但如果武器的威力不够，没把敌人炸死，你就完成不了任务。所以，他要选择性价比高（太贵了也不行，有预算）而且爆炸以后刚好能把敌人都炸死的武器，这样就可以避免受到国际舆论的谴责。算完以后，武器专家发出信息。这时候，在天上等着的美军飞机就根据指令重新装弹，然后在几十公里外发射炸弹，炸弹刚好在塔利班头顶上爆炸。看到这一幕，北方联盟的人都蒙了，说这是天兵天将。

美军在伊拉克打仗也是如此，现代战争基本上都是这样的模式，也就是前端非常机动、非常分散，靠互通互联调动中央后台，而后台的支持系统和指挥系统非常庞大。大到多少呢？像这样的三人小组，后台的支持系统大概需要5000万美元，每个人配的装备大概是20万美元，这就是现在特种部队成本的基本配置。

事实上，企业也是如此，以往是前台特别大，比如销售撒出去一大帮人，天天跟客户吃饭喝酒，但后台的支持、分析系统并不大，老板在后面拍个脑袋就完了。现在，美国的大公司已经逐步开始"特种部队化"，因为信息技术发达，互通互联，所以前台单个人的决策、指挥、行动能力在增强，更重要的是后台的数据处理，成本大部分都发生在后台。我们过去看电影，经常能看到飞机炸桥的情景。飞机来来回回飞，往下扔一堆炸弹，大部分都扔到水里了，偶尔有一两个炸到桥上。也就是说，70%的成本都花在了找目标上，靠的是数量，只有30%的炸弹起了作用。美国打伊拉克的时候，萨达姆天天躲，稍微一不躲，"捕食者"无人机就把他给炸了。其实，炸弹的成本有多少并不重要，找目标才是成本的主要部分。在以前的战争形态中，因为没有先进的通信技术，找目标很难，只能派个侦察员在前面抓个舌头。如今，找目标靠的是先进的通信设备，这部分成本越来越高，而炸药的成本其实并不高。也就是说，提高行动的准确性、有效性、即时性才是最重要的。

战争是具有高度对抗性的，大家都想消灭对方，这是军事组织的生

增加后台力量
缩减前台消耗

命力，再没有比军事组织对抗度更高的组织了。另外，战争都是动态的，叫作变动中的对抗性训练，你躲我也躲，你藏我也藏，你变我也变。但商业组织都是静态的，商学院讲的都是静态竞争模型。所以，能在部队中生存的人比一般商业组织中的人要厉害。沃尔玛曾经有个计划，专门招从伊拉克回来的军人。美国有一个青年楷模（像咱们的十大杰出青年一样），毕业于西点军校，然后到伊拉克服役，又到沃顿商学院读书，还没毕业就被美国的大公司以20万美元的年薪请走了。

因此，商业组织的变革有一种可能，就是借鉴特种部队的做法，也就是说，加强后台的力量，加强互通互联的能力，以保证组织的活力，防止组织变得因规模庞大而效率低下。所以，我们不仅要科学治理，还要找到能够战胜竞争对手的组织上的优势。现在，包括俄罗斯、中国在内的全球的军事变革都趋于特种部队化，特种部队的人越来越多，常规部队的人越来越少，这是一个很有趣的现象。实际上，就组织变革来说，我们现在面临的一个问题就是：怎样在变动中寻求竞争优势和组织优势，也就是怎样在变动的对抗中获得先发制人的优势。

当然，不同的组织，情况不尽相同，不能一概而论。不是说我讲的就是绝对真理，只是这个问题应该引起企业老板的重视，要针对公司的业务，不断调整你的组织，这是非常重要的。

总之，特种部队式的组织结构是企业未来的转变方向，我们要增强后台的科学分析、指导和支撑能力，缩减前台的资金和资源消耗，这将会为民营企业突破增长极限提供无穷的动力。

第三章
突破极限（下）

阻碍企业增长的第二个内部因素是商业模式的极限。有时候，你的企业走着走着就停滞不前了，这可能是因为你的商业模式出了问题。大家知道，在美国，开连锁餐馆能开成世界500强，但我们的中餐馆就很难做成这样，当然，我们现在也在学习。可见，商业模式的变化能使企业突破增长极限，你如果不改成连锁，还按照原来的模式做，那你的餐馆恐怕很难做大。连锁的模式使美国的很多企业变得超级强大，比如沃尔玛。可见，商业模式是非常重要的。

　　以地产公司为例，我们来看看地产公司的模式对企业增长有怎样的影响。

　　从目前来看，全球的地产公司的商业模式可以分为三种，这三种模式对应的是经济发展的不同阶段和不同的价值创造方式。第一个阶段大概对应的是GDP（本章所说GDP，均为人均GDP）在8000美元以下的时期，这个阶段的模式可以叫作"地主加工头"。

"地主加工头"的模式

所谓"地主加工头"，实际上就是开发公司，比如碧桂园、珠江。这种模式的竞争基点在于土地，即获得土地的成本，还在于制造的过程和产品的销售。

这种公司竞争的是什么？跟富士康差不多，竞争的是规模、成本和速度，看谁的规模大、速度快、周转快，另外成本还低。所以，在这个阶段，企业容易出现的道德问题就是在成本上偷工减料，萝卜快了不洗泥。另外，因为销售要快，所以这种公司对市场形势好坏的反应特别灵敏。再有就是大规模获取土地。这种模式要想存在，必须有三个前提：第一，快速地、低成本地获得土地。第二，房价每年上涨10%～15%。大家知道，你拿到的地价和房价是一样的，所谓面包和面粉是一个价。三年以后，你进行销售，结算利润。如果房价每年的复合增长不到15%（实际上，三年之内涨了70%以上），加上成本、税和管理费，那你就不可能有利润。所以，一旦房价不涨，这种模式就死了。第三，资本市场的支持，就是每年从资本市场拿到便宜的钱来推动房价、股价一起涨。

现在看来，这种模式应该说遇到了一个很大的挑战。但是，目前中国的地产公司绝大部分还是这种模式。GDP在8000美元以下时，中国的地产市场的产品主要是住宅。所以，在这种情况下，这种模式是一种普遍的模式。GDP超过一万美元以后，这种模式就行不通了，就要改变模式，于是就进入第二个阶段，叫作"厂长加资本家"模式。

"厂长加资本家"的模式

所谓"厂长加资本家"，就是用工厂化的生产解决品质、规模、成本问题，"资本家"就是资本市场的融资。万科其实就是这种模式。万科一年交付六万套住宅，企业的规模逐渐增大以后，你不可能不用工厂化的方式生产。大家知道日本最大的住宅公司是哪家公司吗？是丰田汽车。我和王石去日本考察，人家说让我们去丰田考察房地产，我们一开始不理解，最后人家告诉我们，说日本最大的住宅公司是丰田，我们这才去参观丰田制造房屋的工厂。他们生产房屋和生产汽车用的是同样的流水线。日本人说他们的房子就是固定的汽车，汽车就是移动的房子。他们的汽车和房子一样，有两室一厅的，有一室一厅的，还带储藏室。有的大轿车还有厕所、冰箱，什么都有。所以，日本的工业化生产很厉害，能够由木材直接生产出最后的房屋墙体，包括屋顶、地基，甚至所有的家庭用品都一起生产出来。当然，它生产的多是独栋房屋，也有一些生产集合式住宅或高楼的。工业化的生产保证了住宅的品质，也就是说，将来住宅的维修会很方便，就像修机器一样，比如下水管道坏了，拿来一个新的组件，换上就行了。现在，国内的业主经常投诉物业公司，东西坏了找人来修，修一次就要收一次钱，而西方就很少有这种事。因为我们采用的是传统方法，叫作湿法施工，什么东西都是现场做；而工厂化生产是干法施工，大部分组件都在工厂里做好了，到现场一装就完事了，而且是精装修，不是毛坯房。

直到现在，"厂长加资本家"的模式在西方仍然是做住宅的主流模式，而"地主加工头"的模式基本上已经不存在了。我认为，"厂长加资本家"的模式在中国应该还能走很长的路，万科现在就是按照这种模式在走。万科之所以一直在提住宅产业化的概念，就是因为企业的规模大了以后，不采用产业化的方式就没法儿做。万科现在做到了什么水平？万科现在建住宅比我们用传统方法快三个月，也就是说，住宅产业化能省三个月的时间，而成本只多一两百块钱，个别产品的成本可能会更多一些，但这样的规模化生产提高了产品的品质。

GDP超过一万美元以后，商用不动产就开始发展。商用不动产的模式是以营运为核心的模式，不是以制造为核心，开发也好，工厂化生产也好，都是以制造为核心。什么是以营运为核心？举个例子，有一个地方，大家早晚都要去，但这个单不是我们自己埋，这个地方就是八宝山告别厅。八宝山告别厅是北京乃至全国不动产营运回报最高的地方，哭一场45分钟，就要收你1800块钱，一天十场，一年就是约700万元的租金收入。300平方米的地方，一张铁床，一个标准花圈，两个挽联，因为我们自己不埋单，所以不知道这个地方要花多少钱。这就是营运，这个地方你拿来干件事，回报这么高，但如果你拿来做写字楼，可能就没有这么高的回报了。如果你把写字楼拿来种西红柿，日本就有这样的植物工厂，叫作垂直工厂，这又是一种商业模式。也就是说，你的物业放在不同的业态里，经营的现金流是不一样的。同样道理，拿开餐馆来说，是谭鱼头还是俏江南，租金是不一样的。所以，商用不动产是以营运为核心来创造价值。万通在CBD有服务公寓和写字楼出租，那么，怎么估算它的价值呢？这和制造能力没关系，要按照租金回报来估值。比如，你的公司有100万平方米的商用不动产，假定其租金回报率是1%，我只有10万平方米的商用不动产，但我的租金回报率是15%，那我这10万平方米的估值就比你那100万平方米还高。

在明白了这些以后，我们万通在商业模式上提前做了安排。所以，我们的商用不动产——写字楼和服务公寓出租的租金回报在北京是名列前茅的，特别是服务公寓，在北京排第一。甲级写字楼如果不算国际甲级，我们也排第一，如果算国际甲级，我们排第二。只有懂得商业模式的变革，你才有可能赢得未来，这是一种非常重要的能力。所以，或许万通中心的面积并不大，但估值不会低。

当GDP到了2.5万～3万美元的时候，商业模式又发生了变化，变成了资产管理。房地产就是以资产管理为核心的。现在纽约的很多大型地产机构分化成两种模式，一部分传统的开发商演化成"导演加制片人"模式，另外一部分变成金融投资者。

"导演加制片人"的模式

所谓"导演加制片人"，其实很简单。目前中国有几百个电影导演，有的是靠潜规则在做，有的是靠本事做，不管怎么样，挣钱的导演就那么三五个人。大家知道，张艺谋自己是不出钱的，钱不是他的，片子拍完了版权也不是他的，但在这个游戏里，谁也离不开他，他的回报是最高的。他挣的是三种钱：一是权益金，也就是说他有干股，或者他出一点点钱，叫权益金；二是制片费，也就是所谓的项目管理费；三是票房分账。在美国，大型地产公司都变成了这种模式。

在做中国中心这个项目时，我们请美国的中介给我们推荐合作伙伴。人家推荐得很清楚，有三类合作伙伴我们可以选择。第一类是传统的地产商，他们自己有钱，做得非常慢，但口碑不错。第二类叫作收费开发商，这些人自己从来不出什么钱，往那儿一站，大家都给他们钱，就跟张艺谋一样。我们当时都想不清楚，地产商都是充大款，都是投资的，怎么还有收费开发商？导演、医生、律师才收费啊。第三类是一些信托基金。后来我们就开始研究这些大的地产企业，比如美国汉斯是做信托基金的，它在北京开发了"公园大道"项目。另外，铁狮门实际上就是"导演加制片人"模式。这些企业最后和谁结合？和金融投资者结合。而金融投资者又逐步演化成像凯德置地这样的资本加土地的房地产企业。这就是当GDP达到六万美元时纽约地产业的商业模式，是一种复杂的、分工精巧的商业模式。

这三种商业模式的市场规模分别有多大？第一种模式，做到像万科这样水平的住宅类企业，在全世界的房地产资本市场上，市值最多也就120亿美元。商用不动产企业的市值最多做到过250亿美元，金融性的投资类房地产企业的市值最多做到过390亿美元。可见，随着商业模式的变化，企业的增长极限在不断被突破。明白了这个道理，我们就要不断地做转型，以突破传统的增长极限。

我们再来看看门户网站和百度这样的做平台的企业，现在做平台的企业的市值远远超过做门户的。在互联网行业，门户这种商业模式做到30亿～50亿美元就很好了，但做平台的都在100亿美元以上，腾讯、百度的市值都有上百亿美元。我经常听一些做互联网的人抱怨（当然也是无奈），说他们现在做什么都做不过腾讯，你说你想偷个菜，还没等你开始偷，腾讯就搞了一个，马上超过了开心网。有一次，我和马化腾、开心网的老板开会，我们私下问马化腾有没有兴趣投资或收购开心网。马化腾说没这个必要，我们腾讯自己随便做一做都能超过开心网，因为每天有将近两亿人在腾讯上。同样，不管做什么，只要阿里巴巴做，其他做创新的公司就很无奈。因为腾讯、阿里巴巴、百度的黏性客户特别多，所以，不管它们做什么，基本上都可以把别人吃掉。而做门户的公司现在就很吃力，而且是越来越吃力，只能靠卖点儿广告。

当然，还有一些专业的门户网站，比如高尔夫、汽车等。另外，像土豆、天涯这类的网站，它们也是一种模式，可以说是社区模式，或者交友的模式。商业模式不同，企业增长的边界也不同。所以，不管你在什么行业、什么企业，都要下功夫研究自己的商业模式，因为商业模式往往决定了企业增长的边界。不明白这个道理，只知道闷头做，最后就会把企业做死。比如做服装，过去的模式就是制造业的模式，开服装厂。现在服装业的商业模式已经发生了改变，比如凡客诚品就是在互联网上做品牌通路，把加工全交给别人去做。我和美特斯·邦威的周总（周成建）也是很好的朋友，我问他最近情况怎么样，他说他就是靠广告，现在一年卖七八十亿元。他也没有工厂，全是让别人代工，他只做品牌通路。可见，商业模式一变，就能比以前多赚很多钱。

我有个做代工的朋友，在中国加工名牌衬衫，他请了几万个女工给他做衣服。他给我算了一笔账，如果以100元来说，做一件衣服他挣两块五。成本是多少呢？成本是20多块钱，仓储、货运、物流等加起来是30多块钱，最后品牌商拿四五十块钱。所以，品牌商只要卖掉三分之一，基本上就不会赔钱了。像LV（路易威登）这些品牌，品牌商打折会很有技巧，只在一些特定的地方打折，而不会集中在门店打折。比如他们会在奥特莱斯或其他地方做一些仓储，即使打折，也打得很有尊严，不会打到地摊上去。当然，我这个朋友挣的是加工业的钱。他原来在乡下当农民，现在干这事，一件衬衫能挣两块五，一天就几十万件，所以他觉得挺满意。但是，这事毕竟很被动，一旦没有订单，或者原材料开始涨价，他就会出问题。我的一个美国朋友很闹心，他说现在在美国订一个iPad要提前两周订，最后发货地点是深圳，从深圳发到纽约，再从纽约买回来带给朋友，这个折腾啊！但实际情况就是这样。所以，富士康出了问题以后，乔布斯就站出来讲，说富士康不是黑心工厂。

可见，商业模式不同，企业的增长空间变化非常大。如今，互联网、物流高度发达，我说过一句话，叫作"吃软饭，戴绿帽，挣硬钱"。现在"吃软饭"的企业越来越多了，美国是典型的"吃软饭"的地方。我们去新加坡，看到当地的一家新赌场开业，赌场旁边有一家环球影城。这个项目一共投了13亿元新币，其中"吃软饭"的环球影城拿走了6亿元新币。拿走了还不算，影城里的音乐或动画，每播放一次就要收一次钱。可见，他们对知识产权是特别重视的。

我们现在必须思考一个问题：民营企业要突破增长极限，除了现有的模式外，是不是还有一些新的商业模式可以选择？当然，这里是有成本问题的，像富士康这样的企业，想学自主品牌也是很辛苦的事情。不管怎么样，我们必须懂得，商业模式的变化是促进企业增长的重要因素。

在经济发展的不同阶段，不同的商业模式决定着企业的产值和规模，民营企业要学会"吃软饭，戴绿帽，挣硬钱"。

心离钱越远，钱就离口袋越近

阻碍企业增长的因素，还包括企业家个人的经验、能力以及价值观。全世界最顽强、最有竞争性的组织，都有很强大的价值观，比如宗教组织，再比如有三四百年历史的大学。大多数工商企业组织的寿命都不如这些组织长，这些组织寿命长的原因就是，它们不是靠挣钱这件事把人聚拢起来的，是靠比挣钱更高的目标，就是对价值的追求。

那么，什么是价值观？教授可能会把它讲得很复杂，其实很简单，我们判断是非的标准就是价值观。我们每天都要判断是非。比如，民营企业有时会碰到一些需要政府审批的事情，没办法，只能去搞定领导，用什么办法搞定？这就是是非判断。万科说不行贿，这是他们的是非标准；万通提倡守正出奇，这是我们的是非标准。每家企业、每个老板，每天都会碰到大量的是非判断。

现在电视上的相亲节目很火，有个叫马诺的所谓的拜金女，宁愿在宝马车里哭泣，不愿在自行车上笑。还有很多毒舌妇、炫富男等诸如此类的人，这些都是有不同价值观的人。企业的发展也和价值观有关。有的老板认为搞定领导是对的，天天就在那儿拉关系，搞定领导，企业的精力都放到这上面了。有的老板认为做产品是最重要的，产品做得好，就能卖，这也是一个增长的办法。显然，这两家企业的增长途径是非常不一样的。

这一点在房地产行业体现得最清楚。拿王石来说，他平时不怎么和政府的领导在一起混，但他的企业做得挺好，规模很大。有的企业老板认为王石这一套不行，天天围着领导转。十几年前，我身边就有这样一个哥们儿，是个房地产老板。他说王石不行，王石就知道玩虚的，不好好在企业待着，自己没什么钱，还瞎折腾。公司里干活儿的都是职业经理人，这哪里有干劲？他就相信私人老板那一套，什么都是他自己来，采购、泡领导、泡银行……现在，他服气了。他说，我没远见，我只知道硬的东西，不知道软的东西，不知道做组织、做价值观这么重要，现在再做已经来不及了，岁数大了。现在，北京的项目他已经守不住了，跑到河北固安和怀来一带打游击，在那儿做几个小项目。最近他又想往海外移民，说连那边都不想做了。他觉得太累了，什么都得自己弄，组织没有做起来，人也没有培养起来，他的价值观一时也改不过来。再看看王石，王石现在大部分时间都不在公司，但他的公司年年都在增长。所以，价值观一旦发生了偏差，短期内可能看不出影响，时间一长，就会出问题，因为价值观会影响你做出的决策。

我们来看看，什么样的价值观才能让你的企业无限增长，这也是我们追求的目标。很简单，追求理想，顺便赚钱，就可以实现增长无极限。所谓"追求理想，顺便赚钱"，这个"理想"就是真心地关爱人群、关爱客户的社会理想或宗教理想。这些理想引导着你去做正确的决策，把企业做大做好。

心离钱越远，钱就离口袋越近，这是很有意思的事。最典型的例子就是宗教，上帝从来不谈钱，但大家把生命都给他了。很多老板天天挣钱，最后自己进了监狱。

我可以讲出很多这样的故事。在中国，要成为亿万富翁并不是很难的事，但是很辛苦的事。

还是以王石为例。王石创办万科这家企业，他的理想的确不是个人发财。在创办企业以后，他做了一个很大的决定，就是他只做职业经理人，不做老板。在那个年代，创业的人都是自己当老板。他的公司不是第一个上市的，在上市公司里，他没有当老板，一直到现在，他都是职业经理人。他一直认为，做企业最重要的是对社会负责任，对股东负责任。他就是这样一个彻头彻尾地表里如一的人。

他从来不去做那些很委屈自己的事情，也从来不会为了巴结领导而

心离钱越远
钱就离口袋越近

送这个送那个。举个例子，有一次，我们去万科谈项目，一个领导暗示说，万科要是做的话会给予一定的照顾，但希望万科能给政府做点儿这样那样的事。结果王石不答应，人家觉得他太不给面子了，这块地不给了。王石说不给就不给，拍拍屁股就走了。

还有一次，上海那边有个项目，人家的要求很简单，不求别的，就是将来买你的房子，你能给打点儿折，比如给两个点、三个点，或者多给一点儿。万科不同意，说只能给一个点，多一分钱都不行。最后上海那边不愿意把项目给他们了，万科说不给就不要了。当然，后来王石说这事也不是那么绝对，公司的制度就是这样，底下的人可能没给人解释清楚，照理说可以稍微变通点儿。现在，很多人想通过我找王石打折，我也不找王石，就找他秘书，反正就是一个点，不会多，但也不会不给。由此可见，他的价值观就是坚守他的道德底线，结果怎么样呢？经过30年的打拼，他已经有了亿万身家。他真的是追求理想，顺便赚钱，他顺便赚了这些钱。当然，从1984年办企业开始，他也辛苦了30年。

什么样的企业能活到天年

除了王石，柳传志、马云也非常典型。马云的公司上市的时候，按照他当时在这个团队里的贡献和影响来说，他不应该只拿这点儿股份。大家知道，他的股份不到10%，没有哪个互联网公司的老板上市只拿这点儿股份的。他不断地用他的理想创造新的商业文明，不断地用各种方法来激励企业，阿里巴巴就像宗教组织一样，不断地扩大、蔓延。如今，它的规模大到你都无法想象。淘宝一年的资金结算是几亿元，在淘宝上开户的人比在工行开户的人还多。这就是马云的强大理想带来的结果。

我们再来看看美国的公司。有一次，马云跟我说他去美国考察那些伟大的公司，发现有两类公司：一类公司的CEO天天讲报表、讲钱、讲销售，还有一类公司的老板天天讲观念、讲精神、讲道德。他发现，那些职业经理人天天算报表的公司，都没有什么增长的潜力，只有那些讲理想、讲贡献、讲价值观的公司，才能一直存活下去。他的公司创办十周年的时候，他给我们放了一段录像。这段录像讲的是星巴克的故事，是一个很好的故事。

星巴克的创始人因为热爱咖啡、热爱休闲的生活方式而创办了这家企业。企业上市几年后，经理人管理公司，创始人就离开了。经理人每天要算业绩，做季报、半年报、年报，还要不断地去看销售、看门店。为了提高销售业绩，他们不断降低成本，结果水兑得越来越多，咖啡越来越不好喝。而且，随着门店越开越多，成本也越来越高。所以，星巴克的业绩开始下滑，股价也往下掉。大家没招儿了，怎么办？于是把创始人找了回来，就像苹果把史蒂夫·乔布斯找回来一样。创始人回来以后做了一件事：把全球星巴克的主要骨干——有几千人——召到美国的一个小镇上，在那儿待了五天，花了5000万美元。这些人在这五天里就做一件事，就是讨论。讨论什么？讨论什么叫爱，让大家感知，在彼此付出真心的时候，那样一种爱所带来的真切的温暖。

一周之后，这些人都明白了，他们做事业是为了爱，不是为了赚钱。因为星巴克的咖啡原料很多都来自非洲，所以，他们把非洲村落里村民的幸福和他们的咖啡联系起来。逐渐地，星巴克的经理、员工体会到了他们对客户的爱，发自内心的爱。所以，他们会认真地做好每一杯咖啡，让咖啡的味道更加香醇，同时也让客户感受到这份爱。如此，星巴克的客户又多了起来，业绩也提升了。这段录像的确非常打动人。

有一次我去美国，因为要开发一个项目，回来之前去罗切斯特考察那里的医疗城。罗切斯特的医疗城一共有十万人，有五万人在为梅奥医疗机构服务。梅奥医疗机构为什么名声大噪？因为它是奥巴马在提到医疗改革时不断表扬的一家企业，说他们的医术非常好，医德也非常好，而且不贵。不管是穷人还是富人，他们一律平等对待，上到总统，下到偷渡的、要饭的，都是一个收费标准，这就是他们的价值观。

去考察的时候，我参加了他们的一项体检计划，真切地体会到他们那儿的每个医生对客户发自内心的关照。我和他们开玩笑说，这是因为我走的是VIP客户的通道，如果是普通客户，可能就没那么好了。我的翻译给我讲了一个故事，她说不是的，他们对所有人都很好。我问她为什么。她说她父亲从东北跑到那儿去看她，突然感觉不舒服，一检查，是得了癌症。她父亲没钱，她也没钱，她老公已经失业两年半了。但梅奥该怎么给她父亲查还怎么查，查了以后还给她父亲做了手术和化疗，一共花了60多万美元。最后她就给政府写信，说她付不起这笔钱，政府就想办法找别的基金替她来出这笔钱。梅奥一直是为他们服务，不问钱的事情。因为美国有一套社会福利体制，所以最后可能有一些公益慈善基金帮她出了这笔钱。梅奥并没有因为你没给钱而延误对你的治疗，在他们眼里，你就是人，是病人。你有活下去的权利，我要捍卫你活下去的权利，这是我行医的价值观，我不会问你的身份。

后来我的另一个翻译跟我说了他遇到的一件事。有一名40多岁的女性，是一个中国的偷渡客，刚偷渡到美国，什么身份也没有，得了急性盲肠炎，送到梅奥，梅奥同样认认真真地把人给治好了。这位大姐没钱，怕出不了院，结果人家告诉她说不要钱，她感动得不知道该怎么办。梅奥的人完全是用真心、爱心在做事。对他们来说,你的身份不重要,在我这里,你就是人,我是医生,必须管你的生命;出了这个门,你的身份自然有法律来管。这种价值观引导着梅奥走过了100多年,如今,它已经成为美国口碑最好的医疗机构,每年有70多亿美元的收入。

这是讲的医疗企业,美国还有一家公司,是做服务业的,也非常有趣。起初,这家公司是个宗教组织。大家知道,美国的人家有花园,有绿地,他们就帮别人割草坪、带孩子,做这些事情。因为是宗教组织,所以他们发自内心地去帮助别人,认认真真地把每块草坪割好,把每个孩子带好,不图任何回报。他们是对上帝负责,不是对利润负责。结果,他们的客户越来越多,他们就跟人家要一点儿钱,说是把成本付了就行,不要利润。因为他们收费比别人便宜,服务也很好,所以越来越受客户欢迎,结果这个组织的收入反而越来越多,最后变成了一家市场服务公司。

现在,这家公司不仅管物业、管医院,还管监狱,包括一些政府的后勤部门,也归它管。它的收费一直比别人低,他们一直坚守这样的价值观,就是服务在金钱之前,先服务后收钱。做到这一点,确实不容易。

上次我遇到了这家公司的老板,他讲了这样一个故事。有个流浪汉在街上乞讨,他把这个流浪汉叫来说,你不要乞讨了,你去帮助别人,而不是向别人索取,这样你就会得到快乐。于是这个流浪汉就开始到他的公司做清洁工,去帮助别人。最后,这个流浪汉成了一个小领导,因为他找到了生命的意义。你别小看流浪汉,流浪汉有流浪汉的能力,他善于察言观色,能够根据人的外表判断其身份,这是他长期在街上乞讨积累起来的经验。但如果没有人引导他建立正确的价值观,他就不能发挥出他的能力,不能成为一个很好的服务人员。所以,美国的很多长寿组织和有着良好口碑的公司，都有很好的价值观做引导，特别是服务业的公司。

做好企业或者做好人，都要先花钱

在中国，我们把对待金钱的正确的价值观叫作贞操观。贞操观有几个特点。第一，这种价值观是不能讨论的，意思就是说，你如果认同这种价值观，就不要来回变。今天说要做好人，明天说要做坏人，后天又说不好不坏，这样这公司就乱了。好的价值观一旦形成，就会成为社会公众的评判尺度，你一讨论，风险就会很大。中国封建社会有自梳女，就是永远不嫁人，自己一个人过的妇女。如果有哪个自梳女违反了这个规则，和男人谈恋爱，就要被装到猪笼里沉塘。在这种情况下，道德习俗的力量往往比法律还厉害，这时候如果有谁跳出来反对，就连这人一起沉了。

所以，价值观一旦成为社会包括企业认可的东西，就不能讨论了，它会比看得见的有形的法律更厉害。大家知道，那年王石的捐款事件引起了不小的风波。可见，价值观的威力一旦爆发，力量是很大的。

第二，快乐程度和评价标准成反比，也就是说，如果你想有贞操，想得到别人的好评，那你在物质方面获得的快乐就要减少。中国历史上曾经出现过这样的故事。慈禧当政以后，发现当时中国的节妇烈女比较少，因此想大力提倡这种道德观。为什么少呢？因为评判的标准太严格，妇女要守寡20年，才有可能被评为节妇烈女。于是慈禧提出放宽评判的标准，把标准分成两档。一档是妇女守寡十年就可以评，你自己申请，朝廷不会给你钱，皇上会给你题个字，叫作恩荣，表示你得到了上面的肯定，但钱都是自己家出的。还有一档就是守寡20年的，申请程序是一样的，不同的是最后皇上题的字是圣旨，而且费用由朝廷负担。也就是说，评价的标准越高，你受的苦越多。在中国历史上，妇女守寡最长的守了60年，最后不仅给她立了牌坊，还修了祠堂，这就是棠樾牌坊群里的女祠，在安徽歙县。

生活中同样如此，你要坚持一个好的价值观，实际上就意味着你要放弃很多恶的习俗、恶的做法，你就不能天天吃喝嫖赌，你就不能那么快活。王石并不是为了成为亿万富翁才坚持努力了30年，他就是想干他梦想的事，这就是价值观的力量。所以，我说他是追求理想，顺便赚钱。想得到更好的肯定，你就一定要付出更多的辛苦。

第三，坚守贞操往往跟效率有冲突。比如一个弱智，偷人养汉没准儿生了一个好孩子，效率是高了，但贞操没了。所以，要坚持价值观，你就要少挣点儿钱，或者挣钱挣得慢一点儿，效率低一点儿。就像我前面讲的，王石虽然少拿了两块地，但他坚守了他的价值观。黄光裕虽然多挣了一些钱，但他的价值观有问题，结果就出了状况。

所以，价值观跟效率、跟挣钱的速度有时候会有冲突。我们说，做好企业或者做好人，都是要先花钱的。我做了个计算，做好人想挣钱，基本上要等到更年期以后。比如，一个"小姐"16岁就出去混，到20岁时肯定已经挣了很多钱。不幸的是，她22岁赶上北京"扫黄"，结果陷入是非，江湖飘零。没有正常的家庭，也没有养老保险，什么都没有，之前挣的那点儿钱还不够糟蹋，最后一辈子就这么完了。但如果你想做一个好人、一个良家妇女，那你就老老实实地读大学、读研究生，毕业后一个月才挣五六千块钱，现在不少北大、清华毕业的年轻人也就挣这么多。一直要扛到四五十岁的时候，等你的小孩儿上大学了，老公也发达了，这时候才是你挣钱的高峰期。

对企业来说也是一样，万通已经是做了20多年的企业了，但真正开始踏踏实实地挣钱也就是最近这几年的事，之前一直是在不断地付出。因为创业都是从没钱开始的，没钱你犯的错误就多，所以你后面挣的钱都用来填前面的坑。等把前面的坑都填补完，才能没有风险地踏踏实实挣钱。所以，做好人难就难在你要忍受自己赚钱赚得慢。当你没有经验的时候，你如果想很快地赚钱，就会出现很多问题。在1993年到1995年的时候，万通的扩张速度就太快了，那时候我们的管理资产已经有70亿元了，在当时的民营企业里，我们的发展势头比德隆还猛。我们参与了几乎所有的金融领域，投资过信托、证券、保险、银行等，投了很多钱，结果很多都失败了，赔了很多钱。那时候，我们哥儿几个甚至连债务、资本金、利润、应收款、应付款都分不清，就觉得突然当了"大哥"了，多爽啊，男人都希望自己牛嘛。我们走到哪儿都吆五喝六的，都有人给钱，都是开着好车来的。为什么？我们的金融机构放出去的钱，别人不还，全拿车来给我们抵债。但那时候我们也不懂，还觉得坐着挺爽，后来才发现这事不对。所以，在一次反省会上，我们提出要治理原罪，就是不能用高负债来推动企业的增长。

于是，1995年以后，我们开始不断地清理资产，不断地卖，卖到1999年的时候还剩下17亿多元资产，不到18亿元。从那时候起，我们重新开始做，又做了十几年，达到了现在的规模，而且现在我们的负债很少，这样我们做事就很踏实。不管怎样，在这个过程中，你所面临的最大考验就是对你价值观的挑战：你到底是要挣钱，还是要坚守你的信念？那时候，有一次我跑去找王石，问他我们的债务该怎么办。王石说，你就按照商业规则，该破产就破产吧。这是唯一我没有听他话的事情，我思来想去，觉得这样做还是不行。申请破产，虽然在法律上你可能解脱了，但在道德上，你还是会有负担，别人还是会说你狡猾赖账。所以，我继续坚持做下去，最后把所有的债务都还清了，包括利息。当你还清债务以后，所有的债权人都会对你非常尊敬，以后还会跟你合作。

有个债权人曾经跑来找我，他一定要看看我住在哪儿才踏实，才能决定给不给我展期。如果我住在别墅里，又是包二奶又是开豪车，我相信他一定不会给我展期。最后，他发现我睡在地上，而且看很多伟大的书，就对我说：第一，你没赖账；第二，你还在追求。这说明你还行，我就给你一点儿机会。这也是我无意中得到的机会，我原以为他会说如果你还不起钱，就把你家抄了，没想到他看完以后得出这样的评价。那时候王功权讲得最多的一句话就是：你一定要相信我们不是动机有问题，是能力有问题，你不要怀疑我们的动机。最后的结果证明，他说的这句话是对的。

所以，要坚守价值观，你就一定要忍受你有时候会少赚钱，会比别人晚赚钱。这不容易，但最后的结果会非常好。

大家知道碳中和，碳的排放量太高了，花点儿钱种两棵树，就把碳中和了，就像拿橡皮擦把碳的印迹擦掉了一样。但贞操这事是擦不掉的，你一旦干了坏事，就擦不掉了。这是它的第四个特点。比如，如果我当时把该还的钱基本上都还了，仅有一笔账我赖了，我今天说这样的话，肯定会有人说这家伙在这儿装，他有一笔钱还没还呢。所以，我必须百分之百地做到，今天我才不怕，才没有人说我欠钱不还。

总之，坚持正确的价值观要求企业家做到四点：第一，不要进行讨论和质疑；第二，要能放弃物质的享受；第三，要能忍受相对的低效；

第四，要坚持到底，从不违背。

只有那些勇于牺牲的人才敢于胜利

那么，为什么坚持了正确的价值观，你的企业就能长期增长呢？我觉得有三个方面的原因。

第一，正确的价值观会引导你触摸到理想的正确方向，帮助你做出正确的战略决策。

前面我讲了，董事长要看那些看不见的地方，什么叫看不见的地方？所谓看不见的地方，就是企业的信仰和愿景。如果你的价值观是对的，那它就能引导你做出正确的战略决策。比如做房地产，因为我们不以牟取暴利为目标，而是百分之百地以照顾客户的生活为自己的价值观，所以我们就会不断地研究产品，不断地改进商业模式，不断地进步。这就像万科曾经走过的路一样。

但如果你只想着赚钱，就像我前面讲的那个哥们儿一样，那你的眼界就非常狭窄，你天天陪领导都陪不过来，哪有时间研究其他事情呢？正确的战略导致了万科的成长。因为王石自己不当老板，个人发财对他没有那么大的吸引力，他对社会、对股东的成就关注得更多，所以他不会掉到这些坑里，比如他从来不行贿。另外，他始终坚持客户第一的原则。很多人当了老板以后，说客户第一其实就是自己第一，反过来了；而王石不是老板，他说客户第一那是实实在在的。我周围的很多朋友，老是说自己做着做着就没方向了，不知道该干什么了。你会发现，那些有正确价值观的公司从来不会迷失方向，它们总是知道自己接下来要做

有正确价值观的公司
从来不会迷失方向

什么，因为它们能做出正确的是非判断，知道什么是是，什么是非。

我讲一个故事。有个朋友收购一家上市公司，买这家公司的股份要多付5000万元，但他不想付这5000万元，怎么办？他拿了400万元去行贿一个领导的儿媳妇，这个领导的儿媳妇就帮他把这事摆平了，于是他就少付了5000万元。当下来看，这轮交易是很合适的，很多民营企业都容易犯这样的错误，认为这样就是挣钱了。但是，很多交易都是了犹未了的事情。这个儿媳妇拿了这笔钱能干什么？她肯定要显摆，要浓妆艳抹，要穿名牌衣服、开名牌车，然后要出国。再加上她是干部家属，于是周围的人就会看她不顺眼。你不站起来自己不舒服，站起来别人就不舒服；你吃肉别人闻香，别人心里就不舒服。所以，很多人就开始告她。告了以后，有关部门就来查，于是这个哥们儿就得拿更多的钱去摆平。这样没完没了，直到这个领导干部出事为止，最后他自己也被抓了起来。

他的这种价值观导致他在做决策的时候只算第一笔账，后面的账就不算了。于是他每天都在应付调查和告状信这种事，企业没好好管，产品也没好好管，股价一直在掉，结果损失的钱比这5000万元还多。最后，自己坐了牢，企业也被别人拿走了。官场上有种现象，叫作马桶效应，就是领导一抬屁股就臭。你坐在那儿没事，你一调走，背后的事情都出来了。那么，如果他是另一种价值观，比如他坚决不行贿，那他会做什么样的决策呢？他可能就认了这5000万元，也可能跟政府说，我稍微慢一点儿，分几次付，但是我付。另外，多付的这部分钱怎么找补回来呢？那就把产品做好，争取多卖出点儿产品。这样，他把钱付了以后，就会把精力用在产品上，用在公司管理上，用在销售上。最后产品赚钱了，股价也涨了，这5000万元就赚回来了，而且公司也没有麻烦。这样的价值观引导他做出的决策是正确的，所以他就不会出事。万科其实就是这样的逻辑，他们经常说，我们拿地贵，没办法，我们只能把产品做好，希望客户能鼓励我们，鼓励我们做好人。这个哥们儿现在之所以坐牢，是因为他的价值观很简单，就是一次搞定，多挣点儿钱就完了。很多伟大的公司——比如乔布斯的苹果，目前市值已经超过了微软——都有很伟大的理想，包括技术理想、社会理想、宗教理想，这些都是理想。

因此，正确的价值观能帮你触摸历史发展的趋势，帮你看清真实的未来。

第二，价值观能帮你算那些算不清的账。很多账，你不能用会计的方法来算，只能用价值观来算。比如，假定你有一个项目需要一笔投资，投资人有四个：一个是老外，一个是好的民营企业，一个是国企，还有一个是来路很复杂的民营企业。就像女人找老公一样，嫁给不同的人，最后的命运是不同的。这四种钱，你用哪一种不用哪一种，最后的结果也是不一样的。如果你用的是来路复杂的民营企业的钱，它出事了，就可能把你牵扯进去，你的公司就要天天被审查。如果你用的是老外的钱，那你的公司可能很规矩，但有些事做起来可能慢一点儿。如果你用的是国企的钱，那你可能就要被迫在机制上跟他们扯皮。这都是算不清的账。那么，如何选择这四种钱呢？

在我们引进泰达的时候，我找王石问过这个问题。他说：第一，必须找国企；第二，不能找传统的制造业的国企，要找市场化的国企。他们找的是华润，我们后来就和泰达合作了。因为泰达是国企，但不是市场化的国企，所以我们变成了混合经济，仅六七年的时间，我们在天津的业务就发展得很好了。这笔账是我来算的。我们公司就是这样，能算清的账是经理算的，算不清的账都归我算，我来算跟什么人做、在哪儿做，等等。那么，我根据什么来算这些算不清的账呢？就是根据价值观。

到目前为止，我们在滨海新区的市场份额是第一，纳税也是第一，在整个天津的市场份额是第二。这就是我当初的一个决策带来的结果。这个决策和价值观有关，如果我是为了自己自在，那我就不会去找泰达，我找个私人老板商量一下，最后大家一起卷点儿钱走就完了。但我找的是国企，找了国企，财务当然就要高度透明，监事长是泰达的，所有的账目都清清楚楚。另外，我对自己的约束更多。有的人认为，你是民营企业，怎么能把自己约束到几乎什么事都要和别人商量的程度？我的价值观是，反正我是做好事，又不是做坏事，我不怕商量，商量就商量，监督就监督。监督得好，国有资产不流失，我这民营资产也不流失。另外，有了监督，责任就不是我一个人扛，是大家一起扛。所以，我愿意找人来监督。

第三，价值观就是信仰。很多去西藏朝圣的人，一路上不断地磕头，从四川一直磕到布达拉宫。2009年9月，我在台湾骑自行车环岛旅行，九天骑了1100公里。在路上，我碰到有人环岛磕头，我问他要不要喝水，他说我自己带了水——要磕一个多月呢。

后来我就想，这种毅力是从哪儿来的？绝对不是从体力上来的。2009年我50岁，以我的体力来说，这么折腾有点儿过，但王石60岁还爬珠峰，他比我还过。其实，这种毅力来自你的理想。理想是什么？是黑暗隧道尽头的光明，那尽头只要有点儿亮光，你就敢往前走，就不会放弃。如果这亮光没了，也就是你心里的理想没了，光明没了，那你立刻就会感到恐惧，就会停下来，就会死亡。所以，凡是有理想、有追求的人，胆子都超大。古人说过，人必有坚韧不拔之志，才有坚韧不拔之力。也就是说，你得有理想，有志向，才会有毅力。

人必有坚韧不拔之志
才有坚韧不拔之力

　　有一年我去体检，大夫问我以前打过什么针。我之前打过一年干扰素，这一年的干扰素打下来，我一共有130多天都在发烧，恰恰那年我去纽约的次数最多。十几年前，中国的医疗体制确实比较落后。有一次我去体检，抽血的时候，护士没有用一次性针头，而是拿那种铁的针头扎了我一下，结果我感染了丙肝病毒。我也没法儿跟人投诉，唯一的办法就是平时自己多注意，经常去体检，好在现在是健康带菌，问题不大。当时，有个医生说有一种新药能把这病给收拾了，我说那就试试吧。结果，打一针一周发三天烧。我就这样扛了一年多，最后医生都感动了，说没想到你这么能扛，按时打针，按时发烧，按时折腾。为什么我能坚持下来？因为我当时就想，纽约这边的事，我非要把它折腾成不可，就算我在路上回不来了，我也要把它折腾成。

　　所以，当人有追求的时候，他的毅力会比肉体的承受力强大很多。有一句话叫作敢于胜利，我小时候不懂这句话什么意思，觉得胜利这事谁不敢啊。后来我发现前面还有一句话，叫作勇于牺牲。只有那些勇于牺牲的人才敢于胜利，因为胜利的前面都是牺牲。什么样的人才会追求胜利呢？就是有顽强信念的人。

　　所以，我觉得王石非常了不起。他说他60岁的时候还要爬珠峰，结果他真的这时候去爬了，言出必行。另外，他说他爬上去要做环保，他也真的做到了。今天，他仍然在奋斗。人的毅力不是凭空来的，很多创业者有时候扛不住，其实是因为他们的信念动摇了。只要信念不动摇，毅力就会永远跟着你。

　　总之，正确的价值观能够帮助企业家做出正确的战略决策，算清无形的成本和收益，提升克服困难的毅力。

老男人要玩，小男人要思考

除了我前面讲的商业模式的极限、组织结构的极限和价值观的极限外，还有一个制约企业发展的因素，就是创业者自身的极限，即个人的能力和经验的局限。作为创业者，我们的内心往往会有很多障碍，但我们自己并没有意识到。举个例子，有一次我去纽约和一个人谈事情，谈到了我们公司的海外上市。他跟我说，你为什么不用新浪模式做你的传统产业？我突然意识到一个问题：我险些被自己的经验给蒙蔽了。我在资本市场上的经验是比较有限的，所以，我们在探讨上市的时候总是在讲红筹架构、返程投资这样的模式，不知道还有别的模式。这个人点了我一下以后，我马上让人去研究，结果认为这种模式是可行的，我们地产公司也可以采用新浪模式。什么叫新浪模式呢？就是收入出境，资产不出境，合并报表，现金还可以不出去，一样可以上市。纽约、新加坡都接受这种模式。

可见，有时候你的经验在阻碍企业的发展，但你自己并不知道。前面我讲到，我和王石曾经去监狱看牟其中，看完他以后我有种感觉：这个人的确没改变。他的语言系统和语境还停留在20世纪70年代，分析问题的逻辑也是20世纪70年代的逻辑。那是什么样的逻辑呢？就是宏观叙事，讲事全讲大事，国家、社会、命运，等等。龙应台曾写过一篇文章，叫作《你可能不知道的台湾》，其中解读了这样一种语境：在专制社会，人们都是大叙事，而民主社会是小叙事。什么意思？在专制制度下，你没有办法获得个人自由，也不能发展个人兴趣，只有先革命，推翻这个政权，才能说别的事。人们所有的关注点都集中在国家命运这个问题上，这件事成为人们思考的重点，这个问题不解决，啥也解决不了。

而民主社会是反过来的。民主制度下的政权基本上没有政变，英国、美国自资产阶级革命以来就没发生过政变。为什么？没必要，领导不好，过两年就滚蛋了。所以，在民主制度下，人们都是小叙事，每个人都讲小事，谈自己的个人兴趣，不研究大事。在我们看来，我们会觉得他们怎么那么庸俗，都不研究大事。

牟其中的语言系统还停留在20世纪70年代，20世纪70年代的语言系统是什么样的？第一是泛政治，什么都和政治扯上关系。第二是迫害妄想狂，因为你每天想的都是政治斗争，所以你每天都觉得别人在迫害你，一点儿小事就跟国家命运联系起来。在今天的人看来——特别是90后，比如马诺这样的人——这人简直就是外星人。但牟其中仍然在讲这种事，他说他的案子和党内的路线斗争有关，有人要将他置于死地，然后再否定改革开放。

因为这种个人局限，他在看待商业问题的时候，自觉不自觉地已经落在时代后面了。所以，你会发现他的一些行为很奇怪。比如那时候叶利钦来，他就自己闯去见叶利钦，结果被有关部门给拦住了。然后，他又往国外写信，谈的全是大事，说要发射卫星，还把这事跟国家、社会联系起来。大家知道，发射卫星这事很复杂，涉及各种各样的力量、势力，作为企业，你不按游戏规则办事，就会有问题。另外，这种政治的语言系统指导着他去处理人际关系，去看问题、办企业、做决策，实在是和今天的商业环境格格不入。所以，我和王石出来以后，我们最大的感受就是他的语言系统和做事方法没有任何改变。当然，我们或许应该尊重一个人的执着，但环境变了以后，这种执着未必能让你的企业获得成功。

作为企业领导人，我们要不断地改变自己，以适应现在的环境，不让自己成为组织发展的障碍。我还是举王石的例子。王石第一次去硅谷是我带他去的，当时王功权在那边接待我们。那时候互联网刚刚兴起，王石非常虚心地在学在看。我们还去了苹果公司，见了很多互联网企业的人。回来以后，王石说了一句话，说他一定要学互联网，要是不学，公司就会把他淘汰。大家知道，现在他天天在网上待着，跟网虫一样。他说这句话的时候已经五十二三岁了，但他还是在不断地改变自己。后来他又说他写作能力差，于是拼命写，最后写成了《让灵魂跟上脚步》。

我跟大家讲话，假如我全用20世纪70年代那套语言讲，大家就会觉得很有隔阂。你思考问题的能力在很大程度上与你的词汇系统有关。如果你能很快熟悉今天80后、90后用的词汇系统，那你思考问题的方式就会超越你的实际年龄，大家就不会觉得你很落伍。我们看到牟其中以后，脑海里突然蹦出一个词来——恍如隔世，感觉他仍然活在20世纪70年代。那时候，我和牟其中是同事，我们俩面对面坐，每天聊天，他给我讲的故事全是"文革"的时候怎么整人的故事。他看问题的方法，以及处理人际关系的方式，还陷在20世纪70年代没有出来。这个极限阻碍了他，致使他的企业没有走出去。照理说他在做成了第一单飞机贸易以后，如果能把企业做得像个企业，而不是像个社团，应该会有一个好的结果的。

同样，1999年以后，当企业面临转型时，我发现我的语言系统也有很大的问题，因为我原来是在机关里做研究的，对传统的这套语言系统非常熟悉。刚开始做生意的时候，我和王功权几个哥们儿用的都是这套语言系统，后来我们发现这样有问题。怎么办呢？我们就去上商学院，然后到国外去学习，把语言系统调整过来，不用政治语言来谈公司的事，而用商业语言来谈。这样，在讨论问题时，我们和后来进入公司的人用的就是同一套语言系统，公司就越来越像公司了。如果你用政治的语言系统来谈你的生意问题，别人就会感觉你像个社团，不是谈买卖的。

所以，企业能否突破增长极限，和企业家自身的能力以及企业的文化、价值观有很大关系。我们的能力容易提升，比如你不会用电脑可以学，不会用互联网也可以学，不会什么都可以学。但价值观等这些软的东西，是比较难改变的。作为创业者，我建议大家用更多的时间来改变自己，让自己的视野更宽阔，经验更丰富。

有这样一种说法，老男人要玩，小男人要思考。什么意思呢？20多岁的小伙子天天玩，如果你能拿点儿时间来思考，就会变得深沉一点儿，就会比别人有竞争性一点儿。等你到了四五十岁的时候，你的交友模式基本上已经固定了，而且很难交到新朋友，容易被所谓的经验束缚。通过跟别人一起玩，跟男的、女的、老的、少的，不同年龄和不同背景的人一起玩，你很快就会改变。而且，在玩的过程中，你能了解很多自己行业以外的事情。所以，大家参加一些公益组织、社会组织也好，和不同行业、不同企业的人交流也好，包括去一些学校听课，都会对改变自己有很大帮助。这么多年来，学习一直是使我受益最大的一件事。

拼爹不如拼自己

当年海南有近两万家公司，几乎都是做房地产的，我们公司刚注册的时候，排在倒数前十名。有时候我在想，为什么我们活下来了，别人却死掉了呢？第一，我们的爹没有什么特别的背景，就是个普通人，是老百姓，我们不是靠爹的。那些爹很牛的人跑哪儿去了呢？没了。第二，我们得到了什么特别的支持吗，比如给了我们什么优惠政策？也没有。有什么特别的机遇吗？大家都处在那个时代，机遇应该是差不多的。我认为我们活下来的原因就两条：第一条是学好，我们没想干坏事，就想把事情往好里做。所以，我们受委屈就受委屈，晚点儿挣钱就晚点儿挣钱，我们坚持不干坏事。这就是我刚才讲到的价值观。

第二条是学习。因为我们的爹不行，所以我们自己就要比爹行，怎么办呢？学习。我们从一开始就不停地学先进，到处去访问，去向好的企业学习。有趣的是，凡是当年很认真地跟我们讨论问题的企业，今天都发展得很好，仍然是我们的榜样；凡是很牛的、不待见我们的企业，今天都垮了。所以，创业者想获得成功，就要做到两点：第一，安分守己；第二，勤奋好学。

我举几个例子。那时候我还不认识王石，我和王功权去拜访他，在他那儿谈了一下午，谈的都是正事，企业的事。谈完就完了，他连饭都没请我们吃。另一家公司，那个哥们儿牛，不仅请我们吃饭，还带我们去夜总会。当然，这家公司现在没了。

我们第一次见柳传志的时候，柳传志也是非常认真地和我们交流。1993年，我去找他，愣是给他办公室打电话，说要见他。他说，你们怎么像孙悟空一样又从海南回来了，还一下赚了这么多钱呢，我得听听。结果他就带了五六个人到保利来跟我们交流，来听我们的故事，弄得我们很不好意思，因为本来是我们要向他请教的。后来我们和联想之间建立起了很好的交流互动，每年我们都会做很多交流，他们就像我们的导师一样。

　　还有一家公司的老板也非常有意思。那时候我要求见他，他说他忙不过来，他要见伟大的人，我们那时候都是20多岁的小孩儿，他不见。不见我们也没办法，结果过了一年多，他又说见。在一间很大的会议厅里，他坐在那儿像首长一样教育我们，我们几个人显得特别猥琐、特别小。当然，这家公司现在已经朝不保夕了。

　　还有一家公司，当时在海南也很牛。这家公司最有意思的一个特点是他们内部盛行斗地主，当时叫锄大地。我们四五个人去见他们的老板，这个老板不守时，说好上午10点，结果到了11点多才见我们，让我们哥儿几个等了一个多小时。进去以后，他坐在大班台后，我们几个坐在沙发上跟他谈，隔了20多米。当然，这家公司后来也没了，董事长被枪毙了，这个老板也坐牢了。

　　这么多年以后，我想明白一件事：我们去学习，并不是只有正面的事情才会对我们有帮助，有时候反面教材也能让我们受益。我们现在特别愿意跟大家沟通，对那些跟公司联系、跟个人联系的年轻人，我们都特别认真地对待。原因就是我们有这样的经历，我们知道，其实每个人都可以成为你的老师，就看你把自己的心态放在什么位置。你把心态放低，谁都是你的老师；你的心态放得高，你就是所有人的老师，最后你可能就不行了。

　　所以，我们讲要"学先进、傍大款、走正道"，通过自我改造、自我学习来突破创业者的心理瓶颈。行走也好，交朋友也好，我觉得创业者要拿出很多时间来做这样的工作，让自己的视野变得更开阔。

　　中国的企业家学习的形式有很多。我在长江和中欧商学院上了CEO班之后，我们这些同学成立了华夏同学会，马云等一些很有意思的人都在里面。我们每年会组织两次非常认真的学习，讨论当下的一些重要的企业发展案例和趋势。在这个环境里，我感觉自己有很大的提升。只有通过学习，创业者才能不断地提高自身能力，改变企业的价值观，使自己不成为公司发展的障碍。

我发现有些老板做事的方法十几年来都没改变，我们跟这样的老板也有过一些合作。目前，中国民营企业的发展基本上有两种套路。一种是彻底市场化的套路，比如互联网公司。我是丁磊的董事，我听丁磊讲过，他最喜欢做的事就是和客户打交道的事，只要你对客户好一点儿，客户就会有反应。他对政府那些事一点儿兴趣都没有，从来不和政府打交道。这就是互联网公司，彻底市场化，靠市场、靠专业、靠品质、靠服务带动公司的发展。另一种是传统的套路。传统套路的民营企业习惯于靠领导、找关系，搞政治包装，搞垄断或者寻租。

走前面这种套路的企业舞台越来越大，市场规模越来越大，而走后面这种套路的企业市场越来越小，但很多民营企业仍沉浸其中。拿万通来说，我们已经是完全市场化的公司了，我们提倡这样几点：全球观、中国心、专业能力、本土功夫。本土功夫排在最后，无非是请领导吃饭这点儿本土功夫。

但是，很多民营企业仍然对请领导吃饭乐此不疲，所以我们和这些企业在一些项目的合作上就面临问题。我们试图说服这些人，但他们不听，他们总是在找领导。如果你的专业能力不行，找领导也没什么用。我们还是应该通过学习来提高企业的市场竞争能力和专业能力，以便让企业有更好的发展空间。

总之，民营企业要突破增长的极限，所面临的障碍是很多的，包括组织结构、商业模式、价值观、创业者的个人能力，等等。我希望我们的民营企业都能突破这些增长的极限，真正成为中国受人尊敬的民营企业，这也关乎我们整个事业的成败。

实战问答

提问：请问您当时为什么会选择留下房地产这块业务？另外，您目前比较看好的，认为将来发展空间比较大、天花板比较高的行业有哪些？

冯仑：我们做房地产有两个偶然性，一是当时我们这六个人里，王功权曾经做过房地产。在海南的时候，他做过秀港工业房地产公司的老总，所以他有比较完整的跟房地产行业打交道的经验。他盖过六栋工业厂房，在当时，他是为数不多的能自己盖房子的人。

另一个原因跟我们善于学习有关。那时候，有一次我们在一个地方吃饭，我听到别人说了一个词，叫按揭。我对数字不敏感，但对词语特别敏感。我请那边的广东人给我写下这个词，并刨根问底地问他这个词是什么意思。他说，这就相当于抵押贷款，我觉得这个办法挺好。正好那时候我们碰到了一件事，有人来向我们推销房地产。所以，我们就商量着开始做。我们借钱付了头款，买了八栋别墅，然后把这八栋别墅重新装修、重新包装，再把它们卖出去，这就是我们的第一单业务。

有了这单业务以后，正好赶上海南那时候的房地产泡沫，所有人都在炒房炒地，我们就加入了那股洪流中。那时候叫投资，后来大家都叫炒房炒地。对我来说，海南的那段经历是很快乐的。因为那时候你不懂，不懂就很快乐，懂了以后很多事会让你很闹心。比如，你每天有点儿钱花很高兴，一旦你懂理财，就这也不行那也不行，很辛苦。

那时候市场很疯狂，疯狂到什么程度？最快的一单，你可能上午才买，下午就能卖出去，就赚钱了。有一年快过年的时候，王功权我们几个商量，年底想给员工发点儿奖金，怎么办呢？说到北海去干一票，挣点儿钱。结果去了十天半个月，就挣了几百万元回来了，就是这样一个速度。但荒唐的是，我们连地在哪儿都不知道，最后很多地都找不着了。因为地在海里，退潮的时候才能见着，涨潮的时候是见不着的。所以，后来我到北海去处理历史遗留问题，基本上找不到我们当年做的地在哪儿。海口的事情同样很荒唐。当时我们有一单生意，要买栋楼，还差点儿钱，我就去找一家公司借钱，借了几百万元，买下这栋楼。后来我去还钱的时候，人家问我们搞的是哪栋楼，我就说是哪栋。他说这事真浑蛋，这楼是从我这儿卖出去的，我还借钱给你，最后你又把这楼卖回来，卖给我底下的另一家公司，挣了我一道钱。当然，这个老板现在也出状况了。

就这样，我们开始创业的那几年，赚的钱都跟房地产有关。回到北京，我们还是继续做房地产。所以，我们做这行有点儿偶然性，当时对这个行业并没有那么多清醒的认识。

至于今后各个行业的发展，我觉得在中国，只要走市场化的道路，只要有市场竞争，每个行业的天花板其实都很高，发展都很快。拿捏脚来说，比如华夏良子，大家知道这个行业有多大吗？现在，中国的捏脚行业一年有1000亿元的规模，比电影行业还大。或者不说捏脚，说掏耳朵，掏耳朵这个行业也足够大，因为中国的人足够多。但问题是有些行业不让你做，比如电影行业，它涉及意识形态的问题，政府管制，不让你市场化，那你就很小。只要市场放开，允许市场化，在中国，哪个行业都非常大。比如餐饮，俏江南一年能卖30多亿元。

所以，我觉得前提是要允许市场化、充分市场化。市场化程度高的行业，发展空间就很大；市场化程度低的行业，发展空间就很小。比如，像能源这些垄断行业，市场是很小的，而对消费行业这种完全面向客户终端服务的行业来说，市场规模是在不断扩大的。所以，越是竞争、越是政府不管制、越是直接和人打交道的行业，市场规模越大，大家的机会就越多。

提问：当年你们把华夏银行、民生银行的股份卖给史玉柱，后来史玉柱大赚其钱。另外，万通当年在东北华联的投资，从媒体的角度来看，是一个比较成功的案例，但现金回报不是特别好。投资是不是万通一直以来的一个短板？这几年万通已经往投资方面转了，以后这方面会不会成为万通在地产之外的新的第二大竞争力？

第二个问题是，地产行业一直逃不出一种周期律，越调控房价越上涨，对地产行业和地产企业的这种周期律，您怎么看？

冯仑：第一个问题，关于投资这件事，我们现在并没有进入投资行业，我们只是控股公司。在房地产领域做投资，这是凯德的商业模式。在全球包括亚洲做房地产的企业里，资本回报最高的就是凯德。我们研究了它的模式，现在我们底下的公司是做开发，上层的公司是做成了投资公司的架构，就是用投资公司的方式来投资房地产企业，但不会投到别的行业去。

至于以前我们的投资，回到我刚才讲的观点上，因为我们坚持价值观导向和战略导向，所以我们不算小账。史玉柱是我的好朋友，他赚了很多钱，我们也赚了很多钱。用价值观来衡量这件事，其实就是我讲的算不清的账。我们的目标很清晰，我们就是要做专业性，所以我们要把房地产以外的部分卖掉。至于什么时候卖，我们找到了对象就会卖，而不会去考虑这么做以后会少赚多少钱。我们的价值观确定了，战略确定了，就是要做裁减。华联也是这样，我们不做商业，所以我们就把它卖掉。但房地产我们是没有卖掉的，这样，我们就变成了一家非常专业的地产公司。

在民生银行的项目上，我们赚了很多钱，史玉柱也赚了很多钱。他给我们的钱我们又拿去做了房地产。到底谁赚的钱多，这是说不清的。人生不能停留在这些算不清的账上，要从价值观的角度去选择，这样大家才能都开心。

反过来说，如果民生银行出了大案要案，股价一泻千里，是不是我就占便宜了，史玉柱就吃亏了，他就比我笨呢？不是这样的。他有他的价值观，他当时要投资一些金融领域，于是他就去投了，投的时候也没算要赚多少钱。

为什么要坚持价值观，而不能靠机会主义呢？因为你这一辈子能赚多少钱是算不清的。你说你到临死之前能赚多少钱？你不知道，我也不知道。我们都不知道自己这一生能赚多少钱，只知道朝着哪个方向去赚钱，哪种钱要赚，哪种钱不要赚。从这个角度来说，你的投资是和你的价值取向有关的。这事符合你的价值取向，你就成功了；不符合你的价值取向，你就把它抛弃，不存在什么失败。因为你收回来的钱又投到你的主业上，帮你继续赚钱。所以，人生的故事就是算不清的账。

另外，投资这笔账永远是算是不是最合适，而不是算是不是赚得最多。你说民生银行的项目我们赚了几倍，史玉柱又赚了几倍，绝对答案到底是多少？其实没有绝对答案，不是说我比他赚得多，就说明我比他聪明。巴菲特有巴菲特赚钱的方法，索罗斯有索罗斯赚钱的方法，如果你能按照自己的方法去做，并坚持到底，那你就成功了。

第二个问题是个很好的问题，就是房地产企业怎样应付周期律。

最近几年，房地产的调控政策的确很拧巴。从政策层面上来说，我觉得有两个问题。第一，各方的估计有所不同。业界的估计、政府的估计和舆论媒体的估计，差别很大。根据业界的估计，低收入人群、夹心层、年轻人买房确实是有困难的，但这个问题还不至于引起社会崩溃。另外，它实际上也会带来某种正向的作用。原因很简单。目前在中国的初次置业市场上，40%的购房者是25~35岁的人，从全球来看，在市场经济国家，这些人都是属于靠工资买不起房的。如果这些人都能买得起房了，那市场经济就不存在了。买不起房带来两个好处：第一，促进劳动力流动。如果你25岁就买房了，而且还是福利性的，不能卖，那你还会流动吗？所以，西方的市场经济带来了高度的劳动力的自由流动。第二，带来创业冲动。假如现在政府直接给员工一套保障房，员工就可以不在乎他的老板了，他上班就可以梗着脖子，那这个老板就难做了。因为有压力，要买房，要还房贷，所以年轻人才会努力工作、努力奋斗。

现在，25~35岁的年轻人买不起房，嚷嚷几声，政府就把这事当成大事来管。舆论和媒体的判断是道德判断，而且很多媒体记者都处在这个年龄段，所以他们对这个问题比较敏感。如果舆论和媒体的反应比较大，政府实行的政策就会比较狠。

从另一个方面来讲，这个问题又是一个市场问题。前面我讲到，在GDP低于8000美元时，住宅市场是一个高度成长的市场。从这个角度来说，只要还坚持市场化改革，只要需求还在，即使你再调控，房价也是压不住的。

综合起来看，要解决这个问题，有两个办法。第一，采取分规制。

什么是分规？男人用男人的药方，女人用女人的药方，妇科和男科不能用一个大夫，用一样的药，一定是分开的。对房地产来说，就是保障的归保障，市场的归市场，也就是我们说的新加坡模式。70%～80%纳入保障系统，虽然有一部分市场功能，但基本上是保障；剩下的20%～30%完全市场化，政府就别管了，涨或跌都是自己的事。但这个问题要解决好才行，不能让市场来背保障的问题，让保障来埋怨市场的问题。

第二，理顺中央和地方政府的财税关系。房价高只是脸上的青春痘，根本的问题是内分泌问题，也就是中央和地方的财税关系问题。如果要让地方政府去承担保障房的大量的财务安排，那中央就要为地方政府解决好税收财政，否则像现在这样，大量的税收都收到了中央，地方没钱，就只能靠卖地来支持城市化，所以对保障的事不积极。

那么，房地产企业应该怎样应对行业的周期性变化呢？我认为，要用创新和变革来应对。拿万通来说，在商品住宅方面，我们要大力推动产品的细分和创新。所谓产品细分，就是我们不光要做第一居所，还要做度假产品、投资产品、养老产品，包括中国人在海外置业的产品。另外，在商用不动产方面，我们要以营运为核心，推动"导演加制片人"的美国模式，提前布局，争取在这方面有较大的发展。

目前，中国的商用不动产的市场化程度相对较高，政府的政策这种非市场化的干扰相对较少，所以这个领域未来的发展空间比较大。我们的生存方式非常简单，只要有市场、有竞争，我们的聪明才智、毅力、战略和价值观就能发挥作用。所以，我们就是要找市场，凡是市场被吃掉的，或者说被政府拿走的，我们都躲开，这是我们唯一的生存之道。

提问： 当年创业的时候，你们六条汉子都是绝对的人才，如果按照你们现在的经验和方式，有没有可能避免大家的离开或出走？

另外，在创业阶段，企业的核心层都是很团结的，没有任何问题。当企业发展到一定阶段的时候，核心层可能就会有新的想法或者出现裂痕，很多企业在这个阶段都会遇到瓶颈。从优化股权结构的角度来说，有没有什么好的办法来避免核心层的分裂或出走？

冯仑： 我们中国人讲求"合"的文化，什么事都是这样，大家在一起就是好的，不在一起就是不好的。对我来说，这也是一笔算不清的账，是不是我们几个在一起就能比今天做得好？我不知道。从今天来看，我们每个人都发展了，总体来说还是不错的。所以，我觉得这件事要从价值观上来求得解脱。

从价值观上来说，只要大家的价值观是一致的，就能在一起，即使不在一起，也能成为朋友。也就是说，同道不一定永远同路，这一点非常重要。比如我们是一个教派的，你可以在这个庙，我可以在那个庙，大家彼此守望相助。我们几个就是这样，我们是同道，但没有走同一条路。

在做生意之前，我们几个就认识了，所以，从很早的时候开始，我们就在一起讨论价值观。我原来在政府机关工作，后来到海南办企业。当时我们这些人来自两个部分，一部分是王功权手下的，一部分是原来我手下的。我去招易小迪、王启富这些人的时候，和他们谈了很多有关价值观的事情。可以说，当时我们这些人的价值观是很一致的。

后来开始做公司的时候，我们的价值观仍然是原来那些价值观的延续，这也是我们遇到的很多困难得以平顺解决的原因。在那个年代，很多人都是为了挣钱而在一起，而我们在面对分歧的时候，能够把钱放在第二位，把理想放在第一位。当时我们的理想就是改革社会。所以，同道很重要，至于能不能同路，我觉得不用太纠结。

第二个问题，怎样设计股权，才能让大家不离开？我觉得，不是说股权互相牵扯到一起，永远解不开就叫好，未必。实际上，股权的设计跟你的利益和你当时所处的环境背景有很大关系。我们民营企业初创的时候没钱，我们搞平均有我们的道理。当时是我主持做这件事，我就说，我们几个人缺哪个都不行，每个人的作用都是百分之百的，这才公平。因为我们都不是"富二代"，说我有钱，你来给我打工，我给你5%的股份就不错了。当时大家都没钱，都是靠借钱。我们最初有一项集资，钱都是借来的，那时候借个几千块钱都很难，谁有钱啊？甚至有的人到海南去的差旅费都是借的。

所以，那时候的概念和今天很不一样，不能说你出的钱多，你的股份就多。在当时的背景下，每个人都不可或缺，也就是说，人力资源是首要的。按照山西票号的说法，人力资源是身股，不是银股，不是拿钱来买的。

从这个角度来说，平均分配是有道理的。之后，在重组的过程中，我再慢慢把他们的股权买回来，但这时候就要花钱了。

今天，如果你接受的是一笔风险投资，那你可能连设计股权的空间都没有。所以，不要把不离开作为设计股权的前提。如果你希望你的核心团队维持稳定，那你就多给他们一些期权，鼓励他们多待一些日子。但即使是这样，如果发生分歧，他们还是可以卖股权，还是可以走的。

北大的女生曾经讲过一句话，叫作"结婚是误会，离婚才是理解"，我觉得这话有点儿道理。结婚的时候，大家看到的都是对方的优点，都是互相吹捧着进洞房的。离婚的时候，就像做鉴定一样，鉴定以后，发现原来你是这样的性格，最后大家互相理解，就离开了洞房。做公司也

结婚是误会 离婚才是理解

是这样，合伙人一开始夸大彼此的优点有时候是必要的，否则大家就不能在一起。但是，合着合着，你会发现大家在性格、习惯等方面有很多不可调和的矛盾。比如，年龄大了以后，有的人想自由轻松一点儿，多跟孩子待在一起，有的人还希望继续干，这时候你非不让分开，就是你的不对了。所以，我觉得合好还是分好这个问题不能预设一个前提，关键在于寻找共同的价值观，并结合当时的情况来设计股权，然后在这个基础上做正向激励。这样，即使以后有人离开了，你也可以找到更好的合伙人。

提问：万通的发展速度非常快，但中间经历了很多挫折。很多民营企业在快速成长的过程中都会遇到所谓的极限问题，就是瓶颈。有两个瓶颈是经常被提到的，一个是资金的问题，或者说现金流的问题，一个是人才的问题。万通遭遇了合伙人的离去，这是资金的流失，同时也是核心人才的流失。我想从冯董这儿讨教一些经验。

第二个问题，您非常热衷于公益事业，也很乐于和大家分享您的价值观和智慧。我想提一个建议，既然您这么热心，能不能在您的群体里号召一下，为中国广大的中青年企业家建立一个智慧分享的平台，就像您的阿拉善SEE生态协会一样，让更多的中青年企业家或者说企业经营者有跟前辈学习的机会。除了您的参与，我们也希望有王石、柳传志等更多的人参与。我有幸跟马云有过一次短暂的交流，确实受益匪浅。人的成长有两种途径，一种是通过自己的努力慢慢实践，慢慢成长。还有一种途径，就是在身边找到一个巨人，站在巨人的肩膀上。我觉得，在有限的生命里，第二种方式更有效。

冯仑：我先回答第二个问题。我们现在正在考虑两件事，一是我和马云、郭广昌一直在讨论办一所我们民营企业自己的商学院。现在国内的商学院讲的都是西方案例，我们只讲本土案例。目前，我们有七八个人一直在酝酿做这件事。当然，我们是按照公益的方式来做，我们办这所商学院不是为了赚钱，虽然收大家的钱，但前提是所有发起人都要捐钱，捐的钱拿来建校舍，每年大家缴的钱也会拿出一部分留在学校。我们要把它办成一个非营利组织，办成一所真正的本土商学院，既不同于北大、清华，也不同于中欧。商学院的地点初步选在了杭州。

第二件事是我和崔永元一直在试图做民营企业的口述历史，他还想把它做成一个小博物馆。中国的第一代民营企业家，大部分现在岁数都很大了，都进入了代际传承阶段，我们想通过影像、声音和文字的方式，把他们的想法和经验记录下来。目前，这个项目崔永元已经开始做了，我和其他一些企业以公益的方式资助他。通过这种方式，我们把大量的资料积累起来，以后可以放在网上，或者放在一个平台上，让大家可以间接获得。

有一年年三十的时候，我和马云在亚龙湾放鞭炮，放完后就在海边散步。我们谈到了一个话题，怎样才能让中国的民营企业发展得更快，成为受人尊敬的民营企业，因为只有这样，我们自己的生存空间才会大。那就是必须市场化，只有整个民营企业都发展，我们自己的企业才能发展得更快。中国这30多年的改革，从大的方面来看就办了一件事，就是发展民营企业，因为国有企业在30年前已经很强大了。30多年就办了个民营企业，如果还办不好，大家就会质疑这种方式的正确性，以后可能就去干别的了。所以，我们有一个非常强烈的愿望，就是把这件事当作公益来做，同时也给自己的企业找到发展的空间。

再来说说你的第一个问题。企业在发展过程中确实会出现一些危机，人才的流失也的确会给企业的发展带来一些影响。

回顾中国房地产行业20多年的发展，我们可以看看万通的成绩单。如果满分是100分，万通可以打70～80分。什么意思？20年前在A股市场上市的房地产公司，如果活到今天的话，平均净资产收益率在4%～5%之间。如果是15年前上市的房地产公司，平均净资产收益率在5%～6%之间。如果是10年前上市的公司，平均净资产收益率在7%～8%之间。这就是衡量的标准。

那么，为什么说万通是70～80分呢？万通成立20年时的平均净资产收益率在7%左右，并不是太高，但它坚持了下来。也就是说，从全国的标准来看，万通比中间水平高一点儿，七八十分。

我们再看看潘石屹，他这十几年的成长速度是比较快的。为什么？因为他离开的时候，我们给他的都是现金，他没有任何麻烦。而我们万通干擦屁股的活儿干了好多年。我发现，在中国，擦屁股这件事也是很专业的，我们公司有几个人号称"手纸"，专门擦屁股。你别以为你擦屁股不容易，我提裤子更难。你擦完屁股就完事了，我还要给你提上裤子，帮你整理好，我后面的活儿比你擦屁股还难。这些事会花费你很多的时间和精力，也会影响你的发展速度。那么，怎样才能保证企业在发展过程中不受人才流失的影响呢？我觉得要靠两个方面。

第一，公司的治理结构要好。事先建立一种现代的法律契约关系，这样的话，即使个别人离开，公司也不会受到很大的影响。万通今天有走的人，也有来的人，但对公司的影响都不大。因为我们有强大的战略和价值系统做支撑，再加上我们每年都做培训，所以个人的去留对公司来说影响越来越小。

第二，公司要专业化。如果是在某个领域非常专业化的公司，比如捏脚，如果你能捏到全国第一，市场、品牌和客户就成为你最重要的资源，那某个人走不走就不重要了。但如果是机会导向的公司，你的市场、品牌、客户资源不够专业化，完全是靠领导关系维持公司，比如某个员工的二叔是国土局局长，那这个人走的话就会对公司造成较大的伤害。

再有，对人才的流动，我们自己也有一个衡量的标准。第一，愿意来的人比走的人多，说明公司在进步；第二，来的人比走的人牛，也说明公司在进步；第三，来的人开价比走的人高，还是说明公司在进步。但如果反过来，那人才的流失就变成了很大的危险。

现在，人才的考评有一些指标，比如一家公司的高管、中层和一般员工的流失率，很多专业的咨询公司都可以帮你做这样的考评。不管怎样，大家就看我刚才说的这个衡量标准，如果是正向的，就说明公司还处在上升期，那个别人的来去就不重要。创始合伙人的离开就像原配离婚一样，总会疼一下，但是不要紧。

第四章
决胜未来

我们一直做好人做到现在

连续、正向的积累能把"事"变成"业"

靠山就是火山，机会就是陷阱

万通的美国模式

作为老板，一定要将重复性的工作标准化

你应该永远盯住那些重要的事，而不是紧急的事

小错不断，大错不犯，系统有效，积小胜为大胜

组织的力量是积累资源最有效的手段

守正出奇是万通的价值观

以拙胜巧，大拙胜巧

伟大是熬出来的

立在根上，傻向前进

中国的民营企业有个很有趣的现象——很多公司在成立20年后都成为行业第一，并开始向国际上的一些重要市场和领域发起挑战，比如联想、万科、海尔等。在这20年里，这些公司都做过很多重要的决定，这些决定引导着它们走向未来，取得了现在这样的成功。

我们一直做好人做到现在

　　那么，对万通来说，我们应该做一个什么样的决定，才能保证我们未来走的每一步都是正确的？我们回过头来看看当年从海南发展起来的这些企业。1992年的时候，海南有18000多家公司，这18000多家公司几乎都是房地产公司。十几年以后，这些公司还剩下多少呢？今天还在做房地产的，连50家都不到。如果把沾点儿边的都算上，也不到100家。那么，剩下的公司跑哪儿去了呢？当年，在18000多家公司中，我们万通是排在倒数十家之内的。大家都说从零开始，而我们是从负数开始的，因为我们连注册公司的钱都是借的。但是，我们活下来了。第一，我们的爹不比别人的爹好。第二，我们的钱也不比别人多。当时大部分人还是有点儿钱的，特别是海南最好的六大公司，它们属于国有公司，钱非常多，而我们的钱是负数。第三，我们也没有特权，而当时海南的很多公司都有政府背景。我们还有什么特别的资源吗？除了比他们年轻，或者跟他们一样年轻，我们没有任何自然资源。那时候我三十二三岁，还有一些一起创业的伙伴，比如现在大家都知道的阳光100、SOHO中国的创始人，当时他们还不到30岁。那么，为什么我们活下来了，而那些公司却没了呢？我们发现，有两点我们跟他们是不一样的。

第一，我们一直在学好。学好是件非常简单的事情，但商人学好和教授学好是不一样的。教授学好是为了挣钱，他在课堂上讲一堂课，拿了讲课费就走。商人学好是要花钱的，要纳税，要还银行的贷款本息，要给员工发工资和福利，还要给股东分红，哪个都不能少，这才叫好人。这四个方面的钱哪个不花，别人都会说你是坏人。这一点我们跟海南的很多公司不一样，我们一直做好人做到现在。

第二，我们在学好的同时，还比别人能学习。我们会在公司发展的每个阶段考虑一些战略上的问题，比别人更早地做出一些安排。举例来说，1995年公司重组合伙人的时候，我们已经请了律师，而且请的都是从美国回来的律师，请他们帮我们做法律文件和财务安排，而不是按照江湖的办法来处理。如果当时我们用江湖的办法来处理，那今天我们可能就没了。

企业的今天是你过去做的某些决定的结果，而你今天做的决定将会引导企业走向未来。所以，作为企业家，你一定要找到一种东西，以保证你的企业未来走的路是对的，而不是错的。我们把这种东西叫作决胜未来的力量。我们不是要回过头去总结决胜过去的力量，而是要寻找决胜未来的力量，也就是说，我们要找到引导我们在10年、20年以后获得成功的力量。这些力量必定是一个根本，我们今天必须特别重视，而且必须矢志不渝地坚守。

万通把9月13日定为每年的反省日，这是我们公司成立的纪念日。在这个纪念日里，我们从来不庆祝，而是在反省，反省的形式、内容和方法不断地随着环境的变化在改变。我们曾经在反省日讨论过企业决胜未来的力量这个话题。我们发现，至少有四种力量是非常重要的。

连续、正向的积累能把"事"变成"业"

第一种力量是战略的力量。什么是战略？读书时，很多教授都会讲到这个问题。简单地讲，战略就是做什么、跟谁做、怎么做、做多少。战略为什么那么重要呢？战略的重要性不在于你知道今天做什么，而在于你知道一生一世做什么，没有哪个人不知道当下应该做什么。战略是你一生的定位，一生做什么，多数人是不知道的。万科在初期的时候也不知道一生要做什么，于是做了很多。做过饲料，做过蒸馏水，做过零售百货，还组装过录像机，拍过电影，也做过房地产，北海、锦州都有它的项目。但20年前王石做了个决定，他决定这家公司一生一世就做一件事了，就是做住宅。这个决定自做出起，就没有改变过。与这个决定不相关的其他东西，按照王石的说法就是做减法，不断地卖，卖到现在还剩下最后一家公司没卖掉，但他还是一直在想办法处理。其实，万科卖掉的所有公司都是赚钱的，有些还很赚钱。那为什么卖掉？因为20年前他想了一件事，他要一生一世做这件事，只做这一件事，所以要卖。大家经常喝的怡宝蒸馏水，以前就是万科的。在零售方面，当时王石的万佳已经做到广东第一了，但还是被他卖了。他就围绕着住宅做。这就叫战略，也就是说，你能把自己一生一世要做的事说清楚，而且再也不改变了。战略的力量首先在于它要求你按照既定的方向连续、正向地积累，连续、正向的积累就会把"事"变成"业"。什么叫事业？事业就是一系列有价值的事情连续、正向地积累。打个比方，我喝水，喝一口，这叫事；我一直喝，喝了20个小时，这是行为艺术；当我喝到200个小时的时候，我可能就死在这儿了，这就叫事业。我为了喝水的事业鞠躬尽瘁，全世界最能喝水的人就是我，我一生干了一项事业，就是把喝水喝到世界第一。

从国家和全世界的经济来看，200多年以前，中国正处于清朝的鼎盛时期。那时候，中国的GDP比美国高一倍以上，而美国是扶贫对象，按今天的话来讲，就是全球的贫困地区。那时候美国人做了一个选择，选择了独立，颁布了宪法。或许美国宪法的创立者当时也认为这部宪法维持不了十年，因此他们千方百计地想把它维持住。美国人就这样一代代地坚持，到现在，美国已经换了四十几任总统，但国家的基本制度没变过，这部宪法没变过，它的GDP目前在全球排名第一。而中国这200多年来不断地在选择，如果我们当时选对了一种制度，坚持一种经济发展的方式不变，再加上我们的起步条件比美国好，那我们现在可能就是全球第一。因为我们不断地在选，不断地在改，所以我们没有表现出战略的力量，表现出的只是一种选择的机动性。

其次，战略要求我们学会放弃。有一种说法，叫作选择就是放弃，自由就是枷锁。人的能力是有限的，当你选择一些东西的时候，你就要放弃另一些东西。最重要的是，你一定要知道自己不能做什么，自己的能力边界在哪儿。拿万科来说，如果万科什么都做，今天就不可能成为中国住宅行业的老大。如果你做20个行业都能做到全国第一，那就说明全国十几亿人都比你笨，这是不可能的。所以，我们一定要知道自己应该放弃什么。拿房地产行业来说，如果你想在北京做，那你就得放弃在全国其他地方做的机会。比如，华远只在北京做，那它就得放弃二线城市的机会，放弃天津的机会；万通只在北京、天津等大北京地区做，别的地方我们不去。万科选择在全国做，现在已经扩展到了四五十个城市。还有一些房地产公司，可能只选择长三角、珠三角和北京，比如富力、金地。所以，任何一家房地产公司在选择地区分布的时候，总是在放弃一些机会。如果不放弃，你的精力和资源就会非常分散，效率就不会高。一个房地产的项目经理，如果做到十年以上，他喝下去的酒是按吨算的。我有个朋友，他在一个老员工离开时计算了一下这个员工总共喝了多少酒，喝了一吨都不止。按比较能喝的人来算，一天喝两顿，两顿喝一斤，一年少说能喝200斤，十年就是2000斤，就是一吨。如果他再能喝点儿，喝个两吨也是可能的。你这两吨酒集中在一个城市喝和分到五个城市喝，结果是大不相同的。如果你这两吨酒都在一个城市的规划局或国土局喝，喝到20年的时候，你在这个城市做事情就会非常顺利。如果你分散到全国的规划局去喝，一个规划局最多喝半斤，最后你哪儿都认识，但哪儿都不熟，办起事来就不会那么容易了。

再有，战略要求你做好资源配置。在决定了做什么和不做什么以后，你的战略伙伴就确定了。此外，你的资本和人力等资源也要相应地组合，按照既定的方向去积累，成为决胜未来的力量。比如万科决定做住宅，那做商场的那些人就用不着了，做房地产金融的可能也用得很少，甚至也用不着了。万科在20年前做了决定以后，它的资源就开始向这方面集中。它的建筑师有将近300人，没有研究写字楼的，全是研究住宅的。这300个建筑师再细分，有专门研究窗户的，有专门研究墙的，有专门研究地板的，还有专门研究园林的。研究墙的建筑师又分很多种，可能一个建筑师就专门研究墙的一部分。这样，在住宅这个行业，万科的资源集中度就非常高。大家想想，哪家公司能养300个建筑师？我们可以明显地看到万科的产品创新能力。就像工业产品一样，万科的产品一代比一代好，而且万科的创新是系统化的，能够在全国几十个城市推广、复制。现在很多房地产公司所谓的创新，只是老板个人的灵机一动而已，这个老板不在了，这种创新也就没有了。也就是说，这些公司没有在资源的高度集中和合理配置下持续地向一个方向走。

靠山就是火山，机会就是陷阱

很多房地产公司的老板都不愿意研究战略，他们不认为战略能引导自己获得成功，总认为关系才是最重要的。事实上，所有因关系而起的企业，最后都因关系而死。靠山就是火山，机会就是陷阱，你总想抓机会，最后可能就会在机会的诱惑面前掉入陷阱。比如你通过某个关系搞定了某个领导，批了块地给你，这叫机会。结果这个领导的对头来了，就开始收拾你、揭发你，然后纪委就来调查，最后这个机会就变成了一个陷阱。自从确定了战略，万科就坚持阳光经营，绝不行贿，这是万科的理念。因为它有选择，知道什么不能做，再加上它的资源高度集中，人员配置高度专业化，资本安排很合理，所以它不会受机会的诱惑。举个例子，有家公司有一块很大的地，他们去找王石，说这块地给你，我们不要钱，你拿去做别墅，做完以后卖了，把钱给我们就行。王石看了

靠山就是火山
机会就是陷阱

一圈说，对不起，这事我不会做，我只会做郊区的社区，不会做别墅。于是，他放弃了这事，没有受它的诱惑。

所以，迷信关系是做不好公司的，机会和垄断也不足以保证企业高枕无忧。企业想不断发展，就需要制定具有长远眼光的战略。那么，怎样制定战略呢？首先要选择方向，也就是决定你要做什么。其次要长久地坚持，并在选择中学会放弃。最后要围绕着你的战略方向进行资源配置。接下来我举一些例子，让大家了解战略的力量在房地产行业中究竟有多重要。

除了我刚才讲到的万科，房地产公司还有很多不同的战略。目前，国内的房地产公司大概分为三种类型。一种是住宅公司，就是只做住宅，不做别的，比如万科、中海、顺驰、绿地等。只做住宅的公司又分为是在全国做住宅，还是只在局部地区做住宅。万科是在全国做，中海跟万科差不多，绿地是只做重点区域。顺驰也是在全国做，但它在地区选择上更加多样，可以在北京、上海这些地方做，也可以在洛阳做，甚至在安阳做。它的纵向市场是比较多样化的，所选择地区的经济发展水平差距非常大。

第二种类型叫作房地产综合开发公司，比如首创、华远、富力等。这些公司什么都做，产品线非常多，地区跨度非常大，资本形式也非常多样化。这种房地产公司是在房地产领域做多元化，比如做酒店、商场、写字楼、住宅等，住宅又分高档、中档、低档，地区的选择有北京，也有外地。这类公司很多都是从原来的国企转过来的，比如北京城建。而万科是在房地产领域做专业化，不考虑人民币升值的因素，目前万科的产量、净资产和收益都已达到了全球最大的住宅公司的水平。那么，万科是怎么达到这个水平的呢？就是在专业化的基础上精细化、产业化。什么是产业化？就是产品在工厂里做的部分越来越多，在现场做的部分越来越少。目前万科自己的产业化配套能力是10%～15%，而全国平均只有5%左右。万科现在的住宅，大到窗户，小到垃圾桶，都在总部研究设计好，和麦当劳开店的做法一样。

第三类就是像万通这样的公司，在按照一种新的模式做。大家知道，万通明确提出由香港模式转为美国模式，做专业的房地产投资公司。

按照做什么和不做什么来分，目前国内的房地产公司的战略大概就分成这三大类。还可以有别的分法，比如从地域来看，有全国性的战略，也有重点区域的战略。万通是大北京地区；金地主要是珠三角、长三角和北京这三个重点地区；富力也是重点地区。另外，也可以从产品的高、中、低档来看，像汽车一样，有做凯迪拉克的，有做奔驰的，也有做夏利的。万科大多做中档，它的产品很多都是中产阶级住宅，这是万科的一类主流产品。随着万科第一代客户的慢慢成长，它现在也开始做一些高端的产品。当然，现在还有一类所谓的做商业地产的公司，比如大连万达，做住宅，也做酒店、购物中心等，它实际上还是属于综合开发公司。可见，房地产公司的战略非常复杂。不管怎么分，如果房地产公司的老总一句话说不清楚他是干什么的，那就意味着他的公司没有战略。没有战略就没有积累，长期下去，公司就会出问题。实际上，综合开发公司就没有战略。事实也证明，大部分所谓多元化的综合开发公司，平均的存活时间也就是五到七年。以前深圳还有一些上市的房地产综合开发公司，现在都没了。剩下的都是专业公司，比如像万科这样的住宅公司。大家仔细研究一下房地产综合开发公司近十年的财务报表就会发现，它们的绩效大多都不好。专业的公司是有战略的，有战略就有方向。哪怕你是做中介的，比如中原，它只做中介，而利达行做一段中介又去做开发，又去做别墅，又去做写字楼，最后什么也没留下。

万通的美国模式

我刚才讲万通选择美国模式，什么是美国模式？我们来看看美国的开发商都做什么工作，挣什么钱。简单地说，美国的开发商就是张艺谋，就是斯皮尔伯格，为什么这样说呢？美国世贸中心重建项目的费用预算大概是70亿美元，开发商叫莱瑞·希尔维斯坦。在整个重建项目中，这个开发商仅拥有不到10%的股份，大部分钱都是别人出的。那么，他凭什么在这儿忽悠呢？他挣的是什么钱呢？他挣的是三笔钱。第一，虽然他只有10%的股份，但他的分红权比10%大，可能分15%或20%。因为是他在这儿给你做，他可以为你创造比一般市场水平更高的盈利，所以你得再给他分一点儿，他的股权收益要在10%以上。斯皮尔伯格也是这样，他每部影片只投一点儿钱，但他的股权收益大于股份的比例。第二笔收入是管理费。整个世贸重建项目的出资人是另一个私人家族，他们给莱瑞3%左右的管理费。3%是多少？2.1亿美元。出资人为什么愿意给他钱？因为整个市场的管理费的平均水平可能是4%，莱瑞可能比较专业、比较能干，给他3%就够了，还省一个点，所以他们愿意雇莱瑞干，而不是自己组织一个班子干。由于莱瑞高度专业化，可能2.5%就搞定了，还多挣了0.5%。70亿的0.5%是多少呢？3500万美元。他凭什么挣这钱？就凭他的管理能力比一般的公司强。第三笔收入是什么？预期的收益回报增量部分的分账。假设整个项目做完，回报率是10%，最后我做到了15%，这五个点我们俩对半分，这是我多挣的。总之，莱瑞是靠创造性劳动、靠价值创造、靠价值增值来挣这些钱。这块地我怎么规划、怎么租、怎么卖、怎么招商，都是我自己的事，出资人根本不管。

在整个项目里，一共有四个角色。第一个角色是莱瑞，就是开发商，开发商代表着市场能力和市场价值，就像张艺谋一样，他往那儿一站，你就知道他能赚多少钱。不同的开发商，赚钱的能力是不一样的。比如，潘石屹的项目每平方米能赚2000块钱，同样一块地，换一个人做，可能每平方米赚1500块钱，再换一个人做，可能只能赚1000块钱。同样的地块，同样的产品，最后卖得不一样，这中间的差距就是开发商能力的差距。所以，开发商意味着创造价值的能力，张艺谋就是凭这种能力吃饭的。但是，影片的版权不是张艺谋的，《英雄》的版权是张艺谋的吗？不是。也就是说，大楼建起来以后，产权跟莱瑞没关系。第二个角色是出资人，就是后面给钱的人。我们只知道张艺谋，不知道是谁给张艺谋投资。世贸中心重建项目也是，我们只知道莱瑞，不知道是谁投资。所以，出资人不重要，有钱的不是大爷，是二爷，莱瑞才是大爷，张艺谋才是大爷，你想给张艺谋钱，至少要排到两年以后了。第三个角色是承建商，就是把大楼盖起来的工程公司，比如中建一局、北京城建。这个角色挣的钱最少，只能挣点儿加工费。第四个角色是营运商，就是你是找沃尔玛呢，还是找王府井呢？或者找万达、燕莎，等等，这叫营运商。同样的面积，不同的营运商来做，回报是不一样的。就像开餐馆，俏江南的客人和大排档的客人带来的营业额是不一样的。营运商的角色相当于章子怡、赵薇这些明星。世贸中心里的餐馆是谁来营运？如果是顺峰，可能就没生意了，因为在美国没人知道顺峰；如果是美国的一家著名品牌，可能就有很多人去吃。所以，一个地产项目的好坏，主要取决于开发商和营运商，也就是取决于导演和明星。

万通选择美国模式，是以美国的两家公司——托尔兄弟公司和森林城公司为标杆的，它们的战略规划跟万通有吻合的地方。万通现在有三部分业务，一部分是住宅，托尔兄弟公司主要是在大纽约地区做，我们是在大北京地区做。第二部分是商用不动产。商用不动产是标准化地复制。我们要做以写字楼为核心的建筑综合体，叫作万通中心。这是一个标准化的产品，像香格里拉酒店一样。我们会把这个产品一直做下去，这样，10年以后，可能就会有15个、20个万通中心。将来我们的客户到外地租写字楼，只要在我们北京的总服务中心预定一下就可以了。就像住假日酒店一样，走到哪儿都有，这样客户就会一直跟着我们走。第三部分是定制服务，就是按照客户的要求提供个性化的定制服务。相当于我是裁缝，你是顾客，你拿块布料来，你要做什么，我就给你做什么，我挣加工费。当然，如果你要做高级服装，那我收费就高点儿；如果是做一般的衬衫、裤子，那我就少收点儿钱。

我们计划花十年时间来达成这个目标。第一个五年，我们要把现有的业务按照这三部分高度地专业化和标准化。第二个五年，我们要在高度专业化的基础上，把不动产金融服务和房地产领域的专业投资结合起来，实际上就是更加突出专业的房地产投资公司和管理公司的能力，这就是所谓的美国模式。六本木是日本规模最大的城市开发项目，由森大厦株式会社开发，上海环球金融中心也是这家公司开发的。在环球金融中心这个项目里，森大厦只占8%的股份，它的模式和莱瑞的模式是一样的。专业的住宅公司、综合开发公司和像万通这样的专业的房地产投资公司，这就是目前国内房地产公司的三大战略。

五年、十年以后，万通的模式会和万科越来越不一样。但是，我们在战略中还是有一些共性的，比如专业化、标准化、正确的价值观、可靠的合作伙伴和长期的供应商，等等。我经常和王石讨论，万通做三个领域，万科做一个领域，十年以后，会是一个什么样的结果？可以预见，在住宅方面，万科一定比万通做得好，我们可能有个别产品做得稍好一些，但总体水平是不会比万科强的。但是，在建筑综合体方面，我们可能是全国做得最好的，因为万科不做这块。另外，在定制服务方面，我们已经做了很长时间了，目前在全国是处于领先水平的，今后我们在这方面仍然具有绝对优势。总的来说，万通的资本营运效率应该是可以跟万科看齐的。因为按照我们的模式来做，住宅的资本营运风险是逐渐加大的，商用不动产的资本营运风险是逐渐减少的，而定制服务是没有资本风险的。我们是按照国际上的最高标准来制定我们的目标的——净资产收益率在15%～20%之间的长期增长的企业，而引导我们一步步向目标迈进的指路标，正是我们现在制定的战略。

作为老板，一定要将重复性的工作标准化

决胜未来的第二种力量是制度的力量。

还是举万科的例子，我们先来看看万科是如何处理客户投诉的。我们假设万科一年产15,000套房，它每年的客户投诉率是1%，这已经是很低很低的投诉率了。也就是说，它每年有150个客户投诉，150个客户里如果有三分之一是"秋菊"，就是50个。这50个"秋菊"天天揪住你不放，那王石还不累死啊。当然，我所说的投诉是比较重要的投诉，已经快引起纠纷了。那么，万科是如何解决这些事的呢？它有一个公共的BBS平台，任何客户都可以在第一时间去投诉，有专门的人每天在那儿盯着，一有投诉就反馈到项目公司去，后台的几个部门马上着手去管，根本不需要王石去管。那王石的作用在哪儿呢？万科曾经提出一个口号，叫作"在投诉中完美"，这就是它的价值观。他们按照这个价值观

建立了一套应对客户投诉和改善客户服务的制度，一直运行到现在。

什么是制度？制度就是把大量经常发生的事情标准化，然后用标准化的行为模式去训练你的员工，让他们对制度负责，而不再是对个人负责。比如，投诉就是一种大量发生的经常性行为，你把它按照你的价值取向标准化，然后训练你手下的人，让他们对制度产生崇拜。这就是王石时间充裕的原因，他是做一件事，省十件事。如果你去腐蚀一个干部，去行贿，你做了这一件事，结果惹出了十件事，那你当然忙了。很多比万科小得多的公司，它们的董事长比王石忙得多。那么，怎样才能不忙呢？要制定制度，把事情标准化。什么样的事情可以标准化？举个例子，谈恋爱这件事是不能标准化的，但生孩子是可以的，生孩子要到医院生。所以，中国没有谈恋爱的制度，有生孩子的制度。只要这件事是重复性的行为，作为老板，你就一定要想办法把它标准化。标准化以后，你就会非常省事，从此就可以不用管了。白宫发不发工资，美国都照样转，它的航空母舰都照样走，总统在是这样，不在也是这样，因为有制度管着。所以，制度的力量在于把人的行为纳入一种标准化的行为模式，并让人对制度产生崇拜。你创造制度，制度管人。所以，华盛顿的伟大之处在于他创造了美国宪法，所有美国人都尊重这部宪法，即使他死了，美国人也还是按照宪法做事。

房地产企业要建立自己的制度，就意味着你要坚信这样一套逻辑：作为一个老板、一个董事长、一个总经理，你要以机制选拔人，以价值观引导人，以绩效淘汰人，以事业发展人，最后以工资福利保障人。这套逻辑不是让老板去选拔人，老板不会选拔人，老板只知道选拔人的制度。拿万通来说，我们提倡生人制度，而不是熟人制度，我们尽量用生人。我们做过大量的研究，在中国，生人制度能较好地保证制度的执行。到万通来的人都跟公司内部的人没有任何关系,大家都是这么来的,很公平,这样才能以绩效考核人。如果来的都是熟人,那还怎么按制度办事?你还能拿绩效考核人吗?生人制度怎么选拔人?就是通过猎头公司、招聘网站去找。

另外,为了防止大家乱推荐人,不负责任地推荐人,万通还建立了保荐人制度。你可以推荐人,但你要定期写出你推荐的这个人的绩效评估报告。如果这个人犯了错误,给公司造成了损失,你要跟着连坐。当然,如果他做得非常好,公司会给他奖励,比如给他50万元奖金,那你也能得到50万元额外的奖励。这就造成什么结果呢?大家一般不敢轻易推荐人,推荐的人一定是好人。我把这个制度建立起来,以后谁来找我,我就把这个制度给他看。你让我保荐,如果我觉得这人来了可能要受罚,我董事长也得跟着赔钱,那这人就别来。但如果这人确实能挣钱,那我就冒冒风险,让他来。不光是我,万通的高管都是这样的,大家每次推荐人的时候都在想,这人能不能帮公司挣钱。如果他真能拿50万元奖金,那我就白捡50万元,凭什么不要?所以,一旦建立这样一套制度,大家推荐人的时候就会很谨慎,要反复权衡才行。这样我就省心了,以后选拔人这种事我就不用管了。

所以,我们学习万科好榜样,学了这么多年以后,我也越来越闲了。闲的奥秘全在于你敢不敢让制度成为公司的偶像,也就是说,你在后面鼓捣这些制度,鼓捣好了以后,你就认真坚持。如果你不建立有效的制度,那你就不能让你的所有资源都朝着一个方向有效地发挥作用。如果你不能把所有的资源聚集起来,有效地发挥它们的作用,那你的战略目标就实现不了。如果我用的是熟人制度,那公司还能不能找到最好的人?不能。我要做美国模式,我要成为张艺谋,那我的创意、摄影、服装、道具都应该是一流的，我的熟人圈子里哪儿能正好有这些一流的人呢？所以，我们不搞熟人制度，搞生人制度，我需要什么样的人，就让猎头公司帮我到市场上找。我现在基本上每周都会见一个我想要的人，用不用再说，反正先见着，不谈成，猎头公司是不要钱的。就像招标一样，我会跟猎头公司说我最近要找一个什么样的人，然后猎头公司就去找，找来了我就谈。这样，我对市场上这些优秀的人都有印象，比如做财务的、做营销的、做工程的，他们开价最高开到多少，我也很清楚。这样，我就能保证我找到的这个人是最好的，而且这个人跟我没关系，我是通过猎头公司找的，我不签保荐协议。如此，才能成为像张艺谋一样的人。否则，我去熟人圈子里找，哪儿能这么容易找到呢？所以，制度的力量就体现在这儿了。

你应该永远盯住那些重要的事，而不是紧急的事

面对客户的投诉，作为老板，你有两个选择。一个是你马上去跟客户见面，然后召开紧急会议。这叫什么？这叫处理紧急的事。等你把这起投诉处理完，过两天又来了一起投诉，你又得去处理。还有一个选择是你让该负责这件事的人去面对，而你去玩。你可以到万科去学习，到中海去学习，看看人家是怎么处理客户投诉的。回来以后你研究出一个办法，建立一套制度，用制度来处分直接面对客户的人，这样你就可以去玩了。这样做几年以后，你会发现，公司的资源越来越朝一个方向集中，而且即使你不在，员工们也会按规则去做。

领导要做重要的事，而不要做紧急的事。大家要记住一点：如果你

想当一个成功的领导，那你应该永远盯住那些重要的事，而不是紧急的事。王石的精力可能20%放在万科上，30%放在这个行业上，剩下的50%都放在关心社会和中国工商业界的发展上，以及他的个人兴趣上。他也会到处坐飞机，但他坐飞机的目的跟其他老板不一样；他也会接一些电话，发一些短信，但内容跟别人不一样。作为董事长，如果你连一个项目的门窗规划图都要看，那你当然忙。我是不看这些东西的。不看的原因是什么？我不是这方面最有决策能力、最有判断能力的人，我为什么要看呢？很简单，我建立一个项目规划的投票机制，找五个人，比如一个是站在客户立场上的，一个是站在规划的专业立场上的，还有站在投资立场上的，等等。还有一个人是只拉闸不踩油门的，任何事他只能说不，不能说是，这就是总经理。然后，所有的规划，我都让他们去投票，但每个人的权重不一样。这样，我要冒的风险就是这五个人全选错了，权重也设计错了。如果我选的人是对的，设计的权重也是合理的，那么，即使我不看规划图，也不会差到哪儿去，那我何必看呢？所以，善于用制度来管人、治事，说白了，就是向不劳而获的方向前进，这是做领导的最高境界。我们过去讲所谓神一样的领导，就是靠制度和我后面要讲的价值观来领导，而不是靠人来领导。人来领导永远是辛苦的，一对一，越对越辛苦。我们要做一对多的领导，一对多，这就叫制度。制度管所有的人，文化管无限多的人。文化管的是最泛的，但文化是软约束；制度管人虽然是有边界的，但它是硬约束。

　　所以，作为董事长，我现在就做三件事。第一件事是看别人看不见的地方，这件事涉及的实际上就是我前面讲的决胜未来的第一种力量——战略的力量。我天天在外面跑，就是研究战略，研究未来。比如十年以后，有多少人上网？再比如，吃麦当劳的一代长大后是不是都变

永远盯住那些重要的事
而不是紧急的事

成"超级女声"这种状态了？如果是，那我今天要做的一件重要的事是什么？就是训练我的人都按照"超级女声"的思维方式来玩。这样，十年以后我就不会落后。我再举个例子，比如做广告公司，大家看见的都是电视台的代理、路牌广告等，有一家公司——聚众传媒看见了电梯间里的屏幕，结果就发财了。这就叫看别人看不见的地方。

第二件事是算别人算不清的账。什么意思呢？有些账是很难算清楚的。比如做好人经常吃亏，这只是针对一段时间来说的，如果你一辈子做好人，肯定是不会吃亏的。你是只跟有钱人合作，他给你钱，你就跟他合作，还是他有钱你也不跟他合作，你要跟又有钱又是好人的人合作，结果是不一样的。另外，一个项目，同样是一个亿投下去，是放在北京做，还是放在河南做，结果也不一样。算得清的账由财务人员来算，比如这个项目的预算是多少，我是不算的。因为财务人员肯定比我算得清楚，如果他们还不如我算得清楚，那还要他们干吗？但那些算不清的账由我来算，比如合作伙伴找谁，是美国人、英国人还是香港人，这我来算。

第三件事就是做别人不做的事。比如制度的事，员工不能做，只能董事长做，所以，公司的制度安排都是我在做。我们公司有近12亿元股本，有上千个股东，所以股东来访很频繁，你想每个都接待，是很困难的。如果你想让你的信息披露非常清楚、非常透明，那你就要把它做得非常标准化，让董事会的小秘书能很熟练地处理。这样，你就能出去干自己的事了。

所以，用制度崇拜取代领袖崇拜和老板崇拜，这是决胜未来的一种重要力量。这种力量能让你进入一种自由状态，这样，你就可以凌驾于所有繁杂的事务之上，到一个超脱的地方或者有前瞻性的地方去看你的公司。你建立制度、制定战略方向、选拔人、创造价值观，然后制度、战略方向、人、价值观结合到一起，帮你去赚钱，最后你才能达到"离钱近，离事远，离是非更远"的境界。以后，只有钱的事跟你有关系，别的事都离你很远。这样，你才能保证公司的所有人齐心协力，去达成战略目标。最典型的例子就是军队，军队是高度制度化、组织化的，所以它才能完成一些对抗性的、突击性的任务。

小错不断，大错不犯，系统有效，积小胜为大胜

对房地产公司来说，决策制度——比如投资决策——可能是让很多公司最头痛的一个问题。怎样才能想对一件事，然后决定对一件事，最后做对一件事？决策的方式有很多种，可以老板一个人说了算；也可以一群人商量，最后由老板拍板，这叫作听多数人意见，和少数人商量，自己说了算；还可以让董事会表决。再有就是没规则，有时候董事会说了算，有时候经理说了算，有时候老板自己说了算，有时候哥儿几个一拍脑袋就完事，有时候回家让老婆定。从概率上来说，采取多数人表决的制度，也就是董事会制度，决策正确的概率会高一些。一个人的决策，基本上是两个极端的决策——不是最好，就是最坏。要么创造奇迹，要么把公司推进深渊，比如格林柯尔、南德集团。这种决策的风险是两个极端的风险，我们把它叫作零一博弈：要么是零，要么是一；要么最好，要么最坏。而采取董事会的票决制（五六个人，不超过十个人），决策的正确率大概是60%，也就是及格水平，不会出现传奇式的领袖，也不会让公司走上死路。所以，企业老板要下功夫认真研究制度安排，这样才能保证公司做的每件事都是对的。

总之，对企业家来说，最大的挑战不是研发，也不是销售，而是创造制度。要建立一套既适合自己的企业又优于竞争对手的管理制度，只有做好这件事，你才能自如地驾驭企业的未来。

除了决策制度，房地产公司在制度选择上还有哪些需要注意的问题呢？

一般来说，房地产公司有很多项目在同时进行采购。假设你有10个项目，每个项目有一个采购负责人，就是10个人。供货商有多少呢？我们按大类来算，就算10个，每个供货商后面还有10个干活儿的人，加起来就是100个人。这100个人围着10个采购人员，平均每天吃一次饭、洗一次澡、唱一次歌。大家想一想，在这个过程中，有人扛得住腐蚀吗？我想可能没人扛得住，只是扛的时间长短和被腐蚀的程度有差别。比如我扛了10年，到第11年我扛不住了，有人可能扛了三年就扛不住了。再有，我扛了10年只拿了一万块钱的回扣，有人可能三年就拿了五万块钱，差别就在这儿。所以，采购人员被投诉的例子很多，这也成了房地产公司的一大问题。另外，很多房地产公司都是老板自己家里的人来管，比如老板的弟弟、老婆、小舅子，等等。就像开餐馆一样，买菜的一定是老板的亲戚。家里人就靠得住吗？其实家里人也容易被人搞定，我见过大量家里人被搞定的例子。搞定和搞不定关键是看给的钱多少。你给一块钱，他可能对"大哥"还忠诚；给十块钱，他可能犯点儿小错；给一个亿，他可能想都不想就把"大哥"给卖了。

那么，怎样解决这个问题呢？一个办法是让可靠的人盯住每个点，这是最常想到的办法。再有就是用可靠的制度管住所有人，比如集中采购。万科采取的就是集中采购的办法，总部实行供应商战略合作模式。也就是说，因为万科的产品是标准化的，所以项目经理不负责采购，只是给总部提一些技术标准和特别要求，比如对到货时间、本地化有些什么样的要求。总部跟供应商签订长期战略协议，从价格、成本、研发到财务核算都有具体要求。比如万科说希望房屋的门窗又透气又时尚，哪家供应商能满足它的要求，它就和谁做。确定了这个制度，采购的问题就全解决了。要腐蚀也只有一个人可能被腐蚀，就是集团管这件事的人。接下来你再研究怎样让这个人没有接受腐蚀的动力。你可以找五家电梯供货商招标，然后给这些供货商打分，每年有一些打分的硬性指标，比如如果电梯的投诉率达到多少，你就不用这家供货商了。客户老投诉你的电梯，明年我肯定不用你了，谁说都不行，只有客户说了算。最后这事就变得很清楚、很透明，电梯一共有几家供货商，空调一共有几家供货商，你董事长辛苦点儿，跟这几家供货商见见面，把大的事情安排好，以后每年做下去就完了。这样，人家就不腐蚀这个人了，为什么？因为腐蚀这个人没用，他没那么大的权力。万科现在有30多个供货商，虽然不是一点儿这方面的问题都没有，但这不会成为它的一个大问题，它的董事长、总经理不需要天天为这些事发愁。更重要的是，它可以跟供货商长期合作搞研发。现在万通和远大就是长期合作的关系，我们有什么要求，可以跟他们提，他们来研发，然后我们采用他们研发的产品。远大和我们的合作不是我去找来的，靠的也不是熟人关系，靠的是他们的产品品质和服务，这是竞争的结果。

总之，想让事情制度化，首先要从大量的案例中找出共性的东西，然后研究流程，研究人的行为的可重复性，最后制定出一套激励和惩罚的办法，把它规范化。

房地产公司还有一个很有意思的地方，很多老板都会经常接到想打折的电话。我每天也会接到很多电话，我很想减少接电话的次数。减少不是不接，而是接我想接的电话，没用的电话就不接。拿打折来说，在西方，打折是犯法的，西方人认为打折是不公平交易。你跟生人一个价，跟熟人又一个价，这等于欺诈生人，违反了公平交易法。所以，西方不存在是哥们儿就可以便宜点儿的问题。但是，在我们这儿，事情是倒过来的，是哥们儿就得便宜，面子越大越便宜。没面子的人、不认识的人，就按门市价走。万科是怎么做的呢？万科制定了一个制度，打折最多给一个点，而且这一个点还需要很复杂的程序。这样，客户就会形成一个概念：就算我找关系找到王石，也还是一个点，算了，我不找了。最后，没有哪个客户觉得自己吃亏，大家反而觉得万科非常公道，不欺负人。

组织的力量是积累资源最有效的手段

另外，我们再来看看房地产公司的架构。现在房地产公司的架构都非常简单，一种是项目公司制度，就是工程部、预算部、销售部等这一套制度。再有一种是总公司制度，当有两个以上的项目公司时，把项目公司制度简单放大，就变成了总公司制度。再复杂一点儿，跨地区的公司就是所谓的集团公司的架构。如果你是综合开发公司，你可以弄个集团。但如果你是住宅公司，是不是也要变成这样呢？不是。大家可以看到，像万科、中海这种纯粹的住宅公司的管理架构，和首创这种综合开发公司是完全不一样的。也就是说，战略选择不同，公司在大的制度安排上差别是非常大的。

拿万通来说，我们要做所谓的美国模式，我们现在的制度安排很简单，就是采用特种部队化的方式。目前世界上有两种最新的组织形态，一种是"基地"组织的形态，一种是特种部队的形态。"基地"组织的形态是分子状的，它的成本是靠成员自己负担的，行为是靠价值观协调的，成本和收益完全不成正比。"基地"组织炸世贸中心花了不到30万美元，但美国的损失高达几千亿美元，光是纽约金融界的精英就减少了3000多人。

第二种组织形态是特种部队的形态。目前，全世界的军事变革都趋向特种部队化。日本宣布要加强其特种部队的力量，美国主张部队轻型化，实际上也是走特种部队的道路。特种部队相当于镊子，专门镊"基地"组织这个跳蚤。特种部队讲求精确性、快速和互通互联，这就是特种部队的组织形态。这种组织形态在阿富汗战争、伊拉克战争中表现非常突出。大家看电影都知道，以往打仗，先是派侦察兵侦察，侦察完了就派炮兵炮轰，炮轰完了是空中轰炸，然后是坦克装甲部队开路，步兵藏在后面，是这样一个套路。但阿富汗战争非常简单，就是特种部队引导着导弹打来打去，各种信息互通互联，每个人都具有多重能力。所以，美军在阿富汗总共只动用了100多人，就把塔利班政权干掉了。特种部队的特征是什么呢？就是前台非常小，后台非常大，前后台是互通互联的，后台是一个强大的资源系统。阿富汗战争中的美军特种部队，前台的基本架构就是三个人组成一个战斗小组，而后台的支持系统花了5000万美元，因为这三个人在前台作战，完全是靠强大的后台系统来支持。所以，特种部队的组织形态是对抗性竞争的最高形态，军事组织将成为未来其他的社会竞争性组织的先导，我们工商组织也会借鉴军事组织的变革经验。

当然，房地产公司的制度安排是由公司的战略决定的。在跟富地、金地的老板交流的时候，我跟他们说，如果你们想做住宅公司，学万科就可以了，因为万科已经做了20多年的住宅了，对于处理跨地区管理、人员流动、客户投诉等问题，万科已经很有经验了。而万通既不是住宅公司，也不是综合开发公司，所以，它的组织既不能像住宅公司那样去架构，也不能按照综合开发地产集团的模式去安排。万通要由香港模式转变为美国模式，它的制度安排就要适应现在高度开放、高度竞争的国际市场环境。所以，万通的组织变革方式就是特种部队化，减少层级，扁平化、网络化。过去层级比较多，是因为要照顾到信息的纵向流动，现在信息完全可以横向流动、交叉流动。

作为房地产企业，我们除了要找到战略的力量，还要找到制度的力量。制度的力量是一种组织的力量，而组织的力量又是积累资源最有效的手段。前面我讲了目前世界上最新的组织形态，我们再来看看传统的组织形态。传统的组织形态大概可以分为三种。一种叫羊群式组织，就是一只头羊领着一群小羊走。只要把头羊拿住了，后面的羊就会跟着走。在陕北，放羊的不拿鞭子，而是拿把小铲子，铲一块土放到头羊前面，头羊就会往前走，后面的一群羊也都跟着走。所有的羊都看头羊，所以有个词叫作"领头羊"。羊群式组织的主要特征是存在依附关系，一般来说，其他羊可能都是头羊的亲戚，才会跟着走。

第二种组织形态是树状组织，树冠的大小跟树根有关。祖爷爷活的岁数决定了子孙的多少。这种组织的活动半径是有限的。我记得北大的刘伟教授曾说过，民营企业是棵长不大的小老树，这棵树的树龄很大，但长不大。这两种组织形态都会使你的企业始终在低水平上重复，长不大。

那么，什么样的组织可以长大呢？织物式的组织。我们穿的衣服花色多种多样，但无论花色多么复杂，也不管这布织多长，一丈也好，两丈也好，只要事先设定好经线和纬线的走线方式，它的花色都是一样的。只有采取织物式的组织形态，你的组织才能无限延伸。比如万科，万科是一家规范的上市公司，你会发现，不管在哪里，它的经理人的做事方法、办事规则都一样。再比如麦当劳，麦当劳在中国开了几百家店，不管你去哪家店，都是一样的。这样的企业就是织物式的组织。信息技术的高度发达使信息的标准化传输成为可能，使所有人员的行为的标准化成为可能，所以，世界上的组织或公司才能在全球范围内扩张，成为跨国组织或跨国公司。成为织物式组织的首要条件是信息的传输必须标准化。其次，人员的行为、思维、文化等也必须标准化。另外，公司的业务也要标准化。也就是说，首先信息是标准化的，然后接到信息的人的反应也是标准化的，都是按照同样的价值观的标准来反应，这样才能保证行动的准确性。

所以，要成为能不断复制、不断壮大的房地产企业，首先要进行组织形态的变革，将组织形态从羊群式或树式改变为织物式。这个问题不解决，你的企业就做不大。假如你有三家项目公司，每家项目公司的老总都跟你是亲戚，你在，他们就跟着你走，你不在，事情就乱了，他们跟你是人身依附关系，那这种组织就很脆弱。你必须进行组织变革，让信息的传递是标准化的，是有记录可查的。远大的工厂里有一句口号，叫作"没有记录便没有发生"。不管发生什么问题，都先记录下来，保证有信息在，将来才弄得清楚。如果没有记录，只是口口相传，那事情就说不清楚。对房地产公司来说，最低要求是变成织物式的组织，最高要求就是特种部队化。

大家知道，特种部队的训练都是标准化的，比如生存训练。美国的特种部队还有一种训练，是当俘虏的训练，大概一周时间，叫作死亡一周。你突然被抓走，丢到伊拉克，很多妇女、儿童侮辱你，拿屎盆子往你头上扣，打你，最后要杀你，让你感觉像进了地狱一般。经过这样的标准化训练，美国的特种部队在应对突发事件时就会非常有办法，非常从容。也就是说，特种部队能够用标准化的方式有效地应对非标准化的突发性事件。标准化不能变成僵化。你是标准化了，是不变了，但你不能应变，这是不行的。要能够以不变的状态应对瞬间的、复杂的变化，这其实是一种更高级的组织形态，所有房地产公司都应该重视这一点。

守正出奇是万通的价值观

决胜未来的第三种力量是价值观的力量。

价值观是什么？是衡量一件事情是与非的标准，是判断一件事情对与错的依据。比如捐款这件事，你认为捐款是好事，就捐；他认为不好，就不捐。捐和不捐，价值观是不同的。在国企改革中，很多经理人因为心理不平衡而出问题，他们认为自己的贡献很大，得到的却很少，这不公平。他们觉得国家不对、政府不对，自己对，于是要纠正，而且是绕开法律的规定，用各种办法去纠正。有的用MBO（就是所谓的经理人收购），有的用私分奖金，有的私下转移公司资产，然后自己收购自己。不管用什么办法，目的都是使自己更有钱，或者使自己成为老板。最后这些人就出事了，因为他们的价值观有问题。

柳传志是怎么解决这个问题的呢？他的做法是：采取"拐大弯"的方式。所谓"拐大弯"，就是慢慢来，等到法律或政策允许的时候再去解决，不允许就先搁着。就像开车一样，车速很快的时候，拐90度的弯肯定要翻车。但如果你拐20度或30度，弯拐得大，车速再快，也不会翻车。到现在为止，联想的这个问题不仅合法地解决了，而且没有对公司造成什么负面影响，员工的积极性提高了，政府也非常支持。我们看到，联想出了很多百万富翁、千万富翁，不仅生活得到了改善，个人价值也得以实现。这就是联想的价值观。

同样，万科也曾面临是不是可以MBO的问题，面临王石是做经理人还是做老板的问题。那么，万科的价值观是什么呢？就是经理人文化。所以，王石成了中国第一经理人，他对自己的定位从来都是经理人，职业经理人。王石在万科干了30年，但他并没有多少万科的股份。他的股份是当时号召大家集资时买的，直到现在，他的股份都没增加一股，这就是他的价值观。这样的价值观为他赢得了什么？赢得了团队，赢得了股东对他的信任。如果他悄悄地有了1000万、5000万股，那他的股东还能闲着吗，不收拾他啊？他在员工中还有道德形象吗？员工肯定会认为王石在蒙他们，说你经理人在偷偷当老板。所以，如果你的价值观是正确的，你判断是非的标准与社会发展的趋势是一致的，那你就能在未来的发展道路上占据主动。

另外，我前面讲过，我们这些从海南出来的公司，都面临着学好还是学坏的问题。学好就要花钱。史玉柱认为好人就是不能赖账，该给人家钱就要给。所以，史玉柱活下来了。如果你该给的钱不给，能赖账的就赖账，赖不掉就躲，躲不了就跑，那你的公司还能存在吗？如果你不纳税，不分红，不给员工发工资，不还银行的钱，你想，会有多少人追着你讨债，折腾你，你还拿什么决胜未来？反过来，如果你的价值观是对的，它就会引导你不断地做好人。你老给股东分红，股东就觉得你很好；你按时给员工发工资发奖金，员工在你这儿就很开心；政府看你纳税，就支持你；银行看你还贷款，下次还愿意借钱给你。这样，你就能不断得到大家的支持，一步步向前发展。做好人还是做坏人，只是你脑子里的一念之差，但差别很大。万通为什么活下来了？一个很重要的原因就是当时我们都想做好人，没想过做坏人。所以，我们几乎没遇到什么麻烦，这么多年一直很干净地走过来。我们牺牲的是什么？就是我们挣的钱比很多私人老板少。私人老板赖一笔账，卷了钱就跑到国外去了，而我们犯了错误，哪怕这个错误只延续了一秒钟，可能也要还一辈子。我和王石讨论过，他也承认，万科因为处理历史遗留问题，绩效受到了一些影响。因为处理历史遗留问题，要用后面赚的钱补前面欠的钱。万通刚成立的时候，除了我们六个合伙人的法人股东，还有九个其他的法人股东，这九个法人股东里，有七个抓的抓、跑的跑。但我们这六个人的法人股东，没有一个出事的，现在在房地产行业或者风险投资领域都做得不错。所以，有时候，决定你生死的就是一念之差，就是你选择做好人还是做坏人，非常简单。

拿赚钱来说，你是要竭泽而渔，去争每一分钱，还是要让，或者送？做生意肯定是不能送的，要争每一分钱，这是一般人的价值观。也可能有人认为让才是最高境界。比如我和你做笔生意，我能赚十块钱，但要跟你扯一天才能扯清楚，我会觉得你这个人很烦。就十块钱，算了，给你，但以后我也不会和你打交道了。如果我说我只要五块钱，剩下的让给你，那你就会轻看我，说我这人没脑子。如果我说我赚八块五，让你一块五，那可能两分钟就把这事解决了。事后你会觉得我这人好谈事，简单、爽快，于是你又来了。这样，一天之内我就赚了三次，三八二十四块钱，比你们赚得都多。所以，让的分寸要把握好。我们要学会不争，学会让，这是一种境界。

万通的价值观叫守正出奇。70%的事尽量不变通，30%的事实在不行变通一下。如果倒过来，70%的事都变通，那就是每天都出奇，不断地出奇，最后"奇"就变成了歧路的"歧"。所以，我们一定要保证70%的事不变通，比如该纳税就纳税，这样你会发现你很省心，不管税务怎么查，你都不必担心。在这类原则问题上，你只要变通一次，就没完没了了，以后一有事，你就想绕开政策，这就是人的思维模式。所以，价值观是决定你成败的重要因素，特别是在你没钱的时候，因为中国的民营企业都是从没钱起步的。20年前创立的公司，能活到今天的，老板基本上都是好人。在某市座谈时，我跟市长说，民营企业能活下来主要有两个原因。第一个原因是做好人，诚实、守法。第二个原因就是不太能干，因为他不太能干，他的想象力不够丰富，所以投机取巧的事他不做。他不搞资本运营，也不折腾，没什么要变通的事，这样的人慢慢就可以做大，这就叫"正"。大家回头看看会发现，这20年来，凡是出问题的民营企业，都偏离了社会公众的常识和法律的轨道，自己形成了一套判断是非的标准。如果你脱离了这些轨道，你的是非判断标准就错了。

以拙胜巧，大拙胜巧

另外，还要注意以下几点。第一，你的是非判断标准一定要非常鲜明，不能含糊，不能今天说这是对的，明天又说这是错的。比如生人文化和熟人文化，我认为生人文化是"是"，熟人文化是"非"。这是我的是非判断标准，我就要鲜明。我不能一会儿说用哥们儿，一会儿又说用能人，最后生人不踏实，熟人也不踏实。我们公司就是提倡生人文化，熟人也当生人用。熟人文化讲求人身依附，就是把你当"大哥"。你想过没有，人家为什么把你当"大哥"？他管叫你"大哥"，有两个目的。

第一，他要特权，要凌驾于所有人之上。他跟你关系近，他就可以不按规则办事，他在组织里就可以搞特殊化，横着走。第二，他有一句没有说出来的潜台词，就是他要超额回报。他认为你是"大哥"，你什么事都可以帮他办，帮他摆平。除了工资，你还要额外给他一笔钱，要是不给，他就会爆你的内幕，最后你们可能会反目成仇。熟人文化的极致，最后就变成了这样。生人文化就没这个问题，大家是合约关系。我给多少钱你来干，你如果觉得我不好，你走。我该给你多少钱，合同上都写得很清楚，不会多给你一分钱，也不会少给你一分钱。所以，你的价值观一旦确定，一定要非常鲜明，千万不能含糊。

万科提出不恃权谋，简单地说，就是这家公司不搞小聪明，这跟万通说的守正出奇是一样的，以拙胜巧，大拙胜巧。所谓大拙，就是我100年都不搞小聪明，这样，我就能超过那些投机取巧的公司。

前面我讲到，万通有反省日，除了反省日，我们还有感恩日，在每年的3月10日。感恩日干什么？我们把员工、客户、股东和社会上的人请到公司来开会，让他们查账，让他们投诉，然后我们检讨我们这一年有什么事没有做好，哪些该报答的人没有报答好。总之，他们这些人在那天可以有任何权利，可以查账，可以去看我们的产品，可以给我们提要求，甚至家属也可以来，而我们所有的团队则向他们表示感谢。此外，我们还有生活节。这些和我前面说的学好都是一脉相承的，和我们守正出奇的文化价值观也是一致的。大家可以看到，像联想、万科、海尔、华为，等等，这些企业的价值观都是很鲜明的。20多年来，它们的价值观没有变化，要说变化，也只是具体化、细节化，但不会发生根本改变。所以，价值观能否成为公司决胜未来的力量，关键在于它是否鲜明。

第二，价值观应该渗透到细节中，而不应该只是作为标语贴在墙上。

也就是说，我们日常的着装、行为举止、做事原则等，任何一件小事，都应该体现出公司的价值观。现在，很多公司都讲企业文化，但基本上是挂在墙上，写在纸上，停留在领导嘴上。

万科对员工的培训做得非常仔细、非常好。你说你的价值观是关心员工，但你从来不搞培训，每年的预算里根本没有培训的费用，这能叫关心员工吗？大家能信你吗？你说你关心员工、爱护员工，员工是公司的宝贵财富，假如你真正做到了，公司的每个细节都体现了你的价值观，员工自然就相信了。你这样一直坚持做下去，10年、20年以后，不光你自己的员工知道了你是爱护他们的，其他公司的员工也相信了你的价值观。我们公司的人总去万科考察学习，发现他们的人力资源培训做得非常好，回来以后，员工们就给我们领导层施加压力，要我们做到像万科一样。可见，它的价值观不仅征服了公司内部的员工，还影响了外部的人，我们的员工如果跳槽，会首先选择万科。

第三，价值观的形成需要很长时间，要坚持不懈地去培训，而且不同职业、不同层级、不同职务的人，要用不同的形式去培训，否则它不可能成为决胜未来的力量。如果就你老板一个人说，说完就完了，那下面的员工该怎么干还怎么干。很多公司都有内部刊物，比如万科有《万科周刊》，我们万通有《万通》《生活家》，SOHO中国有《SOHO小报》，这些刊物都是办了很多年的，有的甚至办了十几二十年。大家把这些东西拿来看看就会发现，每个公司的味道都不太一样。这些刊物在公司内部起到培训的作用，这么多年下来，一直在用价值观培训人，人的味道就变了。就像腌咸菜一样，菜原来是新鲜的味道，你放了盐，拿石头压，又踩又揉，最后菜就变味了。所以，价值观的培训就好比腌咸菜，好比染布，不管你原来是什么菜，腌完了，都是一个味；不管你的布原来是什么颜色，进了大染缸，染完都是一种颜色。价值观的形成过程就像腌咸菜和染布的过程，你要用强势的语言系统不断地去培训你的员工，这事一天都不能松懈。

我现在在公司管的三件事之一，就是不断地跟员工谈话。新员工来了，我会不厌其烦地把我现在说的这一套跟他们讲。所以，价值观的力量能否体现，关键在于你坚持不坚持。如果你领导人都不坚持，不把这些大道理放在心里，那你的公司就会出事。万通曾经遇到过很多困难，也发生了很多变故。最困难的时候，我们有将近40个债权人。当时海南的公司盛行切债，就是把债务切掉，把好的部分留下，坏的给别人。我们始终抱着坚定不移的态度，到今天为止，我们从来没有挪过法律关系。我们就是用最笨的办法——还钱，我们花了差不多11年时间来处理这些事。经过了这样的事，所有人都认为我说话是当真的。为什么我说做好人是埋单的？因为我深有体会。有些债权人的高息很不合理，最后我们还是还了，结果这些人现在很支持我们。我的很多债权人现在又跟我合作了，因为他们十几年看下来，觉得我确实是个好人，这就是好人得到的回报——你会感觉很踏实。如果我过去没有踏踏实实地给他们还钱，我现在怎么敢在媒体面前、在众人面前这样讲呢？王石经常和我说，这些事你应该好好讲讲。其实，在这个过程中，我有很多委屈，因为万通的很多债务都跟我完全没有关系，当事人跑掉了。但只要我在，他们就有主，我来还钱。作为领导，我要把我的价值观当真，要长期坚持，这样才可以。

所以，企业的核心价值观，尤其是领导人的是非判断和取舍标准，是企业未来的行为方式和业务导向的根本指引，大家千万不能忽视。

伟大是熬出来的

第四种决胜未来的力量是什么？就是毅力。

很多人都觉得毅力这事不靠谱儿，我可以告诉大家，毅力是最靠谱儿的。大家知道，王石爬珠峰，这件事他前后坚持了近20年，他有多大的毅力啊！有人做住宅，做了两天赚钱了，又想做媒体或者想做教育。但王石的定力好，他已经做了20多年，从来没想过挪地方。这就叫毅力。全世界最有毅力的人是谁？巴勒斯坦总统阿拉法特。他年轻时在开罗大学读土木工程，后来做了学生联合会主席。以色列人把巴勒斯坦人赶出家园以后，他开始为巴勒斯坦人重返家园、建立巴勒斯坦国而奋斗。他一辈子就折腾了这一件事，这是多少人的事呢？几百万巴勒斯坦人的事。以"法塔赫"成立为标志，他折腾了40多年，之前筹备还花了5年，总共差不多是50年。50年做一件事，没做成他就继续做，一直做。他曾自豪地说，他唯一的胜利就是他的敌人每天都想杀死他，但就是不能杀死他。他每天都换地方睡觉，甚至是上半夜一个地方，下半夜一个地方。他老婆觉得这简直是地狱般的日子。其实，阿拉法特最后成功不成功已经不重要了，因为他做了50年已经是一个壮举，他已经成为世界上最有毅力的男人，这就是他的成就。

毅力为什么重要？因为毅力能决定你做某件事能坚持多长时间，而时间又决定了事情的性质。通常大家都认为，是事情本身在决定它的性质。比如你做房地产、做餐饮，或者做娱乐业，你说这事不好做，去做那事吧。其实，所有的事都是一样的，本质上没什么区别。决定事情性质的因素只有两个，第一是时间。我还是举喝水的例子。我喝几口水，这叫解渴，是人的生理需要；我喝五个小时，这是行为艺术，大家都来围观拍照；我喝5000个小时，就喝死了。活人愣是喝水喝死了，变成了一尊雕塑，家里人拉根绳卖钱，我们全家一辈子都饿不死了。所以，你会发现，这件事的性质是由时间决定的。如果你每次喝水都只喝几口，这永远叫喝水。但如果你喝死在这儿，你全家就可以一辈子靠这具尸体吃饭。所以，如果万科只做一年住宅，那它只不过是一家房地产公司。做了20年，就是住宅公司。如果它再做20年，就是一家伟大的企业，它的性质又变了。人的自然生理过程也是如此，每个人都是从当孙子开始的，小的时候是孙子，长到20多岁就可以当爹了，50多岁当爷爷，到了80岁，就可以当祖爷爷。时间变了，你的辈分、言行方式、习惯等都在变，是时间在让你变。

所以，任何事情，如果把时间切断来看，都没有价值，只有把时间连起来，它才有价值。

决定事情性质的第二个因素是跟谁做。所以，万通总是说要"学先进、傍大款、走正道"。一件事的对与错、好与坏取决于时间，取决于跟谁做。聪明的人会跟一个最合适的合作伙伴做一件正确的事情，并且一直做下去，最后就变成了伟人。比如万通要做美国模式，那我们就选择国外、国内最好的合作伙伴合作，并且一合作就合作20年。有毅力不是蛮干，你要有一个理性的判断，要知道未来会怎样发展。

那么，怎样才能有毅力呢？首先要有理想。古人说，人必有坚韧不拔之志，才有坚韧不拔之力。所谓坚韧不拔之志，就是理想，有理想的人才会有毅力。拉登也有理想，他是一个疯狂的宗教信徒。所以，他也是一个有毅力的人，他抛弃了所有家产，在阿富汗的山里待着。有毅力的人都有理想，有理想才能坚持，他们认为，为了理想而奋斗是值得的。理想最后具体化为什么呢？一种使命感，一种责任感。而使命感和责任感再具体化为什么呢？具体化为三句话，第一句叫没事找事。比如阿拉法特，他就是没事找事。当年他如果去做房地产生意，可能也会做得不错，有香车、有美人。但他没事找事，把这些撂一边，去折腾别的事了。

第二句话叫把别人的事当自己的事。阿拉法特把几百万流离失所的同胞回归家园的事当成了自己的事。所以，有理想、有责任感、有使命感的人，大部分都是管别人的事。比如我把客户当成最重要的人，只要客户不高兴，我就睡不着觉，这就是把别人的事当自己的事。再比如你把人类的健康当作自己的使命，你自己健康不就完了，还管人类的健康干吗？这也是把别人的事当自己的事。

第三句话是自己的事不当事。你把别人家的事当自己的事了，那你自己家的事肯定就顾不上了。也就是说，你很少研究自己私人的事。所谓大禹治水，三过家门而不入。别人家的媳妇落水了都救，自己家的媳妇快淹死了也不管，最后你就落个模范人物、优秀党员。

简单地说就是，理想转化为责任感和使命感，责任感和使命感又具象为三件事：没事找事、把别人的事当自己的事、自己的事不当事。这样的人就有毅力。相反，没有毅力的人就是有事推事；把自己的事当别人的事；把别人的事不当事，只把自己的事当事。如此，你就是一个普通人，成不了伟人。

其次，必要的训练也是很重要的，包括个人的各种艰苦的磨炼、企业组织的拓展训练或军训，以及各种精神上的训练。比如我前面讲到，美国的特种部队进行当俘虏的训练。经过训练，你会很理性，对任何可能发生的事都会有一个心理预期，这样，在遇到问题的时候，你就能妥善处理。人之所以恐惧，是因为对一些可能发生的事情没有预期。在生活中，一般来说，小孩儿容易恐惧，涉世不深的年轻人容易彷徨。另外，女性比男性更容易慌张、紧张，这跟她们的生活经验有关。一般来说，女性的生活经验比男性少，小孩儿的比大人少，年轻人的比老人少。再有，受过训练的人和没受过训练的人相比，没受过训练的人更容易慌张。所以，有江湖经验、生活阅历丰富的人不慌张，伟大的人、有责任感的人不慌张。当你遇到问题的时候，如果你想让自己变得非常有毅力，就要更多地去体验、去经历、去训练。

最后，要有乐观精神。宗教创始人的现实生活大都很苦，比如释迦牟尼在印度创教的时候很苦，但他们的精神都很乐观。乐观与否跟现实的物质条件没有关系，不是说你的物质条件好，天天都吃饱喝足，你就乐观了。乐观与否完全取决于你对未来前途的认识和了解。为什么现实那么困苦，而宗教领袖的精神极度乐观？因为他们是用极度乐观的精神来化解当前的痛苦，而且把痛苦当作营养。所以我经常说，伟大是熬出来的，痛苦是男人的营养。那么，怎样才能化解痛苦呢？如果没有对未来前途的认真研究，你是无法忍受当前的痛苦的。人之所以忍受痛苦，是为了奔向光明的前程。你心中有光明这盏灯，你才能化解痛苦。怎样才能看到光明的未来呢？有三种办法。

第一种办法是把别人的过去当成自己的未来。回到房地产行业，我认为中国的房地产行业未来是走美国模式，这不是我编出来的，我已经了解了200多年来全世界房地产行业的发展过程。虽然中国现在才做了20多年，但我已经知道，我们早晚要走美国模式。所以，我不困惑，也不痛苦。相反，我很乐观，因为别人的过去就是我的未来。所以，一定要了解人类的历史，有历史感，这样你就会很踏实。

第二种办法是科学地、逻辑地分析和推演未来。比如根据现在的技术变革推演生物技术、IT技术未来的发展。如果你知道了它的逻辑，知道了它发展的必然性，就像我刚才讲的，你有了预期，那你就不慌张了，就乐观了。人之所以迷路，是因为没有方向。只要有方向，即便中途迷路，也不会恐惧。

第三种看到未来的方法就是感知。感知不是冥思苦想，不是幻想，是通过大量的体验和直觉去认识世界。人类认识世界的方式很复杂，语言是其中的一种方式。当我们用语言去认识世界的时候，你会发现，有时候你的词汇量是不够的。举个例子，非洲的一些原始部落，他们的词汇量非常小，而中国的文明史很长，中国人的词汇量比较大，所以我们认识世界更容易一些。同样一件东西，他们就分好和坏两种，我们在好和坏之间还能分出很多等级。所以，我们对事情的把握更准确。人类的文明程度越高，对客观世界的认识越复杂。在认识世界的过程中，当人们的词汇量不够、技术手段不够的时候，感知是一种非常好的方法。拿房地产行业来说，有时候我们判断它的发展趋势，靠的不是道理，而是感知。万科有个项目，本来每平方米可以赚好几千块钱。大家知道，王石现在已经不怎么管事了，但这件事他突然打电话给项目那边，说不许他们卖到超过多少钱，就是不许赚那么多钱。中国很少有这样的老板。为什么？因为20多年的行业经验让他感知：占别人便宜太多一定会有报应，要让客户多赚钱。只有这样，万科才有未来。如果每个项目都把钱赚够了，客户不停地投诉你，挑你的毛病，一会儿是门窗的问题，一会儿是漏水的问题，那你这家公司在客户中就没有信用了，更没有未来。有时候，感知可以弥补现实技术和经验的不足。

立在根上，傻向前进

上述这四种力量——战略的力量、制度的力量、价值观的力量和毅力的力量，对企业老板来说是至关重要的。有了这四种力量，我保证，10年以后，你的公司仍能存活下去，20年以后，没准儿还会成为最优秀的企业。除了这四种力量，大家可以继续找一找，还有什么是决胜未来的重要力量。找到这些力量之后，付诸实施，我相信，你的公司一定会有非常光明的未来。

衡量一家公司的好坏有三条标准。第一条是自己能否一句话说清楚，别人能否一眼看懂。前面我讲了，你会做战略选择，就说明你能一句话说清楚：是专业的住宅公司，还是专业的房地产投资公司。如果你乱七八糟说了一大堆，还是说不清楚，那你的公司就不是好公司。第二条是这家公司终端产品的销售情况。如果一家公司，老板天天说得天花乱坠，但它的产品根本不走货，你能说这是好公司吗？所以，看一家公司好不好非常简单，就看它终端产品的销售，看它卖了多少产品。第三条，看它的老板业余时间跟什么人在一起。如果这个老板天天跟政府官员和公检法在一起，那他不是为了寻租、牟取暴利，就是为了摆平事情、"捞人"，就这么两个目的。如果这个老板下班以后跟同行先进、专业人员，哪怕是跟家人在一起，也说明这家公司在学习、在进步。

只要你有上述这四种决胜未来的力量，你就能做到以下这几条。第一，你有了战略的力量，那你肯定能一句话说清楚。第二，你的产品一定会有连续的销售，因为你注重制度的力量，注重组织变革，这样你的资源就会非常集中，保证你能连续地经营。同时，你知道要靠制度来管人，而不是你来管人，这样你就会像王石一样越来越轻松。越来越轻松以后，你就会有更多的时间看未来。第三，你有了正确的价值观，你考虑问题就不会有局限性。比如我要做好人，做好人的选择空间很大，选择空间大，就能保证我找对正确的方向。而做坏人的选择空间很小，干的坏事越多，选择的空间越小。第四，你有毅力。为什么有毅力呢？因为你是好人，好人麻烦少，麻烦少就不会出事，所以你能多活20年。坏人想有毅力都来不及，因为还没等他有毅力，就被抓住枪毙了。向使当初身便死，一生真伪复谁知？如果阿拉法特折腾了五年就死了，还怎么证明他有毅力？所以，你要活着，做好人活的时间长，活的时间长，你就可以表现你的毅力。

当然，坚持这四种力量面临着巨大的挑战。我们用什么方式去坚持这四种力量？我把它叫作傻根精神。大家都看过王宝强演的傻根，他的原则就两条。第一，不信邪，只信自己。也就是说，你要相信这四种力量。第二，坚持。王宝强八岁去了少林寺，苦练了六年，非要做演员，最后他成功了。所以，我们要用傻根精神来坚持这四种力量，20年以后，你会证明你今天做的决定是正确的。不管做什么事，都不能乱想。不乱想才不乱动，不乱动才不会导致动乱。要不乱想，就要控制欲望；要控制欲望，就要找到方向；要找到方向，就要选对方法。这一系列的过程都取决于你的内心。

你能否拥有这四种决胜未来的力量，归根结底取决于你内心的种子埋得对不对。你内心的种子埋得对，这四种力量就可以在你未来的发展中逐渐壮大。伟大是一个原因，绝不是一个结果。我们说某某人伟大，并不是大家看到他伟大的时候他才伟大，在他还不伟大的时候，他内心已经埋下了伟大的种子。你不能说王石是因为爬上珠峰才伟大，就算不爬珠峰，他也有伟大的基因，他干别的一样能干得很出色。

所以，重要的是我们要去寻找，在平凡的生活、平凡的工作，甚至平凡的吵架中找到自己伟大的基因，把这些伟大的基因一步步培育起来，使之成为自己的骨骼和血肉。这样，未来我们才能成为巨人，大家才能为你鼓掌。

第五章
三大心结

我们怎样才能不成为"失足男子"

企业只有采取"人机分离"的治理模式，才能保住财产

挣钱的最高境界无非是离钱近，离事远，离是非更远

2009年，在"国进民退"的大背景下，民营企业取得了非常独特的、令人眼花缭乱的进步。大家都知道，在这一年里，在一个备受禁锢的领域——文化领域，一家公司上市了，这家公司叫华谊兄弟。大家都认为电影行业这个领域应该是"国进民退"，实际上这个领域是民进在先。接着，又有两家民营的文化传媒企业在美国上市。

　　2010年，民营企业也发生了很多故事。我们看到，在房地产行业不断被打压、被调控的情况下，万科的销售业绩超过了1000亿元，这样的成功意味着什么？我们还看到，比亚迪不仅有奇迹般的增长，还招来了巴菲特帮它做广告。还有国美发生的故事，当一个创办人因为过失而失去自由的时候，他和经理人之间的缠斗引起了媒体的轩然大波。在失去自由的情况下，他依然能操纵这家公司，在股票市场上买进卖出，在董事会上表决，签字，卖资产，等等，这是怎么回事？另外，还有腾讯和360的缠斗，还有巴菲特和比尔·盖茨来中国……所有这些都是民营企业发生的故事。在这些故事背后，我们看到了什么？

　　作为生意人、买卖人，我们所关心、纠结的无非是三件事。第一，我们每天都要和政府打交道，在复杂的政商关系中，怎样才能避免失足。就像现在把"三陪小姐"叫成"失足妇女"，我们怎样才能不成为"失足男子"，怎样才能避免走进倪润峰讲的政商关系的两难困境——民营企业和政府是"离不开、靠不住"的关系？这是我们民营企业最大的纠结。

第二，我们怎样才能不让自己赚到的钱飞了，也就是说，我们怎样赚钱、看钱、花钱、捐钱。我们跟钱睡了一辈子，我们怎样才能知道钱对我们有多好，对社会有多好，怎样才能把财产保住？这是世界上所有的民营企业都关心的事情。

第三，我们怎样才能比别人发展得更好，比预期发展得更好，也就是说，我们怎样才能保持健康、稳定、持续的增长。

通过民营企业发生的这些故事，我们来看看，有什么样的密码、什么样的力量、什么样的基因能帮我们把这三件事解决好，让我们去做最重要的事，而不是去做紧急的事。

我们怎样才能不成为"失足男子"

第一，在处理政商关系时，我们怎样才能保持理性，避免失足？

就我自己的观察，以及在和大家的交流中，我发现，能够帮我们处理好政商关系的法宝就是我们的价值观和治理结构，也就是在正确的价值观引导下建立合理的治理结构。为什么有些人干劲非常大，半夜抱着钱去送给那些不该要的人？我听说过一个故事，有个做房地产的人，有一次拎着包去给人送钱，结果发现那人家门口有很多人。他觉得自己拎的包有点儿小，应该拎个大的，所以他想干脆下次再来吧，于是就回去

保持理性　避免失足

了。过了一些日子，他又去给这个人送钱，结果这个人生病住院了，病房里人很多，所以他又回去了。第三次，他又去送，结果被一些便衣拦住了，说不能上去。回去后他才知道这个人已经被双规了，钱还没有送出去，这人就坐牢了。后来，他跑到监狱围墙下转悠，想这件事。他想，如果当时我的包够大，现在就和他在一起了。黄光裕的案子也涉及一些民营企业给官员送钱。另外，有人在香港也出了类似的问题，也是在给别人送钱的时候被当场发现。相反，有一家民营企业，就是万科，其领导王石一直在讲，不行贿是他的标签。他为什么不做这件事？他的智商比大家低吗？很多人认为，只要搞定领导，就能得到利益。王石活了60多岁，珠峰都上去两回了，他能不知道这事吗？世界上最高的地方他都上去过，金钱的高峰他也爬上去了，为什么他不做这件事，而有的人做？这就涉及治理结构的问题，最重要的一点就是股东的结构不同。

大家知道，王石是个非常有理想的人。在万科，王石不是最重要的股东，在创办了万科之后，他做了一个决定，就是只做经理人，不做老板，所以他拥有的股份是微不足道的。而犯错误的这些人，大部分是自己当大股东，甚至是百分之百的私人公司。王石讲不行贿，大家认为他这是吹牛，其实，大家低估了王石作为正常男人的判断力。作为一个正常人，他不可能做这样的决策——我去行贿，让所有股东得利，最后我一个人坐牢。所以，治理结构在这里起了作用。如果是私人老板，那他就会想，我拎着钱进去搞定领导以后，我至少能得70%。那他的干劲得有多大？他可以铤而走险。而王石不会用自己坐牢、失去自由这个代价让所有股东获得更多的回报，这是他的理性。

大家会发现，股东结构相对分散、创始人所占股份在30%左右的公司是相对比较理性的。而且，这样的公司的老板没有动力去拿钱行贿，因为行贿的回报不如他做好人的回报高。比如你持有30%的股份，搞定人你得30%，给别人70%，最后你还可能坐牢。如果你做好人，对于在A股市场上市的公司来说，做好人的溢价是10%～15%。也就是说，你的治理结构、价值观、团队、领导人魅力、产品等所有这些在资本市场上的溢价是10%～15%。举例来说，如果公司的价值是100亿元，你占30%的股份，溢价10%就是10亿元，那你就能得3亿元。也就是说，你做好人可以多赚3亿元，而且永远不会出事。但如果做坏人，你得3亿元，别人拿7亿元，最后你还得坐牢。

所以，治理结构会让一个人在处理政商关系时变得理性。我们在海南的时候就发誓，不管别人怎么样，我们一定要坚持做好人，我们希望自己成为"夜总会里的处女"，我们要坚持做自己认为正确的事情。如果你没有这样的信心和决心来建立自己的价值观，并且把你的股东结构做好，那你就有可能像我前面讲的这个朋友一样，拎的包稍微大一点儿，就进去了。

企业只有采取"人机分离"的治理模式，才能保住财产

第二，我们来看看，究竟怎样才能把自己的财产保住。

大家知道，飞机一旦失事，基本上是机毁人亡，无一幸存。很多年以前，大陆的个别人脑子有问题，劫持飞机飞到台湾。这种人在大陆这边算叛徒，在台湾那边算义士，给黄金，然后飞机被扣留。后来进步了，进步以后是怎样的？不管是台湾飞到大陆来，还是大陆飞到台湾去，人留下，飞机送回去，这叫"人机分离"模式，也就是人留下，财

产送回去。民营企业也存在这种非常有趣的"人机分离"现象，国美的
人出状况了，接受了法律的制裁，但它的财产这架"飞机"还在外面正
常运转。大家往前看，牟其中"机毁人亡"了，人倒了，公司没了；爱
多的人倒了，公司没了。再往前看，在江湖时期，很多老板倒了，公司
也随之烟消云散了。而现在呢？物美的原董事长也因为一些过失被限制
了人身自由，但物美的运转非常正常，柳传志的基金还投资了物美，现
在物美比"大哥"在外面的时候一点儿都不差。为什么会这样呢？凡
是能做到"人机分离"的公司，都有几个特点：第一，是股份公司；第
二，不是一个老板绝对控股；第三，至少应该上市，最好是在香港上
市。只有这样，公司的财产才能受到法律的保护，经理人和职业团队才
能有所分工，在脱离了创办人的时候，公司才能正常运转。而"机毁人
亡"的这些公司，大部分是百分之百的私人公司，而且没有股东会、董
事会和经理人的直接委托关系以及分工明确的授权关系。在这种情况
下，这些私人老板一旦出事，公司就完蛋了。

　　我讲一个真实的故事。在我们房地产行业，有个年轻人二十几岁
就进了秦城监狱，当时他的公司完全是他自己当私人老板，唯一不同
的是，另一家大公司给他派了经理人和董事，相当于托管了。也就是
说，在他失去自由以后，他的公司是由那家大公司派来的董事和经理在
管理。他出来之后，发现公司比他在的时候还好，所以他就把公司变成
了股份公司，把他自己的股份做了适当的分割，并请了职业的经理人来
做。现在，这家公司已经成为该省规模最大的房地产公司，而这个老板
才30多岁，他充分体会到了只有"人机分离"，才能保住自己的财产。

　　所以，作为民营企业，我们要把公司的治理结构做好，健全股东会、
董事会，选好职业经理人。只有这样，万一我们犯了错误，才能保住自

己的财产，才能持久地反省、学习、改造，在恢复自由以后，才能继续发展自己的事业，这是非常重要的。而这一切能否做到就取决于公司的治理结构是不是合理。

挣钱的最高境界无非是离钱近，离事远，离是非更远

第三，我们怎样才能做到持续增长？

大家都知道，在房地产行业，王石是最不忙的经理人。他几乎爬遍了所有的高山，珠峰都去了两次，以至于我们经常开玩笑说"大哥"不能再爬珠峰了，再爬珠峰就不好意思了，因为你把它变成了一个旅游景点，要做就做别的，比如航海，所以他就跑到美国游学。为什么"大哥"不累呢？很多人每天就折腾一两个房地产项目，白天喝酒，晚上吃饭，深夜还要唱歌、洗澡，洗完澡后面还有事。为什么万科的持续增长伴随着领导的周游列国、上天下海？大家不要忘了，在最初创办万科的时候，王石选择了做职业经理人，也就是说，他早在20多年前就把这家公司在实质上做成了一家上市公司。我记得万通刚创办的时候，我们决定"学先进、傍大款、走正道"。那时候王功权说，听说深圳有一帮小子，做事特别规范，我们得去看一看。于是，1992年，我和王功权找到王石，在他的办公室里跟他谈了一下午，从此我们就以万科为学习榜样。那么，我们学到了什么呢？我们逐步地学，学到了它的专业化，学到了它的治理结构，学到了用制度创造制度、创造文化，来推动巨型的企业组织的形成，然后让这个组织帮我们挣钱。我们发现，企业家的责任就在于创造一台挣钱的机器，创造一台运行有效的挣钱机器。

挣钱的最高境界无非是离钱近，离事远，离是非更远。如果能做到不劳而获，我们应该拍手称快。相反，最糟的境界就是一生离钱远，离事近，离是非更近，最终劳而无获。

那么，我们怎样才能做到这一点？当你赚到第一桶金以后，你一定要考虑创造组织、建立规则，确定战略和人才的计划。万科这些年做得最好的地方就是治理结构，它在20多年前就变成了一家公众公司，接受股东、监管部门等各方面的制约。民营企业往往是有动力而无约束的，动力导致冒险和贪婪；国企则相反，有约束而无动力，约束导致懒惰和贪污。

我们怎样才能让自己的公司在治理结构上内有动力，外有约束？内有动力，我们要致富、要发展、要成就事业；外有约束，我们要注重法律、注重道德，包括政府的规章。这就叫治理结构，如果你能把这件事做平衡，那你就能一而十，十而百，百而无限。万科的发展就是通过良好的治理结构推动组织的完善，然后大规模地快速成长的故事。我记得十几年前，我们有个朋友和王石一起爬山，这个小老板私下里跟我说王石每天忙的事都离钱那么远，而他直接就搞定拿钱了。今天怎么样呢？如果给公司的规模、业绩打分的话，这个人是0.1分，而万科是99分，差距就是这么大。所以，善于架构组织、创造良好的治理结构的创业者或老板，将会创造出不亚于万科的持续增长的神话。你究竟是让自己一个人辛苦，还是架构一个组织，让所有利益相关者帮你去打拼，两者是完全不同的。

为什么王石能做到这一点？因为他从创业的第一天起，就在钱前面放了一样东西，这样东西叫愿景，叫理想，叫信念。如果你不在钱前面放一样东西，你所有的事都围绕着钱转，那你就会做错误的决定，比如你可能会去抢、去骗、去和人斗富，你每一单生意都要把钱赚到最多，以钱为目标。只有在钱前面放一样东西——价值观，也就是判断是非的标准——你才能做到"追求理想，顺便赚钱"，而不是"追求金钱，顺便谈谈理想"。"追求理想，顺便赚钱"的人，最终赚到的钱反而是最多的。大家知道，宗教的创始人都是追求理想的，他们从不谈钱，但最终所有的信徒甚至把生命都奉献给了他们，更何况一分一厘的金钱。

价值观和理想相当于墙上的美人，而赚钱相当于炕上的媳妇，把墙上的美人变成炕上的媳妇，让她生出儿子来，这是我们企业家的责任。作为企业家，如果你没有这样的能耐，你每天都跟炕上的媳妇"造小人"，那你最多造到20个就得歇。所以，我们必须掌握正确的方法。价值观能帮你做什么呢？

第一，帮你看别人看不见的地方。价值观说起来很玄乎，其实很具体，它能让你看见别人没看见的东西，比如别人看见的是钱，你看见的是钱前面的正义、道理和理性。

牟其中跟我聊天的时候曾经讲过一件很有趣的事情。很多人来找他谈事情，他说这些事不值得谈。为什么？当一个女佣端来一盘肉的时候，有人看见的是女佣的手，有人看见的是盘子，稍微正常一点儿的人看见的是盘子里的肉。他说我看见的是肉上面的烟，闻见的是味。从肉到盘子，到手，到烟，每个人看见的是不一样的。所以，价值观能让你看见钱前面的正确的和不正确的东西，这样东西会引导你走向不同的方向。

马云的价值观很简单，他要让天下没有难做的生意，而不是要赚最多的钱，所以他做了正确的决定，就是打破现实交易中的一切障碍，建立一个几乎没有成本的交易平台。马云告诉我一个故事，他说他去美国看很多伟大的企业，其中包括星巴克。星巴克的创办人在这家企业上市几年后就离开了，为什么离开呢？因为星巴克急着赚钱，把追求金钱作为最高目标。他们不断地往咖啡里兑水、兑糖、兑奶，而且门店开得越来越多。虽然营业额上来了，但咖啡越来越难喝，结果客户越来越少，股价也往下掉。没办法，他们只能把这个创办人找回来。创办人回来以后，只做了一件事——最重要的一件事，就是组织全球星巴克的主要骨干到一个小镇上搞了五天的活动，花了几千万美元。这个活动只有一个主题，就是让大家体会爱、体会真诚。开始大家不明白，但五天的活动结束后，大家知道了爱是可以爆发出巨大能量的，爱可以让人找到正确的方向。回去以后，星巴克的价值观就改变了，改变成什么样了呢？就是要在咖啡里倾注爱，一是对咖啡的种植者的爱，要让非洲地区的贫穷的种植者能得到最大的利益；二是对客户的爱，要让客户真正体会到咖啡的美味。于是，咖啡的质量提高了，结果客户又慢慢回来了，门店虽然开得慢了一点儿，但单店的效益增加了。这就是一个价值观引导我们做重要的事的好案例。

第二，帮你算那些算不清的账。人生有很多算不清的账，财务算的都是能算清的账，我们老板要算那些算不清的账。算不清的账就是时间以及跟谁做。开个玩笑，一个失足妇女碰到了一个坏人，如果这个人当时给钱叫嫖，一个礼拜给钱叫礼品，一个月给钱叫友谊，一年给钱叫爱情，时间会决定你做的这件事的价值。另外，跟谁做也很重要。同样是这个故事，如果你跟一个坏人做，那叫卖淫嫖娼；如果是蔡锷，大家不要忘了，小凤仙是卖淫的，但这叫千古风流；如果是跟一个总统，那你可能就是第一夫人。姿势一样，感觉一样，结果不一样。

第三，帮你进行价值判断。最差的钱叫赃款，中间的钱叫利润，最好的钱叫善款。从赃款到利润再到善款，这就是价值判断。赃款不能拿，利润放在口袋里，善款要捐出去。

第四，价值观会给人毅力。古人讲，人必有坚韧不拔之志，才有坚韧不拔之力，这个"志"就是理想，理想会给你带来毅力。为什么宗教的信徒那么有毅力？因为他们有理想、有信念。理想是什么？理想好比黑暗隧道尽头的光明，有了这个光明，你就有勇气走下去，你就会坚持。光明没有了，你就会在恐惧中死亡。王石不断地追求，甚至冒着生命危险去探险，他的这种毅力其实是来源于精神，来源于他对理想和信念的追求。

这些大道理很多人都讲过，但我要告诉大家，买卖人讲这些是认真的，因为做好人是每天都要埋单的，而做坏人是每天跑单的。如果你想做一个好企业家，做一个有信念、有理想、有正确价值观的企业家，带领你的企业往前走，那你就要每天埋单，给社会埋单，给税务局、员工、客户、股东埋单。只有建立良好的治理结构，再加上正确的价值观的引导，我们才能解决令人纠结的政商关系、财产关系以及持续增长的问题。

第六章
年轻人的必需品

年轻人有一个特点，那就是热血沸腾，心里有无数个问题，但经常找不着答案。有一个问题，是每个年轻人在离开校园、踏入社会的时候都要面对的，那就是怎样规划自己的未来。也就是说，你要问问自己，你的理想是什么。

理想是人生的 GPS

　　理想是什么？每个人都有不同的答案，我的答案是，理想是人生的GPS。当你遇到困难的时候，当你的问题没有解的时候，当你不知道该去哪儿的时候，理想就是你的导航仪。我是怎么明白这个道理的呢？几年前，我和王石几个人从西安开车到乌鲁木齐。经过新疆的戈壁滩的时候，我们的车突然坏了，前面带路的车一下就走远了，结果我们迷失了方向。那个地方什么参照系都没有，手机也没信号，我们没法儿和任何人联系。地上全是戈壁滩上的鹅卵石，温度之高，很可能会把轮胎烫坏。如果继续开，又可能把油用完。我们越来越恐惧，越来越焦躁。这时候，司机想了个办法，他下了车，在附近一边转一边往地上看。看什么呢？看有没有车辙。最后，他发现了一道比较新的车辙。他把车开过去，横在这道车辙上，然后他说，剩下的事就是等待了，除此之外，没有其他办法。

我们就这样等在那儿，等了一个多小时，来了一辆特别大的货车。看到我们横在车辙上，那辆大车就停下来了。我们写了一个电话号码给大车的司机，让他出去以后打电话给别人，让他们来救我们。大车走了以后，我们在车上嘀咕，说这事靠谱儿吗？人家会给我们打这个电话吗？有句话是这么说的，当生存是唯一选择的时候，信任是最宝贵的。结果，又等了一个多小时，救我们的人就来了，把我们接了出去。

经历了这件事，我一直在想，人什么时候最恐惧？不是没有钱的时候，不是没有水的时候，也不是没有车的时候。其实，最恐惧的时候是没有方向的时候。只要有方向，所有的困难都不是困难。有了理想，就相当于你在戈壁滩上突然找到了方向。当你锦衣玉食、歌舞升平的时候，你并不会觉得理想特别重要，只有当你像我一样到了戈壁滩上的时候，你才会发现它的重要性。所以，我认为，理想就是一个愿景、一个梦想、一个价值观，它能引导人生的方向。

有了理想，就有了方向；有了方向，你就会感到快乐，你的生活就会变得简单，你就不会变成"纠结哥"，而会变成"淡定哥"。人一生中有三件事算不准：第一，算不准今后能赚多少钱。假设你现在20多岁，你根本不知道自己到了50岁、80岁的时候能赚多少钱。第二，算不准有多少幸福和痛苦。第三，算不准什么时候、以什么方式离开这个世界。所以，当我们碰到金钱问题的时候，我们就会很纠结。但是，如果你有价值观、有理想，那你就能活得很轻松。

我还是举我的好朋友王石的例子，大家知道，万科现在是全球最大的住宅公司。曾经有一段时间很多人都搞MBO，就是经理人收购公司。很多人劝他，说可以借钱给他收购，王石考虑了一段时间，最后还是拒绝了，他说他不做。我们问他为什么不做，他讲了一个道理。他说，我的理想是办一家受人尊敬的好公司，如果我MBO，我没钱，只能借钱去做。假如我借了一个亿，买了20%的股份，那我就成股东了，我接下来要想的事一定是把股价做高，赶紧卖掉一部分股票，把别人的钱给还了。如果是这样，公司会怎么发展呢？那我就要操纵股价。如果我的理想是把公司办好，那我就不会去做这件事。正因为王石有这样的理想，他才能做出对企业发展有利的决策。

有了理想和信念，我们对事情的看法就会改变，有理想、有信念的人能让事情变得简单。作为万通的董事长，我现在每天做三件事：第一，看别人看不见的地方；第二，算别人算不清的账；第三，做别人不做的事。有了理想，就意味着有了价值观，人生就会变得快乐。

什么人最快乐呢？有信仰的人最快乐，心里有方向感的人最快乐。理想就是方向，就是黑暗隧道里的光明。如果失去了这个光明，人就会恐惧，就会死亡；而有了这个光明，人就会行动，就会前行。这就是理想在我们生命中的意义。

当然，我们不能把理想夸大到什么问题都能靠它解决。理想只是一种保健品，不是速效救心丸，如果天天吃，对你的生命肯定是有好处没坏处的，肯定能帮你解决一些问题，但你不能指望吃了它以后，所有的问题都能立即解决。有理想的人和没理想的人相比，前者的成功概率一定比后者高一点儿。另外，快乐程度高一点儿，毅力强一点儿，走得远一点儿，心里头踏实一点儿，无非是这样。不是说你今年20岁，有了理想，到25岁就房也有了，车也有了，媳妇也有了，什么都有了。我常说一句话，叫作追求理想，顺便赚钱，真正有理想的人是不算这些的。不是说这些不重要，当你们的人生即将开始的时候，工资很重要，房子很重要，老婆也很重要。但天下事了犹未了，有很多事，如果你的方向不对，就会不了了之；如果你的方向是对的，那你解决一个问题，就上一个台阶。

我想起20多年前我们几个合伙人创业的故事。当时，因为社会的变化，我们离开了机关，离开了学校，到海南去创业。我们拿到营业执照的时候，跟民工没什么两样，甚至连执照都是借钱拿到的。当时我们几个人光着个膀子，穿着条短裤，拿到执照以后，坐在路边的花坛上琢磨，是干还是不干呢？我说必须要干，因为我们就是奔着梦想去的。

很多人一谈理想，就难免要谈到现实，大家总是说理想很丰满，现实很骨感。我是这么看的，理想永远是从现实中孕育出来的。因为不满，所以有梦想；因为没有，所以需要；因为很弱小，所以想强大。所以，理想的存在本身就是因为它和现实不同，是因为现实中太缺少某些东西，如果你什么都有了，那就不叫现实了。我们总是想脱离现实，这是不对的。那么，我们和理想之间应该怎样对话呢？理想只是告诉你要去哪里，具体怎么去，是你自己的事。比如理想告诉你要娶个好媳妇，具体怎么娶，你还得上相亲节目，就是这样。

简单来说，也可以这样讲，现实是"术"，理想是"道"。也就是说，去哪儿、为什么要去那儿，这是理想回答的问题；怎么去、什么时间去，这是现实中每天要解决的问题。另外，我们必须看到，真正能坚持理想的人毕竟是少数，多数人的理想都在实现的过程中被现实磨灭了。就像人们在18岁的时候都在谈爱情，而38岁的时候都在过日子。真正相信爱情的人很少，能靠爱情活一辈子的人也很少，恐怕只有琼瑶阿姨是真正的爱情的信徒，她用爱情滋润自己、养育自己，而且成就自己，最后丰富自己。

当我们大家在一起谈理想的时候，就好像爬山前在山下散步，每个人都信誓旦旦，说我一定要爬上山顶。真正开始爬以后，爬了不到三分之一，就只剩一半人了；到了半山腰的时候，只剩五六个人了，其他的人都不知道跑哪儿去了。然后，半山腰上的人说，上去干吗呀，上去了不还得下去吗？山下的人说，有这功夫还不如去看场电影。所有的人都在给自己找理由，最后只有一个人爬上了山顶。这个人告诉大家，我看见了很多美丽的风景，但很多人不以为然，说画片儿上也有，跟你看到的是一样的。要不就说我没上去，我不信你说的。同样，我现在跟大家讲很多关于理想的故事，你们将信将疑是正常的，因为你们现在还在爬山的起点上。我可以和大家打个赌，如果你们能坚持爬到半山腰以上，20年以后，你们回过头来讲理想的故事，我相信，你们会比我讲得更精彩、更感动、更能让人有力量。

想要未来，你就要把现在扔了

现在很多年轻人都选择自己创业，创业究竟是什么？其实，创业不是"创"的事，也不是"业"的事，创业是一种特别的人生选择。当你选择创业的时候，你就选择了一种特别的人生，一种与众不同的人生。如果你选择过日子，那就是另外一种人生——安安稳稳的人生。当年我在机关工作，原本是选择了和大多数人一样的人生，突然有一天，我辞职去做生意了。当时我父亲很着急，因为他也是公家人，就写了封信给我，质问了我十几个问题，比如我将来看病怎么办，没房子怎么办，我是党员，以后到哪儿去过组织生活，等等。我是1989年以后出来做生意的，那时候看病是公家掏钱，以后谁给我报销医药费？另外，脱离了单位，我就不可能有房子了。也就是说，从我选择做生意的那天起，我就脱离了正常的人生轨道。所以，如果你想创业，那你先要想清楚一个问题：你是去改变活法，而不是去赚钱，赚钱只是一种形式。

我曾经碰到一个想创业的人，他说他现在给人打工，一个月能挣多少钱，如果去创业，这边打工的钱就没有了，这样的话他还房贷就会很困难。他还说他即使去创业，也不一定能成功，但他又很想去做，问我怎么办。我说你回去做个梦，第二天早上醒来问问自己，你想不想把这个梦变成真的。如果想，那就什么都不要想了，赶紧去做。我还跟他说，如果过了五分钟，你还能说出这个梦，那就说明你内心真的特别想做这件事，那你就去做，再也别犹豫。如果五分钟以后你说不出什么来了，那你就彻底把它忘了吧，就当没这回事，你还老老实实地过日子。为什么呢？因为人做梦很有意思，你做了一晚上梦，有很多情节，但第二天早上醒来以后，过了三分钟，你就说不清自己的梦了，过了五分钟，你就基本上全忘了。他说他还是没听懂，我说你就想这样一件事：你是想要现在还是想要未来，如果想要未来，那你就把现在扔了。

我给他讲了一个故事，什么故事呢？我有一个朋友，现在做医疗器械的连锁做得非常好。他当初是怎么开始创业的呢？他结婚之前给一个老板打工，后来他发现创业这件事挺好，他特别想做。结婚的时候，丈母娘给了他一点儿钱，他自己凑了点儿，大概40万元，准备去买房。那天他和老婆摊牌，他说我特别想做一件事，正好差点儿钱，咱这点儿钱能不能让我拿去做那件事，咱该结婚还结，先对付着住行不行。他原以为老婆会拒绝他，如果拒绝，他就不结婚了。结果他老婆说，好啊，你要做就做，但别跟父母讲。他说行，然后就拿这笔钱去创业，结果失败了，还欠了钱，但他老婆没埋怨他。后来他租了一个很破的房子，又去给人打工，还是给原来那个老板打工。那个老板就发现这个孩子特别好，好在哪儿？有梦想，拿结婚买房的钱去创业，失败了就认账，回来继续给老板打工，踏踏实实的。最后那个老板说，我也想做一件事，不如这样，你别打工了，咱俩一起做，我给你点儿股份，你再借点儿钱，咱们就开始做。于是他又开始做，这次成功了。成功以后，他慢慢地把老板的股份买了过来，自己当了老板。当然，他现在房子、车子都有了，什么都很好。如果他不创业，是什么样呢？那他就拿那笔钱买套房子，每天朝九晚五地打工挣钱还房贷，这是另一种人生。

所以，创业是什么？创业就是选择要未来，而不要现在；就是脱离多数人的常态的轨道，去选择一种特别的人生。如果你不想脱离常轨，那你就不要去创业。大家知道，马云高考考了两三年都没考上，最后终于考上了杭州师范学院的外语系，毕业以后当了五年英语老师。这就是常轨。结果他突然有一种冲动——要办企业。于是他和他太太，还有另外几个人，跑到北京，做了很多小买卖都不成功。后来他们跑到长城上去发誓，说一定要办成世界上最伟大的公司，仅仅过了十几年，他就成功了。他为什么成功了？因为他变得和普通人不一样了，他不再当老师了，不再朝九晚五地在课堂上讲课了，而是求人做生意了。他脱离了所有的常轨，虽死而无憾。结果，他把这件事慢慢做起来了。现在，他的公司已经成为世界上最伟大的公司。这就是他选择脱离正常轨道的结果。

我再给大家讲个故事。很多女孩子都想拥有爱情，但在我们华人中，真正把爱情当饭吃的只有一个人，就是琼瑶。为什么这样说呢？我们平常人谈爱情都限于常轨，谈个恋爱失败或者不失败，不失败，就由爱情变成婚姻，婚姻变成日子，日子变成亲情，这一辈子就交代了，这就是普通人。而琼瑶把爱情当作事业，她高中的时候就和老师谈恋爱，后来写了本小说，叫作《窗外》。从这时候起，她就开始和正常人不一样了。其实这时候她还可以回来，变回普通人，因为她父母很不愿意，但她坚决不回来。后来她和别人结婚了，结果婚姻失败，离婚以后，她还是可以再过正常人的日子，但她没有，她把自己心里关于爱情的所有幻想都写进小说里。她不停地写，写了就投稿，投给谁了呢？投给皇冠出版公司。皇冠出版公司的老板叫平鑫涛，他发现这个作者很不错，写的书很畅销。有一天，他们俩见面了，一见面，俩人就来了电。平鑫涛当时有老婆，于是这个"大哥"做了"拆迁"工作，让"大嫂"往前挪了一步，俩人建立了新的家庭。我经常开玩笑说这叫"拆迁"，把"大嫂"迁了。大家看，琼瑶跟平鑫涛产生的这段感情，又没在常轨上。

在一起以后，有些人可能就到此为止了，婚也结了，那就回去过日子吧，赶紧打工、搞金融、搞房地产、开餐馆。但琼瑶没有，她还是在爱情上折腾，折腾什么呢？她把自己写的小说拍成电视剧，"三厅"（客厅、舞厅、餐厅）文学变成了影视作品，于是她又挣钱了。挣钱以后，这俩人天天享受生活，真把爱情变成了生活的一部分。眼看这钱花得差不多了，大陆又掀起了"琼瑶热"——赵薇演了小燕子——于是她在大陆又干了一票。所以，琼瑶自始至终都没有脱离"爱情"这俩字，她因为爱情而脱离常轨，靠爱情吃饭，靠爱情挣钱。她是一个心里有梦想的人，过了与众不同的人生，而多数女孩子过的都是常规的人生。

所以，琼瑶是个作家，也是个企业家，她像企业家一样过了完全不同的人生。她把爱情当真，认为爱情真的存在，得去追求，而不是像很多人一样只是说说而已。有人说，真爱就是撞见鬼。老人总讲有鬼，但谁也没见过鬼，你要是遇上真爱，那就是真撞见鬼了，但琼瑶真的相信有真爱。所以，你一定要记住，创业不是过正常日子，而是脱离常轨，是改变你的人生。

创业是一种人生选择

概括起来说，人生其实只有两种。一种人生叫作过日子、讨生活，这是大多数人的人生。日子要熬着过，生活要讨，你不张嘴讨，生活就不存在。尤其是苦难的时候，你不讨，就得饿死，《一九四二》这部电影就是讲讨饭的。当然，现在我们不用讨饭了，但至少你要上班吧。

还有一种人生，就是挑战命运，改变生活，创造自己的未来，这是少数人的人生。比如张艺谋就是挑战自己的命运，人家给他划的道儿是摄影，他非得搞导演。再比如刘晓庆，人家给她划的道儿是良家妇女，过正常日子，结果她不停地折腾，60岁变18岁。这都是不按常规来，都是改变命运、挑战未来、创造新的生活方式。

世界上95%的人过的是第一种人生，只有5%的人过第二种人生。大多数人都是过着第一种人生，在电视剧、电影里看第二种人生。但是，当你进入这5%的人里时，你会发现，是非开始改变了。比如，对于95%的人来说，下班不回家看孩子、不带孩子学钢琴就不是好丈夫；对于张艺谋来说，这叫作为事业献身，词都变了。也就是说，如果你是一个常人，那你做极端的事就会受到很多人的批评，但如果你坚持做那5%的人，是非就倒过来了，就有人说你好了，就有人羡慕你了，这就是人生的转换。比较尴尬的是从95%到5%的这个阶段，这个阶段相当于虫子的蛹，还没有变成飞蛾，95%的人还在骂你，5%的人还没有接受你。所以，这个阶段是最痛苦、最让人纠结的。有时候一想，不行，干脆回来吧，咱还是踏踏实实地过日子；有时候一想，不服气，继续豁出去往前折腾。一旦你进入5%，就相当于卫星进入了另一个轨道，跟普通人的距离就远了。所以，张艺谋到底怎么样，咱也不知道，咱就知道"大哥"牛，"大哥"有钱，"大哥"幸福，剩下的咱就不知道了。"大哥"生了孩子，咱不知道；"大哥"有多难，咱也不知道，因为他进入另一个轨道了，他跑到5%那个轨道上去了。

说来道去，创业就是一种人生选择，你要变成那5%的人，变成跟大家不同的人。如果你没有这个准备，承受不了这个压力，那你就没法儿创业。比如你找个女朋友，人家说你必须买房，不买房就不跟你结婚。结果你回去跟父母、朋友借钱买了套房，那你就变成普通人了。而我前面讲的那个哥们儿，人家说你要是非要买房，那咱俩就算了，要不你就让我拿这钱折腾，到时候我还你。所以，最重要的是你要知道自己梦想做的事情是什么，并为之奋斗，抛弃既定的、已有的现实，改变自己的生活轨迹，去创造新的、别人不知道的未来，甚至连你自己都不知道的未来。

我一直在讲，创业是选择过一种不同的人生，用一句话来概括，就是你要在不确定的环境里，以不确定的方式寻找确定的结论。什么意思呢？你做企业，一会儿政府的政策在变，一会儿市场在变，一会儿竞争对手在变，这都是不确定的，但你必须找到一个确定的结论，就是成功，就是你想要的那个东西，这个东西不会变。比如你想让一项技术发明被大家接受，并得到广泛应用，这件事不会变，其余的都是不确定的。所以，创业最大的精彩之处就是在不确定中体验不确定带来的失败、成功、焦虑、期盼、等待、煎熬、孤独、喜悦……

没事找事、把别人的事当自己的事、把自己的事不当事

民营企业的成长和发展需要自由的环境。我们之所以去创业，是因为我们有使命感。什么叫有使命感？说得具体一点儿，就是没事找事、把别人的事当自己的事、把自己的事不当事。做到这三点，就是有使命感。比如舍身救人，就是没事找事，而且自己的老娘不救，把别人的爹背走了，就是把别人的事当自己的事，把自己的事不当事。当然，作为企业家，我们希望自己的这种使命感能得到尊重。

我讲一个故事。我和永好（刘永好）合作做"立体城市"，我们在某个城市有个项目已经谈得差不多了，但一直见不到省里的某个领导。突然有一天人家通知说领导要接见我们，我就问是谈具体的事还是场面上的事，人家说要接见你就去。我说我还有别的安排，能不能不去，因为要是谈场面上的事就没什么实际意义。人家说你必须来，要不然可能对你不好。我就去了，因为我知道民营企业免不了低头、弯腰、下跪。

人家要求我们提前半个小时到，我们就提前半个小时去了，去了以后坐在一间非常大的会议厅里，彼此离得很远，也没办法说话。等了半个小时，突然灯光大亮，领导驾到。领导到了以后，我们以为他要跟大家握手，结果没握手，他直接走到主位上坐了下来。坐下来以后，我们又以为他要跟大家谈两句，结果没谈。接着一个秘书长掏出一张纸，开始介绍这是某某某领导。介绍完了，我想这下总该讲话了吧，结果还是没讲话。领导掏出一份稿子开始念，我们就跟道具一样坐在那儿听。念

完之后，我以为领导要听大家讲两句，结果领导站起来，秘书长说，接见到此结束。接见结束以后，我以为他要看一下我们"立体城市"的展示，结果人家说接见都完了，那些就不看了。这样的事情，让我们企业家感觉到很卑微——你被权力调戏，你没事找事，你自取其辱。

同样是做"立体城市"，在成都，我却有另一番感受。我们一提出"立体城市"的想法，市委市政府的领导就说，你们一定要把它展示出来，让大家看。等我们展示出来以后，市里的领导直接到现场反复看，反复和我们讨论，给我们巨大的支持。但是，直到那时候我都不认识这个领导。后来我们约这个领导谈规划，很快，在一个礼拜天的上午，永好带着我去见他了。到了那儿以后，我因为前一段时间被"摧残"，内心一直没有平复，所以准备按照上次那套程序"下跪"。结果这个领导马上把规划图摊开，半蹲在地上和我们研究具体的事情。他对我们这样的想创业、想做事的人发自内心地支持和尊重，这让我们很感动。在这样的地方创业，你才能感觉到你是个人，你跟权力是伙伴，是一起为这个城市的未来做规划的朋友。

什么叫服务型政府？服务型政府就像酒店一样，进了大堂，你有什么条件、有什么需求你就说，他一定会为你服务好。我到台北市政府就是这样的感觉，要水有水，不会写字有人帮你写字。如果服务得不好，你可以投诉，"大堂经理"会过来处理，再不行你还可以到媒体上曝光它。

管制型政府是什么样的？就是像军营一样，像衙门一样，从你站到门口的时候起，你就没有被尊重的感觉，你总觉得自己是个孙子。

所以，我认为，民营企业的成长需要自由，最重要的是要对有使命感的人给予尊重。具体来说，就是对那些没事找事的人给予尊重，对那些把别人的事当自己的事的人给予鼓励，对那些勇于奉献、把自己的事不当事的人给予嘉奖。这种自由、尊重、服务的环境是所有民营企业成长的最重要的环境。只有创造出这样的环境，才能催生出一代又一代好企业。

我和王石曾经在纽约看了一场演出，这场演出的主题就是自由。演出的剧场是一间大黑屋子，大概有20米高，进去也不收门票，但事前要买票。进去以后没有座位，不知道坐哪儿。再一看，也没有舞台，不知道看哪儿。突然，灯光大作，不知道从哪儿伸出一个台子，这个台子像工厂的传送带一样，然后一个男子跑出来，开始疯狂地表演。突然从上面掉下来一个像海平面一样的平台，有人在天上飞，有人在破坏，把所有的道具都打坏。最后所有的灯光突然打开，上面开始喷水。整场演出没有一句台词，也没有固定的形式，最后结束的时候也没有人宣布结束。我想要是在中国，这种形式的东西可能就叫作"不稳定因素"，有可能被扭送公安机关，因为它既没有感谢政府，也没有感谢某些提供环境的人。

所谓自由就是这样的，不知道什么时候开始，不知道谁是演员，不知道谁是观众，也不知道什么时候结束。自由能让你的使命感延伸；自由能让你在创造中感觉到被尊重；自由能让你感觉到自己成为整个舞台的中心；自由能让生命开出灿烂、美好的花朵。

实战问答

提问：在您做企业的这20多年里，您的公司有很多转型，或者说遇到了很多关卡。在这个过程中，您是否遇到过一些和自己的理想冲突的

自由能让生命开出灿烂、美好的花

现实问题，哪些事是让您感觉过不去的？

冯仑：过不去的事挺多的，最大的坎儿是我们公司欠了很多钱，别人来要钱的时候。我们公司在1993—1995年这段时间扩张得太厉害了，犯了很多错误。那时候公司几乎是负资产，我每天都要面对来讨债的人，其中有些很好的朋友指着鼻子骂你，有人甚至把你堵在包间里要看你的信用卡，要到你家里查你自然人的账。但我那时候坚持说我一定要做好人，做好人是我的理想，我们从一开始做企业就想做有益于社会的事，没想害别人。所以，我们把所有能给的都给别人，一点点还债，最后全还完了。我们就这样忍受着这个艰难的过程。我为什么不太爱讲困难？因为我觉得讲困难有点儿矫情，买卖人嘛，谁不难啊？人活着都不怕，还怕死吗？反过来，死都不怕，还怕活吗？每个人的人生都是困难的，你老讲你苦，就相当于一个明星老讲自己苦，苦你就别干啊！所以，矫情。

提问：您说理想只是一样可以增加成功概率的东西，我觉得它并不像您说的那么简单。我们这代人，跟您那个时代的人有很多不同，我相信您的成功不只是"理想丰满"这么简单吧？

冯仑：我的年龄比你大，所以我经历的艰难的事肯定比你多一些。我们现在是讲理想，如果要讲怎样实现理想，那你得有个方向，只要你还有口气活着，你就不能说现实妨碍了你实现理想。只要你的生命还在，你就应该往前走，除非你的理想只是个装饰而已。

提问：您对成功和理想的理解其实是一种老板哲学，但有多少人能真正成为老板呢？有多少人能真正主宰自己的命运呢？再有，您说一定要坚持理想，不管怎样都不能放弃，一条道走到黑，才能爬上山顶。对理想做调整算是放弃理想吗？比如您之前的理想是做老师，后来成了一个老板，这算是放弃理想吗？

冯仑：理想和计划是不同的，计划是追求理想过程中的一种安排，这是可以变的，我说的理想是对人生方向的一种信念。比如你说你要成为一个对社会有贡献的人，这是理想，理想是很抽象的。你干什么都可以有贡献，当老师可以，当军人可以，端盘子也可以。我一直讲理想是墙上的美人，现实是炕上的媳妇，你的本事就在于把墙上的美人变成炕上的媳妇，让她能生儿子。这个过程是对每个人的挑战。

提问：理想是奢侈品还是必需品？

冯仑：我觉得，对年轻人来说，理想是必需品。一个人具有伟大的品质，这是原因还是结果？我认为是原因，就相当于你今天能长这么高，是你的基因在起作用，而不是你长高了以后，才回过头来说你为什么长这么高。

提问：我的理想很现实、很简单，就是一家人开开心心、快快乐乐、健健康康地在一起。因为就算你有再多的钱，两腿一蹬，也什么都没有了，所以我觉得实在的幸福才是最重要的。我的同学觉得我胸无大志，但我觉得他们好高骛远，追求不切实际的理想。对此您怎么看？

冯仑：坦率地说，我很尊重你的想法，我的小孩儿也是这样的想法。现在，年轻人的理想是非常个性化的，我不会让我的小孩儿一定按照我的想法去做。你说你的理想是一家人快快乐乐，这也是很好的理想啊。但是，在快快乐乐的过程中，你可能要面对很多的不快乐。所以，你需要有点儿耐心。

提问：现在的大学生有各种各样的选择、各种各样的机会，只要我们天天向上，路就会越走越宽。但是，在临近毕业的时候，我们发现自己的路越走越窄，因为我们在被迫做很多选择，这时候我们应该怎么做？

冯仑：其实这事你不用着急，这是一代人的事。只要你比你的同代人更优秀一点儿，20年后，等你们这代人起来了，大把的机会都是你的。所以，成长需要耐心，这件事谁都帮不了你，你要一天天地熬。

提问：我有一个不情之请，我想替我的一些同伴说几句话。我是个美院的学生，曾经跟我一起备战高考的那些同学，有很多人画画画得非常好，但因为家境太贫困，家里没钱供他们上大学，所以他们不得不放弃自己的理想。我希望您能给这样的同学一些建议。

冯仑：每个人在一生中都会遇到很多苦难。面对苦难，如果你悲伤、绝望，那你只能死亡；如果你抱有希望，那你就真的有希望。当你是一颗尘埃的时候，尘土会附着在你身上，一颗小小的石子就能压倒你。当你是一棵小苗的时候，石头会挡住你。当你是一棵小树的时候，大石头会砸到你。即使你长成了石头压不倒的大树，风也可能摧残你。人生中的种种选择，有时候是选择困难以及选择如何面对困难。所以，这些同学如果遇到了困难，应该用乐观的心态去战胜眼前的困难。

提问：我的理想是成为一个成功的职场女性精英，我给自己设定了一个目标：在35岁之前拥有一家自己的企业。您怎样看待女性不顾家庭去追求理想？在追求理想的过程中，您是怎样平衡理想与家庭的关系的？

冯仑：我非常尊重你的理想。当然，如果把理想比作一座山的话，在爬山的过程中，你会有很多选择，也会放弃很多。说到平衡理想与家庭，其实我在这方面做得不是很好，但我坚定了一个想法：你要这个，就得牺牲那个。我们公司在最困难的时候，大家经常开玩笑，说这叫"家破人未亡，妻离子不散，苦大没有仇"。在这种情况下，你想平衡理想与家庭就很困难。当然，现在公司已经进入稳定阶段了，这时候要平衡相对来说就比较容易。所以，在某个阶段，你可能要做一点儿牺牲，等你有条件的时候，再尽可能地加以弥补，尽可能地平衡好。至于怎样平衡，就要看你自己了，看你跟什么样的男人在一起。

提问：您现在的理想是什么？

冯仑：我做企业20多年了，我现在的理想就是让我的企业成为一家持续发展的企业。再往大一点儿说，我的理想就是用企业的力量为改变社会做一点儿贡献。我现在发起并参与了六项公益基金，这叫兼济天下。总之，我的理想没有变，仍然是我20多岁时的想法，达则兼济天下，穷则独善其身。如果还有时间，那就追求一点儿让自己快乐的事。

第七章
个人软实力

钱以外的东西就是软实力

吃软饭，挣硬钱

给面子的沟通和不给面子的沟通，效果截然不同

做虚空的领导

实战问答

在奋斗的过程中，什么东西最重要？比如创业，是钱重要，还是钱以外的东西重要？钱以外的东西就是我讲的软实力，就是我们看不见的一些东西。

李嘉诚创业的时候，比他有钱的人很多，他不是最有钱的。比尔·盖茨创业的时候，比他有钱的人也很多。但是，为什么比他们有钱的人现在都看不见了呢？他们怎么跑到这些人前面去了？显然不是钱在决定这件事，是钱以外的东西决定了他们能赶超过去，而钱以外的东西就是软实力。

钱以外的东西就是软实力

我讲一个故事，其实这个故事我已经讲过很多遍了。我在长江商学院CEO班的时候，我们有三十几个同学，包括马云、郭广昌等，都是国内企业界的翘楚，都是大家认为很了不起的大腕儿。有一次，我们说组织到香港去见见李嘉诚，去看看这个华人世界的超级"大哥"。

大家知道，见领导都有一种格式化的程序。我们觉得，见这么伟大的"大哥"：第一，去了以后最先见到的肯定不是"大哥"，肯定是椅子、沙发。第二，"大哥"来了肯定是我们发名片，人家不会发名片。第三，"大哥"跟你握个手，你站在那儿听"大哥"讲话，然后鼓掌，就像在人民大会堂被领导接见，听领导讲话一样。第四，吃饭的时候，"大哥"可能会在主桌上坐一会儿，跟你吃两筷子，然后说很忙，先走了。完了我们还很激动，回来写很多感想。因为我们已经习惯做小人物了，我们没有发现自己很重要，我们老觉得自己在大人物面前不重要，被委屈似乎是应该的事。

但是这次，我们的概念完全被颠覆了。李嘉诚当时已经70多岁了，电梯门一开，我们就看见他站在那儿迎接我们，然后跟我们一一握手。我们一下就有点儿愣了，这一开门就见"大哥"，跟平时不一样了。接着"大哥"发名片，发名片的同时递过来一个盘子，要你抓个阄儿，上面有个号。我们很诧异，说见"大哥"怎么还抓阄儿啊？后来我们才知道，这个号决定了你吃饭坐哪桌，这样就避免了尴尬，否则我们这些同学谁坐一号桌、谁坐二号桌都很尴尬。照相也按这个号站队，站哪儿就是哪儿。我们觉得这个办法很好，大家都避免了尴尬。

站好后，我们鼓掌，希望"大哥"讲话。"大哥"说我没准备讲话。大家说一定要讲，因为我们觉得如果不讲，我们小人物的角色就演不下去了，大家经常会有这样的经历。于是"大哥"就讲话，他说我也没有准备，我只讲八个字，叫作"创造自我，追求无我"。我们一听，"大哥"学历不高，读书却很多，讲的都是哲学。"大哥"用普通话讲完，又用广东话讲了一遍，因为有人是广东人，讲完广东话又发现还有老外，于是又用英文讲了一遍。虽然只有八个字，但道理很深奥。什么叫追求无我？在芸芸众生里，你越做越强大，超越了他人，这样就容易给别人造成压力，因为你强大了之后，你站着，别人蹲着，别人就会不舒服。所以，我们要追求无我，让自己融入芸芸众生中。也就是说，一方面要创造自我，一方面要让自己回归平淡，不给别人造成压力。

讲完话，我们开始吃饭。我跟"大哥"中间只隔着一个人，我想这挺好，一会儿可以多聊会儿，所以没急着说话。没想到吃了十几分钟，"大哥"站起来说抱歉，我还要到那边坐一下。后来我们发现，一共四张桌子，每张桌子上都多放了一副碗筷，"大哥"在每张桌子上坐了15分钟，一共一个小时。意识到这样的安排，大家都感动了，这种周到和细致让每个人都很舒服。吃完饭，"大哥"没有先走，而是和大家一一握手，他说每个人他都要握到。握着握着，突然发现墙角那儿站着一个服务员，他就专门跑过去跟那个服务员握手。

我在这时候和"大哥"说了一句话，我说我看过他一次非正式的演讲，我问他们有没有书。他说我帮你问一下，然后就交代下去了。结果，等我下去上车的时候，他们已经把书拿给我了。所以，"大哥"之所以能成为"大哥"，是因为他能让每个人都舒服。后来，我们班长（中海油的傅成玉）跟我说，因为李嘉诚做人周到、真诚，所以很多人到了香港都愿意跟他做生意。这个故事我讲了不下20次，我不停地讲，大家知道了也会跟别人讲，这样就会有越来越多的人愿意跟李嘉诚做生意，把最好的机会都给他，他就越来越成功。

这就是软实力的体现。一个人的软实力体现在很多方面，其中一种软实力就是价值观。什么是价值观？前面我讲了，价值观其实就是你做人做事的方法和判断是非的标准。追求无我是李嘉诚的是非标准。现在很多人都只追求自我，自己越来越牛，走到哪儿别人都得跟着起哄。你不鼓掌他不开心，你不拎包他不开心，你不吹捧他也不开心。不管走到哪儿，都不要让别人感觉到你的存在，或者你的存在只会让别人感觉到舒服，而不会感觉到任何不快，这才是"大哥"的境界。

大家会发现，很多成功的人，做人做事的方式都跟别人不一样。

我再讲一个故事。我有个好朋友，他现在排在财富榜的前几名，非常牛。他的一个朋友曾经跟他借了5000万元买股票。那人说我借你钱，赚了咱俩分，赔了算我的。我那个朋友说你要借钱我就借给你，我不会考虑那么多，于是就借给他了。最后这5000万元值多少钱？值30亿元，是海外的股票。按照一般人的想法，我借你5000万元，结果你赚了那么多，你给我5亿元、10亿元的总可以吧。人家说我也没想到能赚这么多，咱俩分吧。"大哥"说，我当时只是想借给你钱，没想那么多，你把利息给我就行了，剩下的都是你的。所以，他只要了本金和利息，只要了5000万元多一点儿。他守规矩，当时怎么说现在就怎么来。这样，他赢得了非常多的信任，别人跟他做事会觉得特别踏实。

我再讲一个类似的故事。有一次，王石卖一块地给一个朋友，卖完晚上吃饭的时候，那个朋友说买了这块地后感觉有点儿不舒服。王石说这样吧，你今天晚上想一晚上，明天早上起来，你告诉我你舒服不舒服。如果你还是不舒服，那我就把钱退给你，这事就算结了。他说那行。第二天早上吃早饭的时候，王石问他想明白没有。他说我想了一晚上，还是觉得不舒服。王石说，行，我下午把钱退给你。结果下午就把钱退给他了，连利息都退了。这个哥们儿非常开心。后来王石说，如果我让他不舒服，对万科来说，这是小事情，但对他来说，可能是很大的事情。他会一直不舒服，以后可能就不跟万科做生意了，所以我一定要让他舒服才行。当时这人退掉的这块地的确很别扭，隔了好几年万科才把它做起来，也没赚太多钱。

通过我讲的这一系列故事，大家会发现一件事：在别人都争的地方，他们都不争。李嘉诚不争牛气，争平淡；我这个朋友不争钱，争信用；王石也是这样。他们的价值观以及做事的原则和方法，让他们成为很了不起的企业家，一个人成功的根源就在于此。这是一个人最重要的软实力。我可以举出很多这样的例子。我相信李嘉诚年轻的时候一定也是这样做事的，所以他一路走过来，大家都愿意帮他。他总是很谦虚，他说这是时代给予他的一个特殊机会，让他能够做成这样的事情。我希望这几个故事能让大家体会到什么是软实力。

吃软饭，挣硬钱

我说过一句话，叫作"吃软饭，戴绿帽，挣硬钱"，什么意思呢？其实这是一种调侃的说法，就像"学先进、傍大款"一样。我最近一直在研究一件事，就是房地产企业怎样跑赢政策，跑赢市场，跑赢竞争对手。有两种方式，一种是外延式的扩张。比如开发，你买更多的地，盖更多的房。这就是"挣硬钱"，完全是制造业。

还有一种方式是把价值链往上做，在经营上、财富管理上、不动产金融上往上做。这就是"吃软饭"。大家知道，苹果是"吃软饭"的，而富士康是"挣硬钱"的。富士康的员工每天加班，加得要跳楼，加个网都拦不住，乔布斯赚钱的方式显然和富士康不一样。而所谓"戴绿帽"，就是注重产业发展中的绿色和环保要求。

举个例子，我有个朋友是做衬衫加工的，全世界的名牌衬衫他几乎都加工。他告诉我，以100块钱来说，他加工一件名牌衬衫，刨去成本

吃软饭 挣硬钱

能赚两三块钱，这就是他的利润。品牌商挣多少呢？品牌商挣四五十块钱，剩下的是物流和分销等环节赚的。也就是说，"吃软饭"的人挣得比他多，而且多很多。

我再举个例子。新加坡新开了一家赌场，赌场边上有一家美国的环球影城，整个项目投了13亿元新币，结果环球影城拿走了6亿元新币。也就是说，差不多一半的钱都花在了知识产权上，影城里的卡通片、歌曲等，每播放一次就要收一次钱，这就是典型的"吃软饭"。

我认为万通的战略不应该是简单的外延式的扩张，而应该把价值链往上做，所以提出了"吃软饭，戴绿帽，挣硬钱"的说法。万通现在特别强调营销，而且我们上层的公司是投资公司，另外我们还提出了"立体城市"的概念。这实际上都是通过研发、通过价值链的重新安排、通过财务程序的重新优化来创造新的增长空间，而不是简单地多卖房。

假定你有100万平方米的出租房，你的租金回报率是2%，我有10万平方米的出租房，我的租金回报率是20%。虽然我的估值跟你是一样的，但我"吃软饭"的成分很多，我靠的是好的经营能力，而你只是靠干活儿，干得多才挣得多。所以，我们要追求"吃软饭"，要让公司在能力上增强，而不是简单地在规模上增强。对人来说，也是同样道理。如果你上了北大、清华，那你的软实力就比较强，你"吃软饭"的机会就比小学生多。如果你再伟大一些，比如成了牧师或者成了教授，那你就几乎天天"吃软饭"了。像于丹这些人，一本书就可以卖几百万册，这都是"吃软饭"。怎样才能"吃软饭"呢？要开阔你的眼界，丰富你的知识，提高你的能力，建立正确的价值取向，而不是简单地拼规模，在制造行业、在低端竞争。钱是硬家伙、硬通货，你必须挣到硬钱，才能证明你这个软饭吃得是对的。

给面子的沟通和不给面子的沟通，效果截然不同

做生意是一件跟人打交道的事情，想把别人口袋里的钱合法地装到自己的口袋里，就需要跟人沟通，要让别人心悦诚服、开开心心地把钱给你。我以前当过老师，也做过研究，对我来说，说话不是一件很困难的事情，这种能力在创业初期对我帮助很大。那时候我去跟人借钱，别人非要听我试讲，怕我去见人的时候讲不好。所以，我在别人家里先试讲了一小时，最后别人说行了，我才去见那些真正能帮我借到钱的人。

有人曾跟我讲过他遇到的一个问题，他说他觉得自己的能力比上级领导强，但领导不认可他，他觉得很苦恼，不知道应该怎样处理与领导的关系。我给他的建议是多与领导沟通。如果你总认为自己比领导强，那你就关上了与领导沟通的门，这样，你们之间的隔阂会越来越深，最后你在公司可能就待不下去了。如果你反过来处理这事，多跟他沟通，尤其是非正式地沟通，比如你们去捏脚、喝酒、户外活动的时候，你找机会跟他沟通，那他可能会改变对你的某些判断。以后，在做决策的时候，他可能就会找你一起商量，你就有机会得到他的认可。如果你不沟通，那你最后只能离开。即便你换到一家新的公司，也仍然面临这个问题。另外，你认为自己比他强，这只是你个人的观点，公司里的其他员工是不是也这样认为呢？这也要通过沟通才能使人信服。

当然，有人会说，我尝试过做这种沟通了，但我们之间还是会产生一些摩擦。我认为，如果你不能大度地容下一些难容之事，那你的软实力就要打折扣了。我们要学会宽容，学会理解，善于发现别人身上的闪光点，这也是一个人能不断进取的原因。

想要沟通顺畅，需要有几个前提。从大的方面来说，就是双方的价

值观要一致。人们对待和自己价值观一致的人会比较宽容，比如我们都信仰一种宗教，沟通起来就很容易，因为我们在上帝面前是一家人。从小的方面来说，就是性格、文化教育背景和家庭背景要相似。家庭背景、教育背景、地域背景差不多的人，沟通起来也比较容易。当然，沟通还需要一些技巧，比如用什么方式沟通。中国人讲究面子，给面子的沟通和不给面子的沟通，效果截然不同。两个人之间给不给面子不是太重要，如果有第三个人在，你一定要给对方面子。人越多，你越要给他面子。什么样的表达才是给人面子的表达？就是你要让对方感觉到被尊敬、被吹捧，这就叫给人面子。怎样才能让他有这样的感觉？你可以在背后表扬他，当然，你也可以给他一点儿利益。给了利益，面子有时候就可以少给点儿，因为利益比面子更实惠。总之，任何人都有沟通的需要，在沟通过程中，你要找到一些方法来使沟通更顺畅。

做虚空的领导

我喜欢读老子的《道德经》，我觉得《道德经》里讲了很多王道之术，它讲有为和无为，实际上就是讲怎样把虚和空变成实和有。从《道德经》里，我悟出一个道理：真正的领导者是虚空的。所谓虚空，就是你有战略、有价值观，但你不做具体的事情，看起来是很虚空的。其实，最有智慧的领导者是给大家一个愿景、一个价值观，并感染、说服底下的人去做事情。

老子还讲到，最好的领导是像神一样的领导，谁都看不见他，但大家都听他的话。次一等的领导是像君子一样的领导。再次一等的领导是像暴君一样的领导，天天生气、发威，拿鞭子抽着大家干活儿，最后大家就把他颠覆了。

总之，我们要用正确的价值观和战略来感染、管理组织，这才是最好的领导者。我们要用这样的虚空，换来实际的拥有。如果一个领导者每天都去做群众和基层做的事，比如你是一个董事长，你每天都去做销售做的事，做财务做的事，你是很"实"，但最后你可能会变成"无"，因为当你做这些事的时候，公司已经没有了方向，会走到别的地方去。

所以，从这个角度来看，我觉得老子的《道德经》里讲得最多的就是王道之术，用今天的话来说，就是一个好的领导应该管什么，不应该管什么。再有就是怎么管，比如"将欲取之，必固与之"，"夫唯不争，故天下莫能与之争"，等等，也就是从反向去努力，得到正向的结果。这都是《道德经》给我们的启发。

此外，《道德经》里还有一句话叫作"生而不有"，意思就是你做了这件事，但不把它据为己有，也就是要像李嘉诚一样追求无我。很多人只是获得了些许成功，就把它当包袱一样天天抱着，走到哪儿都显摆炫耀，最后就被成功压倒了。只有做到生而不有，你才能每天都保持空杯心态，每天都从零开始，谦虚地跟人打交道，达到无我的境界。《道德经》的精髓就在这里。

实战问答

提问：作为一名即将毕业的大学生，我觉得稳重、从容、有亲和力就是软实力的一种表现，您怎么看？您年轻的时候对软实力有怎样的认识？

冯仑：我个人认为，稳重、从容、端庄等不是一个人最重要的软实力，最重要的软实力还是你的价值观，是你的是非判断标准，这些东西会随着时间越长越大。

当然，作为女孩子，端庄、贤淑在中国文化里是比较受人认可的。但是，光靠这些，你不能所向披靡。这种美德可能会让你在未来的婆婆那儿得到更多的赞扬，而在你的上司或业务主管面前，你可能还需要有其他的能力，比如解决问题的能力。

所以，最重要的是你要有一个积极进取的态度，至于端庄、稳重、从容等，也是美德，但不是最重要的。

我们那个年代没有软实力这个概念，就我个人的体会来说，在任何时候，老师讲的那些大道理都是正确的，比如要积极上进，要有理想、有追求。大学毕业前后是一个人一生发展的起点，是奠定软实力基础的重要阶段。很多今后发展得不错的人，都是在20岁左右的时候开始树立坚定的人生方向的。

提问：有些人天生具备无我甚至超我的境界，特别为别人着想。但是，他们可能会被所在的环境排斥，因为你总是替别人着想，放弃了很多自我追求，包括追求物质生活的本能，别人就会觉得你这个人很奇怪。面对这样的情况，我们应该如何选择呢？

冯仑：在这样的环境里，你应该算一笔长期的账。从短期来看，你帮别人总是吃亏的，比如你给了别人一块钱，那你就少了一块钱。但是，如果你够勇敢，你总是拿一块钱给别人，十年以后，你就能得到一万块钱。凡是坚持无我、追求无我的人，都是不求当下的回报的。他们坚持的是一种信念、一种做事原则，而这种东西带来的回报是看不见摸不着的。如果你算的是一对一的回报，那你就不会去帮助别人，因为你每次都吃亏。就像我前面讲的那个朋友，他借给别人5000万元，最后这5000万元变成那么多钱，但他其实并没算过这些钱什么时候会出现。如果他一开始就算得这么清楚，那他就不会这么处理问题了。这其实是一种人生态度。如果你有这样的人生态度，就不会在乎每一次的博弈。

我们万通也碰到过这样的问题，我们在处理历史遗留问题的时候，遇到了一笔别人带来的债务。这笔债务当时是用我们的章去处理的，所以现在得我们帮他还。我们要是不还，他就可能被抓起来；要是还了，我们就吃了大亏，况且当时我们口袋里也没这么多钱。如果一个年轻人被抓起来坐牢，那他这辈子就完了。我们只要扛得住，就扛着吧，无非就是欠了钱慢慢还，所以我们就把他这些债都背下来了，确实是吃亏了。后来这个人成功了，他的公司在纳斯达克上市了，社会上又多了一个好人，而我们也没有被压垮，最后把这些事都处理完了。

当然，我们吃亏了，那我心里会不会不舒服呢？我是个凡人、俗人，肯定会不舒服，但我当时做这个决定完全是以价值观为导向的，不是算账的结果，因为我不知道最后他会怎样，我会怎样。如果你非要算这笔账，那你就会很纠结，因为这笔账永远不可能算平，它不是一笔金钱账，而是情感账。就像男人和女人谈恋爱一样，谁对谁错，这是算不平的账。所以，你应该把追求无我作为一种价值取向，这样你就会很舒服。找对象也是这样的道理，越傻的人找的对象越好，因为他/她不算账，就是找价值观相同的人。有的人总在算，结果反而是非很多。

提问：女人的美貌和姿色是不是软实力？

冯仑：在短期内是一种软实力，但不能持久。美丽是敲门砖，门开开以后，进到门里，就不能靠它了。就相当于有关系一样，如果我认识某个人，去敲门的时候人家就愿意接待我，但剩下的事还得靠自己处理。拿我们公司卖楼来说，漂亮的女生业绩都不是很好。业绩比较好的相貌并不出众，而且体形偏胖。30岁左右的端庄大方的女生卖楼卖得最好。因为我们的客户年龄基本上在35～45岁之间，买房子是件大事，他们都是带着太太来的，你说你一个售楼人员千娇百媚的，首先太太就看你不顺眼了。过两天你给人家打电话问情况，人家说你个小妖精，别给我们打了，这生意就断了。

如果是长相平常的人，太太就会觉得这人看着挺实诚，偏胖的人给人感觉都比较实诚。现在所谓的美女都是骨感美女，太太一看就觉得不踏实，在这种情况下，你的优势就发挥不出来。另外，漂亮的女人在职场上也容易惹上是非。所以，漂亮要看用在哪儿，用在需要的地方，它就是软实力，如果用在不是非要漂亮不可的地方，就可能起到反作用。就像我刚才讲的售楼，通常大家都认为应该找美女，后来我们发现，在售楼一线，能干的人都是我说的那样的。为什么？因为她们有一定的生活经验，比如成了家，有了孩子，她们跟人沟通的时候更能站在客户的角度看问题。如果是一个二十二三岁的小姑娘，如花似玉的，什么生活阅历也没有，除了会谈恋爱，其他什么都不会，那她跟人沟通的时候就不大容易打动客户。所以，我认为，美丽是一把双刃剑，用在需要的地方就是软实力。

提问：和70后甚至60后相比，80后的软实力有哪些缺陷？这些缺陷是不是跟生长环境、教育质量等因素息息相关？

冯仑：当然，我们说的软实力，比如价值观、性格、沟通能力等，都跟你的家庭环境、教育背景等有很大关系。但是，大家要记住一点，软实力相当于一个品牌，它是慢慢积累起来的。也就是说，软实力要被大家认识，是需要时间的。要经过一定的时间，别人才能感受到你的软实力的确在感染人、打动人、激励人、影响人、征服人。

80后的软实力和70后或60后在本质上没有什么不同。不同时代的人，虽然面对的挑战有所不同，但应对挑战的能力是一样的。价值观、沟通能力、毅力、性格等，这些东西每个时代的人都有。

提问：现在很多60后、70后都认为80后不成熟，您怎么看？

冯仑：我不这么认为。为什么呢？在我读书的时候，所有比我大的人都认为我这代人是垮掉的一代，但我今天没有垮掉，社会也没有垮掉。我们凭什么说80后、90后不行呢？每代人有每代人的使命、挑战和优势。就像我前面讲的，我这代人想的都是大事，小事都做不来。而现在的80后很技术化，他们的个人兴趣都发展得非常好，专业特长和商业头脑都比我这代人强。

马云跟我说，他对80后、90后特别是90后非常有信心。为什么？互联网时代是这批人在主宰的，他们是未来真正的参与者、驾驭者、管理者和创造者，我们当然要敬畏这批人。我们没有理由说我们比别人强，除了年龄比别人大，我们没有什么优势。因为年龄大带来的所有东西，比如经验、眼光，每个人年龄大了以后都会有，所以这些东西都不值得骄傲。

我记得我很早以前参加过一次孩子的家长会，校长讲了一段话，给我留下了非常深刻的印象。校长说，所有的教育都是用几百年前的知识教孩子们去应对未来几十年的不确定的事情，我们要改变教育的本质，让孩子们学会用未来的知识去应对不确定的未来。我觉得这话说得很对，现在的80后、90后就是掌握了应对未来的知识，去应对不确定的未来。

而对我们这些只掌握了一些应对过去的知识的人来说，要应对不确定的未来，这些知识已经不够用了。除非现在回到野蛮生长的年代，往乱里整，那我们就比他们强，比他们有办法。但是，在未来的、开放的、以互联网为依托的社会，在更加法治、民主、自由、富强的社会，我们这代人是没有什么优势可言的。

举例来说，我们公司的客户，年龄不同，处理纠纷的方式也不同，这事非常有意思。60岁以上的人用的全是"文革"时候的那套办法，你让他打官司他都不打，也不去注册合法的组织。他们不相信法律，不相信秩序，只知道闹事、谩骂。小一些的，四五十岁的，就是一些老知青，他们的办事方法很简单、很直接，不跟你讨论这啊那的，连写大字报折腾的兴趣都没有。30岁以下的人都会跟你打官司，这就是法治精神。他们知道找律师解决问题，根本不跟你在这儿开会，搞群众运动。如果是90后，可能就更讲法治了。

90后讲过一句话，让我感觉这代人非常有希望，叫作"不要代表，只要表达"。什么意思呢？50后、60后、70后被代表习惯了，只会被代表，不会表达，从来不知道自己要说什么，自己说的话全是上面让说的，全是媒体上已经说过很多遍的标准答案。现在的90后不要代表，只要表达，我自己会说，你凭什么代表我？如此一来，人们就更加有个性，更加善于表达，民主社会的基本要素就逐步形成。因为民主首先要表达，按法律、按秩序表达，表达以后才能形成不同的意见，然后再按法治的程序来解决这些问题。千万不要觉得年轻是弱点，年轻代表未来，不是抽象的未来，而是很具体的未来。

今天的80后都是在网上生活的，你会发现，有了互联网，"伟大"的人都不牛了，这很好。为什么呢？因为互联网消除了专制的土壤，建立了一种完全平等的游戏规则，专制就是愚弄、欺骗大众。凡是"伟大"的人、端着的人，都掉到了地上，这样社会就有希望了。所以，我觉得80后、90后甚至是00后，都是中国未来的开放社会的重要支撑。

我讲这话不是为了讨好谁。我读书的时候老是被人摧残。我18岁上大学，22岁读研究生，二十五六岁当老师，走到哪儿别人都说我小，说我不行，说我们这代人不会这个，不会那个。今天，没有人说我们不行了，因为我们已经到了这样的年龄。

有个大哥跟我讲过一句话，我觉得讲得很好，叫作历史不会隔过任何一代人。什么意思呢？就是每一代人都很牛，只是时间到没到。80后这代人现在刚进入社会，还没有站稳脚跟，等到了四五十岁的时候，世界就是他们的了，那时候他们就牛了。

我写过一本书，叫《理想丰满》，其中写了三个人物，有一个人物是一个90后的小孩儿。这个小孩儿非常了不起，我跟她讨论过很多问题。做企业，时刻都面临着竞争，所以我们必须看未来。从哪儿看未来？很重要的一个方面就是从这些90后、00后身上看。我们必须知道我们的客户未来是什么样的，他们怎么生活，我们需要给他们提供什么东西，我们必须关注这些主流客户未来的需求。

其实80后现在已经不小了，有的已经30多岁了，90后也开始出来混了。如果一个社会能把年轻人作为主流或主体，那这个社会就是一个有希望的社会。如果这个社会是老年人在哀叹，在看不起年轻人，在批评年轻人，那这个社会基本上是没有希望的。

提问：我是个应届毕业生，我去面试的时候，招聘的人问了我一个问题，说你的职业规划是什么。我说我没有职业规划，但我对自己的能力是有要求的，我希望用三年的时间来提高我的交际能力、语言表达能力和对事物的判断能力。他们说，你没有规划就没有方向。对我这个年龄的人来说，今后的未知比已知更多，我现在很难做出适合自己的职业规划。您对这个问题怎么看？

冯仑：通常来说，面试官在面试时都会问这样的问题。你如果顺着他说，他对你的印象可能会好一些，否则你可能失去机会。现在很多年轻人都很有个性，很真实。那么，年轻人在求职时，怎样才能使自己的个性得到认可呢？我的建议是，如果有可能，你可以直接和老板谈。创业者往往喜欢不拘一格的人，喜欢反常的人，因为创业者自己就很反常，他们对那些有想法的人会多看一眼，对那些乖乖的人反而不怎么看。所以，我认为大家可以尝试跟公司的创业者或主要负责人沟通一下，也许他们会觉得真实很重要，真实也是一种力量。你可以给他们发邮件，如果你知道他们的电话，也可以给他们发信息。

提问：我认为软实力是硬实力的附属品，没有硬实力哪儿来软实力？不要太高估软实力的作用。您怎么看？

冯仑：我完全不赞成这种观点。很多人都把这事弄颠倒了，比如有人认为某个人之所以很成功，是因为他很有钱。我相信他当年创业的时候肯定是没钱的，但他一定有软实力，这样大家才愿意跟他打交道，他才能借到钱，才能把东西卖出去，就像李嘉诚一样。在创业的时候，软实力决定你的硬口袋。不是说你有钱就一定能做起来，很多比李嘉诚有钱的人现在不是都垮了吗？

所以，我认为，软实力——特别是价值观——决定了硬实力。很多民营企业的老板出问题，比如行贿，你说他没钱吗？他有钱。问题出在哪儿？他的价值观偏离了正确的方向。

提问：怎样才能使自己的软实力得到体现？

冯仑：软实力相当于品牌，你要不停地花钱，不停地通过个案去积累，才能让大家相信你的品牌。只有通过大量这样的事情，别人才能相信你这家企业是诚信的，你的品牌价值是存在的。

同样，人的软实力也要通过很多事件的积累，才能让周围的人了解。比如你是一个诚信的人，怎样才能让别人知道呢？路遥知马力，十年以来，你从来没赖过银行的账，这就证明你是一个诚信的人，你的软实力在这个过程中就积累起来了。

我曾经有一笔小投资，一个哥们儿让我亏了很多钱。我跟他说，虽然你让我亏了钱，但你确实很努力，财务也很透明，这证明了一件事：你是个好人，但不是能人。好人是有资本的，下次你还可以来跟我谈。但如果你挣了钱，把钱拐走了，那就证明你是能人，但不是好人，那你就不可能再跟我谈第二次了。

所以，软实力要通过时间、事件的积累，才能体现出来。刚毕业的大学生很难证明自己的软实力，要经过七八年的时间，别人才能逐渐了解你的软实力。

提问：在不知道自己能否做好的情况下，我们应该去做自己比较擅长的事情，还是应该努力做好自己手边有发展前途的事情？

冯仑：人做事情有几种动机，大多数人会首先选择对自己有益又可做的事情去做，但这些事情往往竞争很激烈，成功的概率并不高。还有一类人是偏执型的，就是做自己喜欢的事情。最典型的例子就是琉璃工房的创始人杨惠姗和张毅，他们本来是拍电影的，后来不拍了，去做琉璃，做得快倾家荡产了。但是，由于他们把这件事做到了极致，他们产品的包装、品质、文化意象都比别人的好，所以就有人来帮他们，最后他们做得非常成功。还有一种人是被动型的，人家安排他做什么就做什么。

第一种人起步很容易，因为手边有现成的资源。但因为是按常规做事情，思维中很多有价值的东西会被覆盖住，因此成功的可能性并不大。

而对极端偏执的人来说，成功是需要冲破很多阻力的，其中最大的挑战就是对自己的挑战，因为你的命运会面临一场零和一的赌博。

我有个朋友，也是这种很极端的人。他把准备买婚房的钱拿去创业，结果赔了。但他没有放弃，继续做，他老婆也很理解和支持他，没有跟他掰，最后他终于成功了。所以，想做自己喜欢的事情的人会努力冲破一切障碍，把事情做成，这样的人成功的概率反而大于第一种人。

提问：在提高软实力方面，对您影响最大的一件事、一句话或者一本书是什么？

冯仑：我经常读的一本书是老子的《道德经》，我觉得它对我的影响很大。另外，我读很多人文方面的书，比如经济、政治、法律，而且我很喜欢历史，自己到处乱跑，这让我对世界有了更全面、更立体的看法，让我看到了别人没看见的地方。这样，我对历史规律的把握会更准确，看问题也比较乐观，会用办喜事的心态来对待办丧事。

专业面越窄的人越轴，专业面较宽的人，比如学宗教的人，就比较有弹性。有弹性的好处是容易和人沟通，能够形成一个很大的沟通磁场。

当然，我这样的人的劣势是不擅长干技术活儿。所以，创业和干一门手艺活儿所需要积累的软实力是不一样的。

此外，你身边的好朋友也很重要。王石、柳传志、马云，这些人都是我的好朋友，他们都会对我提升软实力有所帮助，我从他们身上能看到不一样的东西。比如我从王石身上看到了"正"，从柳传志身上不仅看到了"正"，还看到了在中国当今的社会环境下"拐大弯"的智慧。而从马云身上，我能看到一家由理想引导的企业怎样创造奇迹，这些东西给了我很大的信心。我从每个人身上偷师学艺，我取法乎上，仅得乎中，虽不能至，心向往之，我就跟着大家往前走。所以，一个好朋友、一本好书，还有一个好老师，这些都会帮助你形成正确的价值观和积极的人生态度。

提问：80后是否要为房子去奋斗？

冯仑：房子的事情，我觉得80后真的不用太操心。第一，你们上面的几代人都有房子，等这些人没了的时候，你们的房子就有了。中国一些金融公司的首席分析师有这样一个观点：中国的人口发展是一种倒金字塔形的模式，再过10年、20年，中国去世的老人会很多，他们的房产就会落到年轻一代的身上。所以，从长远来看，80后这代人不会缺房子，只不过到那时房价可能维持不了现在这么高的水平，因为那时候房子富余，房价反而会落。

第二，政府这么关爱大家，不断地推动保障房的政策，所以80后一定能解决房子的问题。当然，你是不是买得起，还要看你努不努力，而不能看政府管不管你。如果你不努力，即便房价降到每平方米4000元，你也买不起。如果你努力了，政府再给予一些制度上的安排，8000～10,000元的房价你应该是买得起的。大家可以看看朝鲜、古巴的年轻人，他们的生活有你们这么幸福吗？他们有这么自由的言论空间，有这么自主的创业环境吗？没有。所以，你们要做个选择，如果你们要让政府把房子一管到底，无限地要求保障，那你们就要放弃很多东西来做交换。如果你什么事都向家里伸手，那父母就会无限管你，你生了小孩儿，还会管你的小孩儿，无限地管下去。如果你从小离家，自己独立了，那父母对你的管制就是有限的，你就可以自己选择生活方式。所以，我觉得，年轻人不要总是纠缠这些东西，你们现在要做的最重要的事情就是去奋斗、去折腾。

第八章
朋友决定视野

朋友的三大功能

每个人对朋友的理解都不同。有人说朋友就是志同道合的人，就是有共同的思想、共同的兴趣、共同的爱好，在一起能谈得来的人。有人说朋友就是可以为你两肋插刀的人，是在最关键的时候能给你帮助的人。还有人说，朋友不是酒友，不是玩伴，不是人脉，不是我们的精神庇护所。真正的朋友应该是无用的，交朋友不是为了互相利用，不是为了索取，而是为了奉献。朋友如空气，并不时常想起，却无处不在。的确，朋友这个词的概念非常宽泛。我认为，朋友有以下几个非常重要的功能。

第一，满足情感的需要。人是社会动物，需要交流。

第二，满足安全的需要。比如为朋友两肋插刀，就是出于安全的需要。你可以为别人两肋插刀，别人也可以为你两肋插刀，这样，不管你走到哪儿，都有一种安全感。这种安全感一方面体现在你实际办事的过程中，另一方面也是一种价值肯定。比如我喜欢抽烟，我周围的朋友都吹捧我，说抽烟牛，抽烟是男人成熟的表现。这种价值观上的肯定也会给我一种安全的感觉。

第三，满足功利的需要。这类朋友是更宽泛的朋友，交这些朋友在很大程度上是出于功利的目的。

谈到朋友，就不能不谈友谊。我记得俄罗斯有位哲学家曾讲到友谊和爱情的关系。他认为友谊比爱情更可贵，因为友谊不索取回报，而爱情必须有回报。比如，一个男孩对一个女孩说我爱你，其实他内心是想让女孩也说我爱你。如果女孩说你一边待着去，那他马上就撤火了。这就是爱情，爱情总是在对等中寻求心理上的呼应，所以它在本质上比友谊更自私。而友谊有时候是没有什么当下的回报的，朋友有事跟你唠叨两句，没钱了从你这儿拿两块钱对付一下，你不会管他要利息。所以，在生活中，友谊往往被淡化，朋友的价值也被矮化了。我认为俄罗斯的这位哲学家讲的是很有道理的。

有效朋友圈的极限大概是 10 个、30 个和 60 个

社会心理学家曾经做过一项研究，人一生中所交朋友的极限大概是10个、30个和60个。什么意思？所谓10个，就是当你遇到困难的时候，你去找别人借钱，把你的父母、兄弟姐妹、亲戚朋友都算上，能借给你钱的人不会超过10个。这些人是你真正的朋友，是你的安全底线。30个是什么？就是时不时有联系的朋友，比如你大学毕业以后还保持联系的同学，有事没事打个电话问候一下，彼此还想念着、惦记着，这样的朋友大概在30个以内。60个就是关系最淡的朋友。你抄起电话，看到这人的名字，一想，知道他是谁，但好久不联系了，比如十年没见的同学。

也就是说，朋友这个概念再宽泛，你一生中交到的朋友也不会超过

友谊不索取回报

爱情必须有回报

100个。这100个人里，有60个人是经常换的。有的人因为某件事和你认识了，互相换了张名片，聊过两次，偶尔打起电话来还记得，但没什么事就不再联系了。慢慢地，他们就从这60个人里消失了。所以，这部分人是流动的。前10个人是最稳定的，剩下的30个人处于中间状态，相对来说比较稳定。别看我手机的电话簿里有3000多人，常用的也就百十来人，剩下的那些，时间长了都想不起来是谁了。也就是说，经常和你的生活、工作有关系的朋友，也就百十来人。

那么，你应该怎样维护和这百十来个朋友的关系呢？

有句话叫作人走茶凉，我觉得，对那60个人来说，人走茶凉是对的。为什么？人走了茶还不凉，这桌子上的茶就太多了，就招呼不过来了。为了不让茶凉，双方都是刻意的，你很累，他也很累。所以，这60个人，人走茶凉，凉了就凉了吧，没必要太在意。但是，对待最亲密的10个人，即便没茶，你也要热。剩下的30个人，最好是人走了，就把他的茶收起来，时不时地热一下，没必要每天都热着。

另外，有的人和你交友是为了某种需求，比如为了得到某个项目，或者为了搞人际关系，这种目的不纯的交友叫作套近乎。比如，推销员天天上门找你，你能把他当朋友吗？他请你吃饭，你心里想，管他呢，不吃白不吃，反正不上当就完了。这叫作糖衣咽下，炮弹吐出。当然，你会自己识别这种事情，不排除有个别人会慢慢和你成为一般朋友，所以不能一概而论。但总体来说，对这种交友目的很明确的人，大家一开始都会比较警惕。

朋友需要人走茶凉

在人生的不同阶段，朋友和你的关系可能会发生变化。比如，有些朋友本来和你关系挺好，但是，当你遇到困难或遭遇变故的时候，他们就不会再像以前一样对你好了。

我讲一个故事。早年我还在机关里的时候，单位给我配了一部车和一个司机。那个司机开始的时候挺热情，把我当朋友。后来我落魄了，有时候还坐那部车，他就不太高兴了，我还以为是他家出了什么事。有一次，他把我拉到政府门口，就把我赶下了车。他说你已经不是领导了，就应该在这儿下。我就在那儿下了，下车以后，我自己坐四毛钱的中巴回到宿舍。过了一些日子，我们发行股票，他来找我，说想买便宜的股票。我当时很撮火，想抽他一顿，但最后还是卖给他了。后来我想想，他这么做也有道理，他一个打工的，巴结领导是他的天职。你已经不是领导了，他还天天巴结你，那别的领导怎么看？而且，巴结一个不是领导的人有什么价值呢？你已经不是领导了，还非得让人巴结，这就是你的不对了，我们得体谅别人。

我再讲一个故事。1989年，我因为遇到一些变故，要借几百块钱。结果，好人都不借给我钱，反而是大家通常认为的坏人借给我钱。所谓坏人，就是那些领导看不上眼的、不正经上班在外面办皮包公司折腾的人。当时，在政府机关里，这样的人都是坏人，经常被人举报。借给我钱的这个人，当时也有人举报他，因为我当时还在政府机关，所以准备处理他。结果，还没来得及处理，我自己也不行了。还有一个人，他是个非常规范的好人，我们也是朋友，而且是我把他招到单位的，什么都帮他安排得挺好。我去跟他借钱，他不借，他说我在政治上已经完全没戏了。我没办法，结果正好碰上这个所谓的坏人，我就问他能不能帮我个忙。他说什么事，我说我想跟你借300块钱。他说行，你明天到我这儿来一趟。第二天，我就到他那儿去了，去了以后，我跟他说，我还是打张借条吧。于是我打了张借条，借了300块钱，然后坐着火车从海南回北京。到了武汉火车站，有个我研究生毕业后代职下放的那家工厂的工人来接我。他从口袋里掏出一堆皱皱巴巴的钱，总共70块钱，说借给我。这都是当时谁都看不上的人。

回到北京，我就开始折腾。后来，我们万通慢慢做起来了。有一次，我打出租车，站在电线杆子底下，正好碰见那个借我钱的人。他问我现在怎么样，我说还行吧。他说我觉得你一定能做起来。我说我什么时候把钱还给你。他说我不要，你千万别还，等你再发达一点儿的时候再还我，那时候我拿着你的借条，走到哪儿都可以去找你。这人挺有意思的，学导演的。后来他真的遇到了一些坎坷，坐了牢。出来以后，有一次，他打电话给我，说他现在真得找我了，让我帮他。我就给了他一些帮助，但那300块钱我还是没还给他。

所以，你需要直面人生。第一，你得有心理准备，在你困难的时候，主流价值观所认为的那些好人不一定仍然能像以前一样对你好。第二，你得理解，当别人不帮你的时候，你要从自己身上找原因。很多人说现在世态炎凉，领导干部一退，就人走茶凉。你人都走了，还老要让茶热着，人家群众怎么巴结后面的领导啊？前面的茶老不凉，我一个群众得巴结200个领导，还让不让我群众活啊？但是，茶凉并不等于不尊重，如果你回到这里，我再临时给你沏杯新茶，但我不会让茶一直热着。所以，你得宽容，得理解，这样大家在这个社会上才能找到各自的生存道路。

我经常说，不要巴结领导，要巴结群众。群众多啊，一人给你一口你就能活。领导少啊，领导都怕事，他不罩着你也有道理，何必为难领导呢？巴结群众，你就成为特殊群众，你群众素质高，最终就可以领导群众。所以，有句话叫作"从群众中来，到群众中去"。

朋友是找来的

朋友可以分为四种类型：指路型、互助型、默契型和倾听型。指路型的朋友就是能给予你一些指导的朋友；互助型的朋友就是互相帮助的朋友；默契型的朋友就是你一个眼神就知道你想要什么的朋友；倾听型的朋友就是像垃圾桶一样听你倾诉的朋友。

一个人需要什么样的朋友，和他的年龄与经历有关。在20多岁的时候，可能比较需要指路型或默契型的朋友。比如，对于处在青春期的年轻女孩来说，默契型的朋友是比较重要的，因为彼此有很多小秘密可以互相倾诉。到了四五十岁的时候，在社会上打拼，可能更需要互助型的朋友。大家在一起做事，彼此切磋交流，共同去寻找一些解决问题的办法，找到未来的方向。我现在的朋友很多都是互相型的。

想交到对自己有帮助的朋友，就要积极主动地去寻找，不能等着人家主动送上门来，我现在的很多朋友都是我自己去找的。我和王石是十多年的好朋友了，关系非常好。当时他的公司已经上市了，而我们还只是一家刚刚创办的公司。我们听说有一家公司，也是一帮读书人搞的，做得很规范，于是我们就到深圳去找他。见到他以后，他和我们聊了整整一下午，给我们讲理想主义的企业为什么坚持不下去，要经受利益的挑战，等等。后来，我们和万科逐步建立起了非常密切的关系。但我们跟万科并没有任何生意上的往来，万科对我们来说只是一种精神上的指引，是指路型的朋友。另外，也有一点儿互助的性质，这个互助是大范围的，比如做公益。我在纽约做中国中心，王石一开始不太理解，说我为什么一定要做这件事。但是，当我遇到困难的时候，他又说你必须做，而且一定要做成，这时候他就成了我精神上的支持力量。再比如，我们请泰达来做万通的战略投资人，当时我没想明白这事，跑去问王石。他说你一定要这样做，这是一个很好的选择。结果这些年做下来，我们和泰达的确合作得非常好。

还有柳传志柳总，我们公司刚发展的时候，我主动去找柳总，向他请教、学习，慢慢地，我们也变成了朋友。当然，还有马云等很多这样的朋友，我们经常在一起探讨交流。

装孙子是硬要演一个角色，谦虚是演自己

建立朋友圈有这样几个原则。

第一，要真诚，要坦率，不能装。人多的时候，你没办法，必须装一下，因为你不装，影响别人装的情绪。但如果就这么三五个人你还装，那你纯粹是侮辱别人的智商。

第二，不能有功利目的。所谓无欲则刚，无所求，才能坦诚。古人把朋友分成很多种，有诤友，有畏友，有佞友。所谓畏友，就是肝胆相照、披肝沥胆的朋友。当然，这些词都说得比较大，简单来说，就是有共同的想法、共同的兴趣，同时大家裸体相向。也就是说，我们俩交

朋友跟钱没什么关系，我们在一起不是为了挣钱，你不是为了跟我借钱，我也不是为了跟你借钱。我们强调，首先是以事谋人。所谓以事谋人，就是在做事的过程中观察人。在这个过程中，你就能看出哪些人可以作为长期的朋友。发现了这些朋友以后，才进入第二阶段，叫作以人谋事，也就是说，我跟他交往只是为了做事，不是为了钱。当你遇到困难的时候，你可以向他寻求帮助。比如我和王石很要好，我不是因为他有钱才去认识他，我们真的是从精神上、从人格上、从企业管理上去寻求交流，互相帮助。当我遇到困难时，我也可以理直气壮地去找他帮忙，这是互相的。王石第一次爬珠峰的时候，他不想花公司的钱，但他的个人工资比较低，就找这帮朋友凑钱。虽然交友不是为了金钱，但是，当你遇到困难的时候，朋友有能力来帮你，你也别拒绝张口。

第三，要谦虚。水为什么会越积越多？因为地势低。你只有把自己的姿态放低，才能吸收更多的资源。

我有一些很有意思的经历。我们公司刚起步的时候，我、王功权，还有潘石屹等，我们六个人主动向别人学习、请教。有些人很谦虚，也很真诚，我们一求见，马上就见了，而且很直截了当地和我们讨论一些问题。比如王石，他在办公室里和我们讨论了一下午。柳传志更谦虚，他说你们别来，我带着我的团队到你们这儿来。结果他带着他的团队到我们保利大厦来跟我们交流，让我们很感动。

有些人却不愿意见我们，说这是哪儿的人啊，不见，因为当时我们默默无闻。我这个人比较犟，我不停地联系。过了一两年，有个人终于肯见我们了，结果弄了间足球场那么大的会客厅，他坐那头，我们坐这头，然后他就开始教育我们，现在这人的公司一塌糊涂。还有个人弄了张大班桌，我们坐在沙发上，和他隔着20多米，听他教育我们。这首先就是不尊重我们，你至少把椅子拉过来吧，哪有隔着20多米谈事的？这人后来坐牢了，现在早就退出江湖了。还有一个人，把我们哥儿几个晾在一个小房间里，让我们等了40多分钟，最后跟我们说了几句话，就把我们打发了。后来这人的公司也破产了。

坦诚、守规矩、尊重别人、谦虚是很多成功的人共同的特点，我刚才讲到的这些人，即使成功，也是偶然的，因为他们不够尊重人，不够坦诚，不够谦虚。我们小人物被玩弄一下也就认了，如果他们用这种态度来对付政府、对付合作伙伴、对付大事，那他们十有八九会失败。千里之堤溃于蚁穴，不谦虚就是蚁穴，一定要特别注意。

在朋友圈里，你一定要谦虚，如果你不谦虚，老想教育别人，再加上你装，那你很快就会被踢出朋友圈。有人说谦虚谁不会，不就是装孙子吗？谦虚和装孙子是不同的，装孙子是硬要演一个角色，谦虚是演自己，就差在这儿。比如，我硬要演伟大，大家知道，伟大的人走路不能太快，所以我故意装作走路慢。有一些领导，他们告诉我，为了表现成熟，很多年轻干部学老领导那样动作慢，走路慢，开门慢，说话也慢。这就叫装孙子。再比如，你想要大牌、装大腕儿，走路非要仨保镖，这就有点儿装孙子。所以，你要是做自己，就是谦虚；你要是演别人，演一个自己不能胜任的角色，就是装。

再举个例子，有些明星戴墨镜，就纯粹是装孙子，你是让人注意你，还是不让人注意你？显然是为了让人注意，你才戴墨镜。你不戴墨镜，走到哪儿旁人打眼一看也不会太注意。但如果你戴副墨镜，旁人一看，马上会想这人是不是明星，再一看还真有点儿像，就开始议论。你听见了还挺高兴，大家都知道我。有的明星到了黑屋子里还戴

装孙子是硬要演一个角色

谦虚是演自己

着墨镜，就怕别人不认识自己。当然，娱乐业需要贴标签，有的人就是贴标签而不是装孙子了，比如王家卫，他就不是装孙子了。他已经足够有名了，他戴墨镜就变成了贴标签，可能是公关公司、经纪公司或形象顾问要求他必须贴这个标签。我总在研究，一个人究竟要火到什么程度，才有资格戴墨镜？你拍了几部片子，票房到了多少，就开始戴墨镜了？不知道。大家一般都自认为够腕儿，必须戴墨镜。

关于装孙子这个问题，很多人有这样一种观点：所谓高雅的人，其实都俗不可耐，因为这样的人都是在装。吃大蒜的人说喝咖啡的人俗，听相声的人说看话剧的人俗。我觉得这就像说放屁和打嗝哪个更高雅哪个更俗一样。有些留学生到了国外就开始装，吃面条不出声。如果是在日本，你吃面条不出声，人家会觉得你不尊重他们。所以，这事谈不上哪个更高雅，哪个更俗。如果旁边全是老外，那咱们就装点儿孙子，不出声，免得人家不习惯。如果都是中国人，那你该出声就出声吧，还装啥呀。所以，我觉得很难说放屁高雅还是打嗝高雅，你不能说看歌剧就高雅，看话剧就粗俗；听交响乐就高雅，听通俗歌曲就低俗。我觉得凤姐说得挺对，国家法律没有规定一个长得不太引人注目的女士追求一个长得帅的男士就是低俗，你怎么能说我低俗呢？

社会不能简单地用某种主观的意识来判断谁低俗。就像市场经济一样，它是一种选择机制、淘汰机制，是多样性的。社会是多样性的，人的角色和观点也是多样化的，都可以存在，存在了才有文化市场。如果文化市场没有话剧、没有相声，只有歌剧，老百姓天天看歌剧，我相信90%的人都会坐那儿打瞌睡。有一次，我和王石去纽约看歌剧，结果都睡着了。睡着了我也没觉得人家的东西不好，确实挺好，但你睡着了就是睡着了，这是事实。你不能说我睡着了就低俗，没睡着就高雅。我觉得我不低俗，你随地大小便，有碍观瞻，这才是低俗，我只是打个瞌睡而已。所以，社会需要有更多的宽容、更多的尊重，尊重每个人的选择，尊重每个人表达的权利，也尊重每个人表现的勇气。社会的开放就体现在每个人都可以自由表达，凤姐可以，芙蓉姐姐也可以，表达了我们才开心。我特别喜欢90后说的一句话，叫作"不要代表，只要表达"。

回到交朋友这个话题上，在与人交往的时候，你也需要采取一种多元化的态度。不同层次、不同层面的朋友，你都要去结交。

另外，还有一个原则：在背后尽量说人好话，千万别背后说人坏话。背后多说好话，当面多说坏话，这样才是好朋友。

实战问答

提问：男人和女人之间有真正的友谊吗？

冯仑：我认为，当人进入到无性状态的时候，是可以有的，一个15岁的小男孩和一个55岁的妇女之间，是可能建立友谊关系的。比如卢梭和华伦夫人，整体而言，他们的感情是纯洁而美好的。但是，在有性状态下，这是一个很大的挑战。绝大部分人都把握不准这个分寸。

让友谊变质需要具备三个条件：第一，身体足够好；第二，长得足够正常；第三，环境足够合适。情感是化学反应，有时候自己是控制不住的。但婚姻有法律限制着，是能控制的。另外，你身体好和不好，发生的故事可能是不一样的。举个例子，我读大学的时候，有个同学追一个女孩，总也追不上。有一天，那个女孩生气不理他，往石板凳上一坐，结果他突然把衣服脱下来给她垫上，这一下就搞定了。为什么？那个女孩那天身体正好不舒服，她误认为我这个同学这么做是体贴她。其实她哪儿知道，我这个同学也是撞上了，结果俩人就好了，后来结婚了。如果她当时身体很棒，可能就没感觉，甚至会觉得你那是多事。

再有就是环境足够合适。比如你跟朋友聊天，如果你们在一些容易发生事的地方聊，聊着聊着，再喝点儿小酒，就不知道会发生什么了。如果大冬天站在电线杆子底下，一边抽烟一边聊，冻得稀里哗啦的，就啥事也不会发生。

提问：同一层次的朋友，大家的眼界肯定是差不多的，对于涉世未深的年轻人来说，怎样逾越屏障，去接触更高层次的人？

冯仑：有很多种方式可以让你接触更高层次的人。一是参加一些生意以外的活动，比如旅行、登山。王石在登山的过程中结交了很多朋友，现在他身边有各种各样的朋友，打破了世俗的界限。你可以根据自己的个人兴趣扩展你的朋友圈。我是个军迷，所以我结交了很多喜欢军事的朋友。有些人喜欢打高尔夫，有些人喜欢打扑克。总之，你的爱好越多，跨界、跨年龄、跨身份接触人的机会就越多。另外就是读书、学习。比如你去读MBA，就会遇到各种各样的同学。现在还有一些高端的社交网站，比如世纪佳缘，你可以不以征婚为目的，以交友为目的，也许你能找到"黑颜知己"，而不是"红颜知己"。不管采取什么方式，你都要真诚，不能忽悠别人，以自己的真诚去换取别人的真诚，这样才能获得完美的友谊。

提问：我有一些结识了很长时间的发小儿或同学，我们已经有十年以上的感情了。这种朋友在特定的情况下会做一些伤害我的事情，而且，时间越长，伤害可能会越多。我该如何面对这种朋友呢？应该彻底放弃吗？

冯仑：我觉得你应该像在电脑上删除文件一样把他清除掉。因为他已经改变了，你为什么不改变呢？他已经做出了伤害友谊、伤害朋友的事情，你把他清除掉就完了，就相当于删除一条无用的信息。删除了，你就不会纠结了。

提问：人们常说，人生得一知己足以，可见知己是很重要的，也是很难得的。有人认为，人生的知己就是自己，没有人能比自己更了解自己，您是否同意这样的观点？

冯仑：这要看你指的是什么。对于你的身体来说，当然只有你自己最清楚。但是，对于你的精神世界而言，能了解你的人还是很多的。

人的需求是多样的，所以，朋友也有不同的类型。我和王石十多年来一直是道义相砥的朋友，这种朋友是比较少的。还有一些朋友是阶段性的，关系也挺好。再有就是同学、发小儿这类朋友，与这种朋友交往更多的是出于情感的需要，而不是抱着功利的目的。

提问：有人说，没有永远的朋友，只有永远的利益，因为每个和你做朋友的人都认为你身上有可利用的价值。很多人都把朋友当作自己事业上、工作上的垫脚石。您如何看待这种心态？

冯仑：这些人的心态其实就是出于功利的需要而结交朋友。我们所讨论的朋友，有些是很狭隘的，完全是出于情感需要而结交的朋友，比如倾听型、默契型的朋友，这种朋友不牵扯物质利益上的事情。而出于功利需要而结交的朋友是更宽泛的一类朋友。在工作中，大家彼此会有一些利益上的交集，可以说是彼此需要，不仅别人需要你，你也需要别人。这样的朋友，只要在一定的轨道上运行，不撞车、不翻车，也不会有太大问题。

提问： 在我的朋友圈里，既有默契型的朋友，也有指路型的朋友，在和不同类型的朋友交往时，我会产生一个困惑。比如，有两个朋友同时约我，我可能选择去见指路型的朋友，因为我觉得他对我有一定的帮助，而和默契型的朋友则来日方长。但是，如此一来，默契型的朋友会觉得感情上受到了伤害。有没有什么好办法来平衡这个问题？

冯仑： 这就要靠你自己去平衡，要么带默契型的朋友一起去，要么跟指路型的朋友聊完，回来再把事情跟默契型的朋友说一遍。总之，你一定要让他知道，他对你来说也是很重要的。否则，他看到你只约别人，不约他，就会有误解。

提问： 当年您和王功权、易小迪、潘石屹等人一起创业，虽然后来分开了，但还是朋友，您怎么评价和他们的关系？

冯仑： 首先，留存在我们心里的美好的东西、快乐的东西比不好的东西多，这是我们今天还保持来往的一个很重要的原因。我现在跟王功权联系得比较多，因为功权和我一样，比较喜欢人文的东西，比如他有时候整点儿古诗词这种虚的东西，所以我们聊得更多一些。和潘石屹是生意上的联系多一些；易小迪是介于两者之间。我们六个人的关系，可以用两句话来概括：第一，生命中的重要记忆；第二，持久的正向激励。

当年我们一起创业的时候，他们几个20多岁，我30岁左右，大家在一起折腾，到现在已经20多年了，留下了很多美好的记忆。现在大家都发展得不错，彼此也经常照应，有时候一起聚聚。我觉得，我们这几个人的经历是一个很好的年轻人创业的故事，也是一个很好的童话，虽然不是像爱情那样的美丽的童话，但至少是一个值得看的童话。每当我回过头来看这段历程的时候，我都很感激，我感激大家能在一个很好的价值观的引导下，创造这么好的人生和商业故事，而且彼此能给予很多激励。潘石屹做得好，给了我很大的激励；易小迪做得好，也给了我很大的激励。这都是正向激励。王功权做投资，我经常打电话问他一些投资方面的事情，我们也是互相激励。我觉得我们这样的友谊是比较理想的，也是令人愉快的。

提问：女人与女人之间的友谊，和男人与男人之间的友谊有什么不同？

冯仑：很不同。男人跟男人的交往，大多是"利"和"益"的交往，理想和利益是男人跟男人在一起的最重要的黏合剂。女人跟女人在一起，一是情感需要，二是趣味相投。另外，交往的方式也不太一样。男人跟男人交往往往动静比较大，又喝酒，又在外面折腾；女人跟女人交往动静比较小，比如找个安静的地方聊天。所谓闺密，都是在屋里嘀嘀咕咕的。有人说，女人和女人之间的友谊是小友谊，男人和男人之间的友谊才是大友谊。我不这样认为，因为男人和男人的友谊是建立在理想和利益基础上的，男人之间谈的都是大事，所以大家有时候就把这种友谊放大了。而女人和女人之间是情感交往，这也是很好的，你不能说这就是小友谊。不同性别的哺乳动物有不同的行为方式，都值得尊重。

第九章
好男人外面硬，里面软

快乐来源于自由

经过一段时间的奋斗，你会慢慢体会到，快乐其实来源于自由。自由包括哪几方面？

第一，时间自由。很多时候，人都是时间的奴隶，比如每天必须几点赶车、几点吃饭。所谓时间自由，就是你不用算时间的账。比如聊天，你想聊到几点就聊到几点；比如吃饭，你想吃到几点就吃到几点。

第二，财务自由。对普通人来说，财务上只要有小自由就可以，不需要有大自由。所谓小自由，就是你一个月赚个两三万就很开心了，不需要有私人飞机、游艇之类的大自由。

第三，角色自由。人一旦有角色，就会陷入困境。比如，你是男人，就和女人是对立的；你是老人，就和小孩儿是对立的。如果你觉得自己是成功者，那你在潜意识里就和普通人对立了；如果你觉得自己是高收入人群，那你就和低收入人群对立了。总之，你只要有角色，就会陷入一堆是非，就会不开心。

很多人都不能自如地进行角色转换。有的人只会正经，在台上的时候是一副正经八百的嘴脸，回到家，在家人、朋友面前仍然端着，大家就会觉得这个人不正常，有点儿装。相反，一些胡同里的大妈，在主席台上说话和在家里说话一样随便，这就是只知道正常，不知道正经。也就是说，你没有进行角色转换，公众要求你演某个角色，但你没演。理想的状态是既能正经，又能正常，需要正经的时候就正经，需要正常的时候就正常。比如，一到台上讲话，自然而然就不说荤话了，说的都是标准格式。回到老百姓中间，和朋友喝酒的时候，又变回正常状态了。很多领导都是这样的，台上一副嘴脸，台下又一副嘴脸。

出家人其实就是自由的。第一，他忘掉了金钱，所谓出世，就是不和钱打交道。第二，他忘掉了时间，每天暮鼓晨钟、念经诵佛，不用看表。第三，他没有了角色，成功不成功都和他没什么关系了。所以，我认为，创造生活、快意人生的最高境界就是在不自由的制度、财务和人生环境里，尽可能地获得财务自由、时间自由和角色自由。

拿我自己来说，我现在也有很多不快乐的地方，比如时间上很不自由，角色上也不是很自由。另外，因为万通是公众公司，是上市公司，所以公司的财务数据是不能随便透露的。很多正在运行的业务或正在筹备的新项目，在公开披露之前，也不能在私下里跟别人讲。如果不做上市公司，做私人公司，那自由度就大得多。所以，我现在也有很多不自由的地方，但我尽量不把自己当回事，这是我心里能得到平衡、能觉得舒服的唯一办法。如果你总是在扮演某个角色，总是端着，那你可能就会崩溃。所以，在现实生活中，想达到快意人生的境界，就要尽可能地去追求自由，这样你才能快乐。

男人要先征服自己

男人都有征服的欲望，想征服很多东西，女人、财富、世界……我认为，男人最先应该征服的是自己。有句话叫作人必自强而后强人，也就是说，你先得把自己当块料，先得重用自己、提拔自己。你把自己提拔成男人了，在面对别的男人的时候，你才会有力量。征服自己实际上就是正确地认识自己，把自己摆在一个正确的位置上，让自己有一个好的角色。唐骏为什么会遭遇"学历门"事件？因为他没有征服自己，他不相信自己的实力，非要编一个故事出来忽悠人。

当年我硕士毕业的时候，我们很多人跟学校领导一起吃饭，大家都在谈这几年在学校的感想。我相信很多人都有这样的经历。多数人都会说感谢老师、读书不容易之类的话。我记得我喝了点儿酒以后说了八个字：巴结群众，重用自己。领导一听，很不高兴，当着领导的面，你不说巴结领导，而说巴结群众，而且你不等着被领导重用，你敢自己重用自己。那时候我大概25岁，我当时真是这么想的。为什么？你巴结领导，在机关里，领导就那么几个人，下面所有的人都巴结，你就要和他们互相竞争，大家互相踩。而且你没有竞争优势，你要巴结，就要把自己糟践得更厉害，这样领导才有面子。反过来，我巴结群众，我就有机会变成领导。比如，有20个群众，这20个群众你都巴结得很好，你在群众中就会很有威信，最后领导还得巴结你。你巴结群众，群众每个人给你一口，你就饿不死；你巴结领导，这么多人竞争，一旦领导不待见你，你就饿死了。

除了巴结群众，还要重用自己，什么意思呢？你要把自己当块料，你得先认为自己是人才，才有可能变成千里马。如果你老是等着别人来

人必自強而后強人

发现你是千里马，那你基本上会饿死。所以，一定要对自己有一个正确的认识和定位，去发掘自己的潜质，否则你就不可能去征服其他东西。

立志要趁早

从自然过程来说，男孩子在青春期的时候（15～20岁）像块海绵，不管你给他灌输什么东西，他都能吸收。在这个阶段，他很容易建立起一个稳定的、决定未来的价值观。我有四个干儿子，我经常和他们讨论一些关于立志的问题。打个比方，你在荒漠中行走，怎样才能找到方向呢？如果你有个GPS导航仪，那你就不会迷路。立志其实就是找到你人生的GPS导航仪，如果你在15～20岁的时候有了这样东西，那你一辈子都不会迷失方向。当然，有了导航并不意味着你一定能顺利到达。所以，在20岁以后，你还必须去选择朋友，去选择在现实中奋斗。另外，当你的理想和现实产生冲突的时候，你要有勇气去面对。人有坚韧不拔之志，才有坚韧不拔之力，也就是说，你先要立志，先要有这个GPS，这样，在翻山越岭、赴汤蹈火的过程中，你才能扛得住。从立志的时间来说，什么时候立志都不晚，但在15～20岁这个阶段，机会是比较多的。

走上社会以后，理想和现实的碰撞会很多，这种碰撞有点儿像布朗运动，这儿撞一下，那儿撞一下，指不定会撞到哪儿。不管怎么撞，你心里的方向不能迷失。三联书店曾经请我主编一本讲中国20世纪90年代时代特点的书，90年代有什么特点呢？就是机关干部、知识分子下海做生意。我访问了很多人，为什么这些人做生意也能做得很成功？后来我发现，这批人内心的志向没有改变，所以他们的格局很大。志向大的人格局就大，所谓格局大，就是胸怀远大，包容、宽容，有毅力，善于学习，能找到解决问题的方法。他们虽然没做成学问，去做了生意，但最后也成功了。生意成功以后，他们又开始做基金会，资助别人去搞研究，于是大家称他们为儒商。也就是说，在生意场上，他们仍然在施展自己曾经的抱负。达则兼济天下，穷则独善其身，这是中国士大夫的一种志向。所以，不管过程多曲折，你手里这个GPS都不能扔，扔了以后，你就会恐惧、死亡。

有一次，我和王石，还有中粮集团的董事长宁高宁，从西安开车去新疆，在戈壁滩里迷失了方向。那时候我们没带GPS，手机也没了信号，我们真不知道该往哪儿走了。我们不敢开空调，因为一开空调就费油，万一没油了，就走不了了。不开空调，车里热得要死，但又不敢开窗户，因为不开窗户，车里还有点儿潮气，一开窗户，车里的水分就会被抽干，我们也会干死。我们又热又渴，大家可以想象，在这种情况下，我们有多恐惧。没有方向是最令人恐惧的，但凡我知道方向，我拼着命走，一定能走出去。后来，我们的司机凭着他的经验找到了一道最深最新的车辙，然后把车横在那儿，等着看有没有车经过。结果还好，等了一个多小时，有一辆车经过，但这车要去的方向不是我们要去的方向。我们还算聪明，想了一个办法。我们写了张字条给那个司机，让他出去以后到能打电话的地方给我们的人打电话，告诉他们我们的方位，让他们来救我们。如果这个人拿这张字条擦了屁股，那我们就熄火了。好在他出去以后真帮我们打了电话，后来有人开车过来，把我们带了出去。

人生也是如此，最恐惧的时候就是没有方向的时候。没有志向的男人，就好像没有GPS、迷失在沙漠中的人，随时会死亡。当你有了方向，你就有了活下去的希望。所以，立志非常重要，至于这个"志"是什么内容，每个人的理解可能都不同。你想成为最好的电脑工程师，这是立志；你想像丁俊晖一样打台球，这是立志；你想像孟京辉一样当个话剧导演，做先锋话剧，这也是立志。不一定非得是救国救民的大事才能作为志向，小事也可以作为志向。我碰到过一个日本家族，三代人立志做一件事，什么事？做世界上眼儿最小的筛子。他们家的筛子，眼儿小到连最细的颗粒都过不去。我们现在用的复印机滚筒上的滤网，就是他们家做的。这也是立志，三代人立志做世界上眼儿最小的筛子。所以，不管立什么样的志，只要按志向坚韧不拔地去做，都会成功。

选择就是放弃，自由就是枷锁

现在这个社会，生存非常困难。同样是没钱，我20年前没钱和今天大家只挣这点儿工资相比，你们比我更困难。为什么？因为那时候大家都一样，都囊中羞涩，虽然生活很紧张——比如我跟人借钱，借个几十块钱都借不到——但没有太大的压力，不讲究吃好的穿好的。而且那时候社会的评价体系比较传统，比如你会写写文章，会讲讲课，就算是不错的男人了。但今天很麻烦，男人不仅要能挣钱，还要有个性、有幽默感，要成功，要外面强大、家里温柔。最好的男人是外面硬里面软的。除了这些，不要忘了，你还是独生子女，你上面还有好几个老人等着你去孝顺，这压力太大了。有一次，我偶然看到一个电视节目，小两口儿吵架，吵上电视了，两边的父母也跟着搅和。对80后、90后这代人来说，社会的确给了他们很大的压力。另外，这代人选择的机会太多。选择就是放弃，自由就是枷锁，人越自由，越不知道怎么选择。有一次，我碰到一个刚从牢里放出来的朋友。他说他在里面的时候，很清楚自己每天该干什么，该放风放风，该吃饭吃饭，一出来，就不知道该干什么了。他说他出来以后做的第一件事就是坐在马路牙子上发呆，接下来他该干什么、该去哪儿，全是自己决定的事了。自由反而带来恐惧，自由反而变成了枷锁。所以，对80后、90后这代人来说，幸运的是社会开放了、自由了，但因为自由，你反而不知道该怎样选择，成为自由的奴隶。也就是说，你在自由的过程中反而不自由了。

在这种情况下，你要有对自己负责的勇气。这小两口儿吵架，谁在替他们负责呢？双方家长在替他们负责，节目的主持人和社会工作者在替他们负责。现在的问题是，需要他们自己来负责。自己负责的前提是自由选择，而选择的前提是学会放弃。在一个高度自由的选择空间里，所有诱惑的门都向你打开，如果你不懂得放弃，你每个门都要进，那你就会困惑。想不困惑，你就只能进一个门，而且，一旦进入这个门，所有的结果你都要自己负责，没有人会替你负责了。每一个决策都是对自己的巨大挑战。当年我做生意的时候，我父母一口气问了我一大堆问题。的确，我在做决定的时候必须面对这些问题，没有了房子，没有了职称，没有了户口，没有了档案，没有了单位，没有人为我负责了。我只有一个选择：做自己喜欢的事情。如果成功了，那我就分享成功；如果失败了，那我就咽下苦果。所以，认准目标做单一的选择，不要做很复杂的选择，这样，你的内心就会很平和。如果你什么都想要，什么都想选，那你的内心永远不会平静，你的苦恼就来自选择太多。

好男人外面硬，里面软

男人可以分为四种。

第一种是外面硬，里面也硬的，比如在外面打架斗殴，在家里打老婆孩子。一般来说，这种人和他人相处的方式比较简单，他虽然爱打架，但他什么事都不管，比如家里有多少钱他不管，他就在外面折腾。

第二种是外面软，里面硬的，就是在外面装孙子，回家充老大，这种人是女人最怕的。女孩子找对象找学生干部的，最容易有这种落差。在学校的时候，看着班长挺厉害，就爱上了。因为他是班长，政治上比较成熟，所以后来当了公务员。当了公务员，就喜欢巴结领导。结果，你发现他当年的英武、自信都没有了，每天上班就是巴结领导。因为你们是同学，你对他知根知底，你老是不待见他这种样子，所以他回到家就硬要充大，硬要保持自己的强硬。

第三种是外面软，里面也软的，在外面老老实实上班，在家踏踏实实过日子，不惹事，努力赚钱养家、供房子、孝敬老人，这叫小男人。这种小男人算是新好男人。

第四种是外面硬，里面软的，在外面叱咤风云、顶天立地，谁拿刀砍他，他都敢和人对砍。回到家里，对家里人特别温馨、特别照顾，这种人就是所谓的江湖大哥。很多江湖大哥都是这样的，比如《古惑仔》里的陈浩南。他们属于坏人里的好人，从社会、法律的角度来说，他们可能是坏人，但他们对老婆、对身边的人，甚至是一些很弱势的人非常温情。外面硬里面软的男人才是女性心目中比较理想的、可以依靠的对象。

好男人外面硬里面软

年轻人如何快意人生

快乐的感觉是一种自我体验，当然，也要有社会的评价。如果你自己的体验和社会的评价能平衡，那你的快乐分值就会比较高。比如，你认为自己很牛，大家也吹捧你很牛，这就说明你的自我体验和社会对你的评价是一致的。而像唐骏，他自己认为他的成功可以复制，但大家发现他的学历可以粘贴，这就说明他的自我评价和社会对他的评价出现了误差。人生其实是非常公平的，在每个阶段，你得到的快乐都来自自我的评价和社会的评价。极度爱慕虚荣的人内心是极其虚弱的，他的自我评价系统很弱，他完全靠社会对虚荣的评价系统来支撑自己。外重者而内荏，所谓外重者，就是特别在意外在形式的人，比如一个人出门带五个保镖，八辆汽车跟着，吆五喝六的。内荏，就是内心胆怯、恐惧。也就是说，如果你特别在意外在的东西，比如特别在意别人怎么吹捧你，你不是博士，非要让人家说你是博士，就说明你的内心其实是很懦弱的。

所以，要有理想和信念，也就是说，要建立内在的价值系统和自我肯定系统，同时要获得一点儿成功。获得一点儿成功，外部就会给你一点儿评价，就会鼓励你、鞭策你，强化你的自我评价系统。如此，这两个系统就能保持平衡，你就能一直很快乐。如果只有社会的高度评价，你内心完全不够自信，就会出现这个门、那个门的笑话。相反，如果你只相信自己，完全不在意别人怎么看，那你就可能走向极端。所以，一个健全的人，其内在的评价系统和外在的评价系统要保持平衡。

对80后来说，在刚进入社会的时候，大部分人都是要靠自我评价的，因为你刚进入社会，社会还没有建立起对你的评价。我给大家讲个故事。我20多岁的时候，也像现在的很多年轻人一样热血澎湃，想干很多事情。有一天，一个很大的领导找我谈话。他说，听说你思想很活跃，我要跟你谈谈。领导要找我谈话，这事多了不起啊，进去以后我就开始说，说了大概一个小时。最后，这个领导说了两句话，从此我就踏实了。他说：第一，你说了这么多社会问题、这么多现象，我告诉你，你知道，我比你还知道，因为我是领导，我看到的信息、听到的信息比你多。第二，你着急，我比你还着急，因为我是领导，出了问题，我遭受的损失比你大得多。所以，不需要你教我怎么干，你跟着我干就完了。我一想，这个逻辑也对啊。

后来我明白了，在二三十岁的时候，想得到很多的社会评价是比较难的。在这个阶段，你唯一能做的事就是建立自己的价值系统。比如我想做一件事，我是偏执狂，我就要去做，不管别人怎么说，因为这时候社会不可能马上承认你。等你到了四五十岁的时候，你的机会就变多了，因为社会是被四五十岁的人控制着的。那时候，我在机关里是年龄最小的，我觉得自己什么事都干不了，找谁都是老爷爷，年龄大的人根本不理我。今天我发现，我们同学里什么人都有，有做生意的，有当博导的，有当部长的，不管什么事，只要我打个电话，都能找到相应的人咨询。所以，在20多岁刚进入社会的时候，你扮演的是一个候补队员的角色，甚至可能连候补队员都不是，只是一个足球爱好者。到了30岁，你就混成了一个候补队员，到了40岁，就差不多可以上场踢球了。

在20多岁这个阶段，怎样才能快意人生？就是用理想来鼓舞自己，用时间来检验自己，用些许成功来安慰自己。你只会有些许成功，不会有很大的成功。当然，有的人在20多岁的时候已经小有成就了，比如丁磊、李彦宏，但这样的情况是很少的。等你熬到三四十岁的时候，你就开始进入另一种快意人生的状态。大家知道，王石60岁的时候又去爬珠峰了，爬珠峰除了要有毅力，还要有很多其他条件。我记得他第一次爬珠峰的时候，因为经费不够，找朋友集资，那时候他40多岁。到了50岁、60岁的时候，他完全可以自己解决这个问题了。也就是说，在20多岁的时候，你获得的快意并不是人生巅峰上的那种快意，男人的人生巅峰应该在45～55岁之间。在20多岁的时候，你有时间、有未来、有理想、有健康的身体，你不怕失败，你可以做无数次的尝试，等待最后那一次的成功。有人讲过一句话，他说年轻人吃苦不叫吃苦，叫有福气，因为你有选择的机会，有失败的资本。老了以后吃苦才真叫吃苦，比如你到了60岁，贫病交加，这才是真苦。在20多岁这个年龄段，最重要的是不要放弃目标，不要怀疑自己的未来，而且要坚信时间是站在你这一边的，这样，你就可以快意人生。

做好"经济适用男"

当我们刚开始创业的时候，我们总是很羡慕一些公司有很伟大、很了不起的人才，用现在的时髦词来说，这些人是所谓的"豪华男"。为什么他们不到我的公司来，怎样才能把他们吸引过来？我的观点是，每个"豪华男"都是从"经济适用男"开始的，我们首先要发现自己的价值，要重用自己、训练自己，让自己公司的制度、价值观、业务流程越来越健康。这样，这些"豪华男"就会加入你的团队。而这些"豪华男"进来以后，你还要把他们锻炼、培养成"经济适用男"。按照阿里巴巴的文化来说，就是要让他们把职业经理人的毛病改掉，让他们变成

"阿里人"，再从"阿里人"变成"经济适用男"。马云说，他们那儿的所有人都是"经济适用男""经济适用女"。

我想起当年我们六个人一起创办万通，大家都是二十五六岁的样子，最大的是我，32岁，最小的只有23岁。我们什么也没有，两手空空地开始做。我们每天彻夜不眠地谈理想，不断地用理想激励自己、约束自己，把每一件平凡的事都做好。

有句话讲得特别好，叫作人生有梦，筑梦踏实。脚踏实地，才能筑梦。所有的小企业，只要踏踏实实地去做，最终都能变成大企业，大企业首先是从好企业开始的。所以，我们在吸收地产联盟的成员时，不是以企业的大小为标准的，我们相信好企业最终能变成大企业，所以我们会优先吸收好企业。广西、云南的一些房地产公司当年都很小，我们发现他们有梦想，他们的价值观跟我们很多创业者是一样的，所以我们让他们加入我们的地产联盟，用我们的基金帮助他们。今天，这些公司已经成为当地很有影响力的好企业、大企业。

在创业初期，创业者最缺的其实不是钱，李嘉诚也好，戴尔也好，所有伟大的人在创业初期都是没钱的。李嘉诚创业的时候，比他有钱的人多的是。20年以后，为什么李嘉诚成为李嘉诚，而那些比李嘉诚有钱的人却没了？事实上，成功靠的不是钱，而是钱以外的东西。所以，我们要重点发掘那些钱以外的东西。

歌词里写道，"没有人能随随便便成功"，一个人没有理想，更不可能成功。大家知道，远大公司现在做得非常好，我曾看过他们公司十周年庆典的一个片子。很多年轻人在厂区里分成四五个功能区庆祝公司成立十周年，有愿意喝酒的，有愿意看摇滚的，有愿意看正经演出的。欢庆完之后，第二天，当朝霞还没出来的时候，他们全都穿着远大的制服，面向东方而立，唱着《远大理想之歌》(《远大理想之歌》是远大的企业歌曲)。我参加过几次远大公司的活动，每次活动，不用说，第一件事一定是大家站起来唱《远大理想之歌》。正因为有远大的理想，远大才能成为一家非常好的公司。目前远大在非电空调领域已经做到了全球第一，我到过全球很多地方，都见到过他们的产品。现在，远大的老板张跃发疯一样地在做环保、节能。有意思的是，他是中国最早买飞机的人，为了信守投身环保的承诺，他不开自己的飞机了。有一两次我们在一起开会，他迟到了，因为民航的班机延误了。我问他怎么不开自己的飞机，他说他算了一下，他的飞机开一次要增加很多碳排放，如果坐不满，他就不开了，而买一架飞机要一两个亿。他的这种信念、力量给了我很大的感动。所以，好公司都是靠理想和信念来支撑的，不是靠财务指标来激励的。

大多数人都是平凡的，是"经济适用男"，但正是这些人支持了社会，我们应该为这些人感动、鼓掌。在"经济适用男"的行列中，只有少数人有成为成功人士的基因，这些人可能只占5%。他们会在普通人中默默生存着，但总有一天，他们会长大、会成功。十几年前的马云也是"经济适用男"，但他有伟大的基因，所以他把阿里巴巴带到了今天的地步。

我现在年龄大了，我很害怕自己成为一个阻碍别人成功的人。所以，有时候我看到一些人确实有伟大的基因、成功的基因，我就会尽量去帮他们。我认为这是我对社会应尽的责任，这是一项义务工作，相当于做公益。所以，不要放弃任何能帮助别人的机会。我做了一本电子杂志，叫《风马牛》，它是一个网络社区，经常组织一些活动，有一些创业者来这里交流。当然，这些事不是光靠我一个人来做的，我们有一个体系，包括创业投资、风险投资，还有学校、民间的非政府组织以及政府的有关部门来支持中小企业的创业和发展，并对创业者做一些心理上的辅导和抚慰，比如创业中遇到挫折的心理辅导。这是一项整体的社会工程，我个人只是能做一点儿就做一点儿。

我总是开玩笑说，最好的投资是什么？就是我找到一个十几年前的"马云"，或者二十几年前的"柳传志"，或者二十几年前的"王石"，然后给他们投一点儿钱，这样20年以后，我就能赚很多钱。也就是说，你要找到那些有伟大基因的平凡人，去投资他们，去帮助他们。怎么找呢？其实，我们身边的人，比如公司内部的很多年轻人，他们身上可能就带有这样的基因。作为公司的领导，如果你忽视了这些员工，他们可能就会跳槽到别的公司，成为别的公司的领导者。所以，我们应该多多关注公司内部的平凡员工是不是有伟大的基因，如果有，我们应该给他机会。

什么样的人身上有伟大的基因？一是有梦想，二是有毅力，既有梦想又有毅力的人就有伟大的基因。剩下的东西都是可以学的，比如不懂财务可以学，比如我们做房子，不懂空间和建筑可以学。前提是你要有梦想，梦想是最好的导师，也是最好的动力。有了梦想，你就会不断地去学习。我上中学的时候，看不懂那些文言文的书，很着急，于是我专门去研究文言文。后来我写了一篇三四万字的论文，教大家怎么读文言文。所以，有梦想的人就有未来，哪怕你的梦想很小，你也会有很大的毅力，你会不停地去研究，非要把它搞懂不可，没有任何人来督促你，也没有任何人来惩罚你。

有人说，人的梦想会经常改变。我觉得，如果人的梦想经常改变，那他就没有伟大的基因。有句话叫君子立恒志，小人恒立志。所以，我要找的是那些立恒志的人，而不是恒立志的人。改来改去的人有的不是伟大的基因，而是聪明的基因。聪明的人不停地在改变自己的方向，而伟大的人确定一个方向以后再也不改变。

举个例子，民生银行刚创立的时候邀请柳传志投资，但他拒绝了，因为他的战略是做电脑。如果他当时投了民生银行，现在大概能赚100亿元。但柳总说他不后悔，因为他对自己有承诺，他就是要做电脑，所以他把电脑做到了中国第一。这就是一个伟大的人、坚定的人、有毅力的人，而不是一个投机取巧的人。

痛苦是男人的营养

我觉得，对男人来说，坐牢一年，知道什么叫是非；离异无子女，知道什么叫爱恨；癌症误诊，知道什么叫生死；"非典"疑似，知道什么叫委屈。痛苦是男人的营养，男人经历的痛苦越多，越睿智、宽容、幽默、坚强、勇敢。很多男孩子不敢面对挫折，遇到困难后首先想到的是一个成本最低的办法——逃避。实际上，你现在逃避了，后半辈子还得面对。男人年轻的时候受苦是福气，老了受苦才是苦难。因为年轻的时候你身体好，不怎么生病，也不怕累，恢复也快，遇到点儿痛苦，扛一扛就过去了。等你到了60多岁，没地儿吃饭，没地儿睡觉，没钱看病，那才真叫痛苦。所以，对男人来说，坚强是很重要的。但坚强不是凭空来的，你必须有一个很好的价值观，才能化解当前的痛苦，才能在面对痛苦的时候想到解决的办法。正确的价值观能让你应对生活中的大悲大喜，能使你的性格变得更加丰富，也更加成熟。

有毅力、包容、勇敢，这都是男人应有的优秀品质。什么叫有毅力？就是当别人认为痛苦、看不见光明的时候，你看见了黑暗尽头的光

痛苦是男人的营养

明，这样你就会有毅力。什么叫包容？就是把所有的是非恩怨都搁在肚子里消化了。什么叫勇敢？就是当你有理想的时候，你会奋不顾身地做出一些异于常人的举动。有句话很有意思，叫作敢于胜利，我原来不懂这话什么意思，觉得胜利这件事谁不敢啊，多大的事啊？后来我发现前面还有一句话，叫作勇于牺牲，也就是说，敢于胜利的前提是勇于牺牲。只有勇于牺牲，才敢于胜利，这就叫勇敢。这些道理你只能在痛苦中慢慢咀嚼。

我曾看到过美国一所军校的招生广告，很有意思，叫作"给我一个男孩，还你一个男子汉"。我去过很多次西点军校，去看他们如何培训，军校里近乎摧残的训练会让男孩子获得超乎常人的毅力。从整体上来说，当一个男人到了三四十岁的时候，他所经历的苦难以及对人生的咀嚼和对世界是非的看法就累积得差不多了，他就会开始表现包容，表现淡定，表现智慧，表现从容，这是一个过程。所以，我觉得，只要你有理想，所有的痛苦都会转化为营养。当你没有理想的时候，当黑暗隧道尽头的光明灭了的时候，你所有的痛苦都会转化为恐惧。痛苦能不能转化为营养，最重要的是要看你是为了追求理想而忍受痛苦，还是为了追求功利去迎接痛苦。如果你有理想，痛苦可以让你变成一个真正的男子汉；如果你没有理想，痛苦会让你的人生进入昏暗和停步的状态。所以，你心里一定要有这样的信念：你的人生道路总会有光明，而光明就在不远处等着你。这样，你在面对困难的时候就会很乐观。

如何做成功的男人

就我个人来说，我比较喜欢用西方的价值观做事，用中国的价值观做人。我在纽约做中国中心，第一次见到这个项目对方的老板的时候，我跟他说我们用中国的方式吃饭，用纽约的方式谈生意。用最贵的律师、最贵的会计师、最贵的中介，这就是纽约的方式。如果你不敢用最贵的中介、最好的律师服务，你光在那儿吃饭，那就证明你没诚意。有一次，我们和别人闹得不太开心，很多纽约的人让我起诉，我说我看的是未来，这点儿小过节儿就不起诉了。所以，中国人想问题的方式跟美国人不一样。

东方人把是非看得很模糊，把时间拉得很长。时间拉长了，是非就变了，昨是今非，今是昨非，50年前的是都是今天的非。另外，地区改变了，是非也会变，此是彼非，彼是此非，美国的是都是中国的非。比如西方女人的礼服都露着肩膀，这叫"礼"，可是在中国，露这么多叫"非礼"。中庸、和平、宽恕、仁义等，这是中国人的价值观和处理问题的方式。通过"是"看待"非"，通过"非"找到"是"，这样一种哲学和文化是我比较习惯的。所以，我说我要用西方的方法做事，用中国的方法做人。

一个人老或不老、过时或不过时，主要看他的词汇系统。比如一个80岁的老头儿，跟你说的全是现在最八卦的事和最时尚的词，你一定不会觉得他老。词汇代表着人的思想观念和价值判断。有个老总很有意思，他让他的秘书每个月把最新的流行歌曲给他装到MP3里，他要听一遍，听完以后他就知道现在的流行语是什么。同样，我现在的助理、秘书也很年轻，通过和他们接触，我知道了最新鲜的词汇，了解了他们的一些价值观念以及他们对未来的看法。我曾经在很多机构都是最年轻的，那时候我发现我的想法经常不被尊重，我唯一的期待就是赶快长大。年龄大了以后，我发现，我不能成为那种迂腐的前辈，用自己的观念来改变别人，而应该跟大家沟通，和大家一起面对不确定的社会和不确定的未来。这才叫同事，否则你就变成了"人生导师"。"人生导师"其实没啥用，每个人的人生都是自己折腾出来的。

我们公司现在的主体都是80后，管理层有一些年龄大的人，我们采取的一个办法就是不断地换地方开董事会。比如星美在北京开第一家电影院的时候，我们到电影院去开董事会，开完以后，所有人都知道了电影原来可以这么看。新光天地刚火的时候，我跟那儿的老板联系，我们到新光天地去开董事会，知道了房地产和商业的新形式。我们还到新奥公司开过董事会，去了解新能源。我们不断地换地方，目的就是让大家脑子里的词汇和观念跟上时代的变化。我觉得，向年轻人学习是尊重未来、尊重变化的表现，我们必须和年轻人——包括那些思想不年轻的同龄人——一起去奋斗，这样，我们的公司才能变成与时俱进的公司。

什么样的人热情最高？很多老太太去西藏朝圣，一路上不断地磕头，一直磕到布达拉宫，这是一种信仰。当人有信仰、有非常执着的追求的时候，他就会有持续的热情。所以，作为老板，想让员工有持续的工作热情，就要让员工知道他是谁，他为什么在这儿，他为什么工作，他工作以后会得到什么。很多人创业以后觉得自己是老板，总是跟员工说自己的公司工资高、福利好。但是，为什么员工还是要跳槽呢？因为他们没有精神上的支柱。所以，我觉得，想让员工保持激情，你就要在钱前面放一样比钱更重要的东西。如果你在钱前面放的是一种精神、一种社会追求，那你就能做正确的事，用正确的方法去赚钱。

如果你把钱放在最前面，把道德、法律放在后面，那你就会把道德、法律变成一种"术"，变成一种临时用来对付别人的手段，而你的目的是赚钱，这样的话你就会走歪路。所以，追求金钱以外的东西才是员工持续保持工作热情的最大动力，很多人在创业以后都容易忘掉这一点。为什么创业者有激情？因为他们有梦想，不是说赚了多少钱他们的梦想就实现了，有时候这些梦想和钱没关系。当然，当你的公司度过了创业阶段，业务正常以后，你应该做到对员工的基本关怀，比如薪酬、奖金、休假等这些基本的福利要有。现在房价在涨，物价也在涨，你的待遇总是不变，怎么行呢？有一次，我和我们公司的员工一起出国，他们讲起房价的事情，我才意识到，即使我们自己是做房子的，我们的员工也可能买不起房。所以，我们公司的董事会在讨论一项计划：万通的员工如果是一次置业，他若是想买公司自己的产品，我们会给他很大的折扣，以抵消房价可能带给他的负担。

此外，还有一点很重要，跟员工保持良好的沟通也是一种让大家更默契地在企业里长期工作的方法。

接近目标，接近幸福

幸福其实是看得见、摸得着、感知得到的。幸福是一种什么状态？我觉得幸福就是当你心里的目标只差一点点就实现了的时候，你心里的那种期待和惊喜。年轻人谈恋爱，什么时候最幸福？不是相拥而泣的时候，甚至不是初夜的时候，而是想说破、未说破、将说破、刚说破的时候，这个时候很幸福。

当你第一次结婚的时候，我说的是第一次——初婚，什么时候最幸福？盖头将要被揭开的那个晚上，那个时候最幸福，这是我奶奶告诉我的，奶奶的话就是真理。当人活到100岁的时候，什么时候最幸福？过100岁生日的那天晚上，那个时候最幸福。确实是这样的。

各行各业的人，都有自己感到最幸福的时候。作为生意人，最幸福的时候可能是开董事会投票决定分红的时候。如果你是当官的，什么时候最幸福？熬了很长时间，没有人理你，养在深闺人未识。突然有一天组织部部长找你谈话，说要提拔你了，而且这个位置是你期盼已久的，这时候你会感到有一种难以名状的幸福。战士什么时候最幸福？当他在战场上和敌人搏杀，把刺刀刺进敌人的胸膛，而自己还活着的时候；当他经历了"一将功成万骨枯"，被授予军衔和奖章的时候，他会感到很幸福。即便是囚犯，在刑满释放签字的那一刻，他也会感到很幸福，他甚至可以把自己这段服刑的经历说成在配合司法工作。我曾经看到过这样一份简历，写简历的人说自己某年某月到某年某月这段时间在司法部门工作，我当时认为他非常了不起，后来才知道他是在服刑。但他并没有撒谎，在获得自由以后，他回过头去看自己服刑改造的这段时间，的确可以说是在配合司法部门工作。

所以，无论你是什么样的人，从事什么样的行业，最幸福的时候都是你离目标最近的时候，这时候你心里的那种期待、忐忑、兴奋的感觉就是幸福。

然而，朝着目标跋涉是一个非常艰难的过程，需要不断地去奋斗、去行走、去寻找、去学习。只有这样，你才能离幸福越来越近。那么，怎样才能做到这一点呢？

第一，要有非常好的愿景和期待。心里有愿景、有未来、有希望，脚下就有道路、有立场、有力量，路上就有朋友。

第二，人虽然很小，但心要很大，心要很红。所谓"心要很大，心要很红"，就是你心里要装着别人的幸福，装着别人的未来。

第三，要坚持不懈。古人说过，人必有坚韧不拔之志，才有坚韧不拔之力。这个"志"就是你的愿景、愿望。愿景是毅力的来源，只有有愿景，在跋涉的过程中你才能有毅力，才能把丧事当喜事办，把眼泪当保健品。当一个人失去了方向，失去了对未来的愿景，一切痛苦都变成了折磨，变成了地狱，变成了万劫不复。反过来，当你心里有了阳光，你就有了抵御痛苦、化解危机、消除磨难的很好的方法。同时，你也会使这个过程变得精彩起来，使自己的人生因痛苦而绚丽，因接近幸福而辉煌。

所以，我觉得，重要的是我们要找到通向幸福的方法，这个方法就是理想、毅力、价值观以及和大家共同成长的友好的情谊。

80后的核心竞争力

我对80后的整体印象，可以用一个词概况，叫作"独唱团"。第一是"独"。80后是很独立的一代人，这种独立的个性相对于旧体制来说是一种批判性的进步。旧体制有大我没小我，现在有小我淡化大我，这是一种进步。回顾历史，200多年来，中国人一直没有这样的机会独立，所以80后也是非常幸运的一代人。

第二是"唱"。90后说过一句话，叫作"不要代表，只要表达"。人人都能自由地表达，这是社会的进步。敢于表达是创造的开始，表达的形式非常多样，画漫画可以，发短信也可以。

第三是"团"。虽然每个人都"独唱"，但合在一起是一个团体，也就是说，虽然各自独立表达，但社会的整体价值取向是进取的、健康的，这一代人都在进步。我举个例子，考到国际名校的一帮小孩儿在北京开了个会，会议的主题是讨论价值观以及怎样更好地推动中国的发展，它反映了80后整体的精神状态。只有年轻一代不断地坚持这种"独唱团"的精神，社会建立很好的法治环境来保护这种独立的言论和独立的创业精神，中国才能有很好的未来，世界才能接受中国。

我上中学的时候曾经给很多伟大的人写信，但没人理我。我至今还记得北大有个叫周一良的教授，是教历史的。有一年春节前，我写了一篇关于国际关系的论文，寄出去以后没人理我，只有这个周一良教授给我写了一页纸的回信鼓励我，给了我特别大的信心。后来我到了北京老想去找他，还没等我找着，他就去世了。

高中的时候，有段时间我到全国去见那些伟大的人，因为我写信他们不理我，所以我就去找他们。我找了很多地方，这些人确实很难见到。后来我在上海见了几个人，他们都跟我说，你小孩儿不要研究这些事。我们刚开始办公司的时候，我去找王石，找柳传志，找了很多人。后来，我意外地发现，当初这些人接待我的方式不一样，现在的命运也不一样。凡是特别牛、趾高气扬地教育我的人，现在的结果都不太好；凡是特别谦逊、特别认真地跟我交流的人，现在都做得很好，比如王石、柳传志。

我再给大家讲个故事。我在网上认识了一个年轻人，他想创业，想见见这些伟大的人，但谁都不理他，他甚至拦过一些老总的车。后来他就给我写信，我想起自己曾经也有这样的经历，所以很想见见他。为什么这些人都不愿意见他呢？第一，可能是他没有说清楚；第二，可能是这些人要见的人很多，没有时间。但是，一个都见不到，这出乎我的意料。我跟他说，你再想想办法，如果还见不到，我给你来个零的突破，我找个人让你见。

有一次，我在美国，他给我发短信，说就站在俞敏洪的门口，人家不让他进，他问我能不能说是我让他来的。我说行啊，于是我给老俞发了条短信，说这个人我认识，如果你在公司的话，可以见他一面。结果老俞就见了他，这给了他很大的信心。后来，他说很多伟大的人都见他了。当然，他现在还处在创业阶段，还在奋斗。所以，当我们是"零"的时候，别人是"一"，我们只能慢慢跟着别人走。走到一定的时候，我们长大了，我们就成了"一"。

我刚参加工作的时候，我上面那代人——30后、40后还在混呢，他们认为我们50后一点儿戏都没有，说我们既不能吃亏，又不能吃苦，既不懂马列主义，又不懂毛泽东思想，反正什么都不行。那时候人们都是去大澡堂洗澡，我一到大澡堂就找到自信了，因为我发现我们这代人的肌肉比他们强壮。后来我想起一句话，叫作"我们脱了衣服才是爷们儿"。所以，人得有自信，一代人有一代人的使命，一代人有一代人的工作。年龄不是最重要的，重要的是你要在职场中找到自己的人生方向，并努力工作。至于是几零后，那不重要。

有句话叫作长江后浪推前浪，前浪死在沙滩上。我现在听到很多40后、50后在感叹，说自己都死在沙滩上了。我跟他们说，很简单啊，你有办法不死在沙滩上，你转回后浪啊，你把你的价值观、心态、做事方法、心智模式调到90后去，那你就在80后后面了。而80后呢，如果你不努力，你就待在沙滩上，那你根本还不是浪呢，就已经死亡了。所以，不能笼统地拿一代一代来说事。作为80后，你要找到自己的人生方向，然后按照时代发展的脉络和脚步去努力。你要经常左右看看，只要比同代人走得快一点儿，别落后就行了。等你到了年富力强的时候，你一定会实现自己的价值，而且会赢得社会的尊重。

有人说，现在这个社会，学历是王牌，走到哪儿都要看学历。我不这么认为，我觉得价值观才是王牌，性格才是王牌。马云是杭州师范学院毕业的，大家说他的学历是什么牌？还有肄业的呢，微软的"大哥"就是肄业的，甚至还有高中都没读完的。所以，学历这些看得见的东西最多算是铜牌，价值观才是王牌。也就是说，你要有理想、有志向，然后你要去奋斗，至于你走到哪里，那可能是偶然的，但方向首先要正确。你考不上北大，考杭州师院，也可以成为马云。另外，性格也非常重要。这也是看不见的东西。20世纪，中国科技大学有少年班。少年班的神童后来大多都不成功，成功的概率很低。为什么？因为他们的性格有缺陷。人是生活在社会群体里的，你在这个群体里受不受欢迎很重要。如果你的性格很各色，你老是做一些让别人不喜欢你的事，那你想成功，几乎是不可能的，就算你读书再好也不行。

家长教育我们要诚实、善良、守信，这是做人的根本，我们要用一生来兑现。做坏人，很快就能得到回报，比如打劫，钱马上就跑到你口袋里了。相反，做好人，挣钱的链条很长，挣的钱要到你口袋里要经过很多环节。但做坏事是不能重复的，你打劫第二次、第三次试试，总有一天你会被抓住。打工是很慢，钱绕过来绕过去，绕了20个环节才到我口袋里，但我可以重复，重复20年，我的钱肯定比你打劫的多，而且我还受人尊敬。

我们做企业也一样，作为领导者，你究竟是选择诚信地追求长远利益，还是选择狡诈虚伪地获取眼前利益？我们公司刚成立的时候是一家很小的公司，我们每天都面临着做不做坏事的选择。有些人做坏事，比如赖账，那时候叫切债，就是像切豆腐一样想办法用一些交易的手段把债务切掉。我看到有人因此买了奔驰、住了豪宅，而我们还在那儿还债呢。我们就是要坚决地还债，哪怕自己睡地铺，哪怕发不出工资，我们也要还。坚持到现在，公司终于进入了比较良好的状态。这是一场博弈，你在年轻的时候必须想清楚这一点，否则你一生都会苦恼。